U0505419

文学丝路

当代西部小说作家与世界文学关系研究

马粉英◎著

上海人民出版社

目　录

序言

当代西部文学的绵延发展与批评研究

2024年春季学期日常教学工作结束，7月12日，为期三天的长城文化和长征精神实地考察活动启动，文学院师生三十多人坐大巴向六盘陇山行进，准备参观古成纪静宁博物馆、六盘山红军长征纪念馆和会宁红军长征胜利纪念馆。红军会师之地有战国秦长城遗迹，从临洮、渭源、陇右逶迤而来，经通渭，过定西、静宁之间的华家岭地区，进入宁夏西吉，绕六盘而北走。地方文史专家确定的以界石铺镇为核心的秦长城走向，与1935年中央红军过静宁的路线基本一致。今非昔比，陇头歌已歇，车出兰州，一路向东，窗外的村镇和田野匆匆而过，欢声笑语，草木葳蕤。马粉英老师就在我后排，轻轻地说："李老师，我书的排版清样出来了。"光景闪烁，记忆被敲击，想起2023年5月有关马步升小说讨论的聚会上，她谈到过自己的课题和出书的事。"序"是中国文论存在的主要形态之一，又是显现学识、文采和情思的散文文体，没有读书的积累和专门的修养，必然会流于形式，写好了是 essay，不小心呢就是 prose。我谨慎地推辞说，你也认识不少知名的专家和学者呀。马老师笑哈哈地调侃说："你我不是都在文学院六楼，哪能舍近求远呢，你不是在专门做西部文学研究嘛。"自己也出过几本著作，全求师长写序推介，深知请人写序的心情，还有期望。

风吹祁连，黄河北上，甘肃控河西走廊，拥陇山左右，东接关中和秦岭，通联青海和新疆，与内蒙古西部和宁夏比邻，据丝路核心地带，历来是商贸往来的文化走廊。马粉英博士《文学丝路：当代西部小说作家与世界文学关系研究》涉及从西安到敦煌丝路带上各有成就的七位作家，让我想起英国著名历史学家、牛津大学伍斯特学院高级研究员彼得·弗兰科潘的著作《丝绸之路：一部全新的世界史》。想象、记述和考察"穿越亚洲之脊的、连接城镇和绿洲的陆上通道"[1]，也应该是人文学者和西部作家的圣神职责。人的自我意识是外在事物为参照的内在确定性，离不开时间与空间法则加持。人文学科研究者没有生命本我与历史本真融通的天地情怀，很难养成独立思考的批判精神。六盘山上高峰，浮上心头的是唐朝诗人王昌龄的《出塞》：

1.《中文版序言》，载〔英〕彼得·弗兰科潘：《丝绸之路：一部全新的世界史》，邵旭东、孙芳译，徐文堪审校，浙江大学出版社 2016 年版，第 XI 页。

秦时明月汉时关，万里长征人未还。

但使龙城飞将在，不教胡马度阴山。

　　诗人的家国情怀是民族历史和文化的共同记忆。中国人从小吟诵汉唐边塞诗，而新中国几代人熟悉毛泽东诗词，江山如此多娇，大西北自古战火连烽燧。我是青海湟水人，在家乡平安古驿从教十多年，30 岁又到西安求学，研究生毕业服务宁夏 17 年，50 岁来兰州发展，因喜欢中国现当代文学研究，西部文学的古今演变与当代发展自然成了特别关注的学术领域。回顾缘起，2005 年我从复旦大学博士毕业回到以前任教的宁夏大学，应郎伟教授邀请参加国家社科基金项目"宁夏青年作家群研究"。从此一发而不可收，"黄河文学读书会"王佐红、田燕、田鑫、王丹、马伟等 9 届研究生和 12 届本科生参与细读研讨，共同完成了以《宁夏文学六十年（1958—2018）》为代表的宁夏当代文学研究三部曲。这项工作不仅得到区市县文史专家的襄助，而且收获了不少学界赞誉，蝉联了三届中国当代文学研究会优秀成果奖。

　　2016 年申报获得"西部五省区当代汉语诗研究"国家社科基金项目，亦为了就近照顾年老的父亲，2017 年 8 月来到西部交通与文化枢纽之兰州，加盟西北师范大学文学院。2020 年冯玉雷长篇小说《野马，尘埃》出版研讨，第一次见识了马粉英博士的才华，后来一起讨论过古马、阿信、贺中等人的诗歌。马粉英老师性格爽朗，工作勤奋，为人热情，同行敬重，学生爱戴。在不多的交流中得知，她手头有专门研究甘肃小说的课题，还将其纳入世界与比较文学的批评视野。从欧亚大陆桥地理板块和中华民族多元一体的地方路径而言，当代甘肃诗人和作家们所显现的精神气质、审美追求与文化情怀，皆值得深入研究。

西部文学的古今嬗变，特别是广义的西部现代文学，脱胎并兴盛于 1940 年代民族抗战的文化宣传，而且是救亡文学与民族启蒙交融推动了西部各民族人民的现代国家意识。正如茅盾 1939 年 3 月至 1940 年 5 月到新疆学院任教[1]，传播马列主义，开展抗日救亡的新文化运动，极大地推动了新疆地区的现代中小学教育和汉语新文学创作。中华民族最危难之时，现代作家茅盾、巴金、老舍、曹禺、沈从文，还有抛妻别子回国主持全国抗战文化工作委员会的诗人郭沫若等，不怕牺牲，竭尽全力为民族救亡的文化事业贡献了才智。这在中国式现代化进程与国家民主独立的文化史上值得大书特书。从毛泽东《在延安文艺座谈会上的讲话》形成的向人民学习和向民间学习的文化方针，

---

1. 经过党组织联系，得到新疆学院任教邀请书后，茅盾和家人 1938 年 12 月底离开香港，辗转越南后入境昆明，再经成都、西安、兰州，于 3 月 11 日抵达迪化（今乌鲁木齐）。

广泛而深远地影响着新中国的文艺政策。文学穿越政治文化现实，文学研究"尊重、表现政治又不局限于政治"。[1]换言之，在马克思历史唯物主义和毛泽东文艺思想为核心的文艺政策指导下，宣传民主思想，带动西部新文艺起步的大多是中国人民解放军随军的文艺战士和文化干部。更为具体的举措，1949 年新中国成立后几次全国性民间文艺发掘整理活动，经费和工作落实到省市县地方上，培养了许多市县区本土作家和文史工作者。

进一步而言，狭义的"西部文学"及其勃兴和绵延，离不开新时期思想解放和现代化发展。"从 50 年代到 80年代，西部出现过众多的各民族作家作品。'西部文学'于 80 年代提出后，经历了一个复杂的过程。"[2]1978 年开始的拨乱反正和改革开放，加速了城乡和区域人事的流动，西部开发和现代化建设进一步打破乡村伦理而引发世道人心的深刻嬗变。在文学和艺术的创作上，西部风情与民间文化相互激荡首先打破情感的禁锢，点燃了西部伤痕反思者伦理怀旧、生活感伤、诗意书写的持久热忱，特别是激发了知识分子自我审视和文化批判的文学共情。这种集体共情推波助澜形成 1980 年代文学空前繁荣的社会热潮，西

---

1. 参见吴炫：《新时期文学热点作品讲演录》，广西师范大学出版社 2004 年版，第 7 页。
2. 李文衡主编：《甘肃当代文艺五十年》，甘肃文化出版社 1999 年版，第 570 页。

部文艺更是风起云涌，先从黄土风的影视文学开始，又见证于异军突起的"新边塞诗"理论倡导。

社会主义建设新时期，西部大开发战略加速了西部经济发展，边地文化与现代性之间更激烈的文化对接或悖反互动，以现代文学主流文体小说为例，先有王蒙、马原、扎西达娃，后有陕军东征，以及更为广大的本土作家崛起，包括藏族、维吾尔族、哈萨克族和蒙古族等双语写作、民汉互译的滥觞和澎湃。可以说，社会主义民主建设和现代化发展惠及边疆高原，尤其是跨世纪的城乡大发展，广袤西部文学艺术的精彩呈现和丰硕收获既是铸牢中华民族共同体意识的文化沉淀，更是人类精神生活多样性的时代表征。文学耕耘西部大地，从刘亮程《一个人的村庄》到阿来的《机村史诗》，再到次仁罗布的《放生羊》和索南才让《荒原上》，包括第十一届茅盾文学奖获奖长篇《雪山大地》和《回响》，西部以西成为当代人寻求自我和心灵净化的精神高地，而贴近日常生活的新时代书写一次次触及人性的自我审判。从另一个方面说，2005年前后万玛才旦引领的新世纪藏语电影新浪潮波及世界，还有李娟最新的纪实散文《我的阿勒泰》风靡全国，以及董夏青青、王凯、王松等来自西部军旅体验的中短篇小说获第八届鲁迅文学奖，西部生活与风情的艺术呈现蕴涵更多的美好情愫和真善力量。也就是说，"这些置身高地的作家很少单一地进行所谓'叙述革命'的实验，而总是把审美的主要精力花费在西部人生的开掘和尽可能的把握方面，花费在人的生存处境及前途的发现方面"。[1] 从西部独特的地理与人文资源来看，支边、旅行或世居西部而叩问心灵的诗人艾青、闻捷、铁依甫江、昌耀、高平、杨牧、周涛、海子、西川、马丽华、甘建华、张子选、沈苇、陈人杰、杨廷成、阿信、古马、娜夜、李南、艾尼瓦尔、扎西才让、沙冒智化等，与共和国风雨同舟，与西部的雪山大地同在，接力赓续的西行悟道和大河源致敬，拓展了当代诗歌抒情的地理空间和人文向度，也增强了抵制现代性虚妄的诗意精神。可见，1978 年以来绵延发展的西部文学，不论是流寓作家还是本土诗人各有胜扬，家国情怀与生命体验相互激荡，以诗意伤悼和现实关怀书写了各自的命运感遇，建构了西部文学的多样性、丰富性及其表现力。简言之，共和国文学 75 年的版图上，西部雄浑、多彩的自然环境与美美与共的多民族文化，充实了中国当代文学的生活样貌、精神品质和审美内涵。

　　当代西部文学批评研究大体经历了三个阶段。第一个阶段是整理和发掘西部文学的独特收获，第二个阶段及时形成了文学史的总体评述，第三个阶段是"地方路径"上

---

1. 周政保：《高地上的寓言》，青海人民出版社 1992 年版，第 140 页。

作家个案的精细观照。

第一个阶段 20 年，西部各省区在地方文史和民间文艺整理研究基础上，由地方文联组织完成了各省区新中国文学四十年、五十年区域性的总结。如季成家主编《西部风情与多民族色彩——甘肃文学四十年》，冯国寅撰述《青海当代文学 50 年》，新疆文联也编辑出版了多种作品选和评论集，等等。同时，伴随新时期文艺的复苏和繁荣，也涌现了高嵩、肖云儒、余斌、管卫中、周政保、燎原、李震、常文昌、韩子勇、雷达、丁朝君、丁子人等西部文艺批评的开拓者和奠基者。从区域文化的角度观照西部省区文学的当代总结，如 20 世纪末李继凯、李怡、马丽华、阿扎提·苏里坦先后完成的《秦地小说与三秦文化》《现代四川文学的巴蜀文化阐释》《雪域文化与西藏文学》《论维吾尔当代文学》等，极具学术影响力。

第二个阶段 20 年，具有敏锐洞察力的丁帆教授，在主编《中国现代乡土文学史》之后，与马永强、管卫中等西部学者合作完成《中国西部现代文学史》（2004）之论述，在当代学界产生了广泛的影响。此著 2017 年开始修订，于 2019 年以《中国西部新文学史》之名再版。与此西部新文学修史相呼应的学术成果，更以区域化历史观照的形态出现，如夏冠洲、阿扎提·苏里坦、艾光辉主编多卷本《新疆当代多民族文学史》（2006），刘晓林、赵成

孝合著《青海新文学史论》(2007),王敏、欧阳可惺主
编《新疆改革开放:文学三十年》(2008),赵学勇、孟绍
勇合著《革命·乡土·地域——中国当代西部小说史论》
(2009),李遇春推出《西部作家精神档案》(2012),程金
城、叶淑媛编著《地域文学的自信与自省——新时期甘肃
作家访谈与文学研究》(2016),金春平出版《边地文化与
中国西部小说研究(1976—2018)》(2018),李生滨出版
《当代宁夏诗歌散论》(2021),胡沛萍、王君军等主持出
版多卷本《西藏当代文学史》(2023),标志着西部文学研
究开始走向学科化的精细研究。

与此同时,西部文学研究的第三个阶段已参差展开,
柳青、昌耀、杨牧、周涛、扎西达娃、路遥、陈忠实、贾
平凹、李老乡、雪漠、弋舟、阿来、万玛才旦、梅卓、次
仁罗布、白玛娜珍、石舒清、马金莲、索南才让等西部作
家的个案研究,在铸牢中华民族共同体意识总体观照中借
助"地方路径"的批评视域而走向规范、深入和学理化。

上述挂一漏万的介绍,从多个方面说明当代西部文学
多层面绵延与拓展的丰沛发展状况。

马粉英《文学丝路》正是在这样的学术积累和当代文
学研究语境出现,其独特的价值和意义,不言而喻。特别
是与世界文学的比较研究,这是对西部文学研究的有力补
充,同时对个案研究,特别是与世界文学的比较剖析使甘

肃当代文学研究深化和开放。这两个方面都具有建设性意义。此前西部文学研究，在个案和论著中也大量借鉴西方文学理论、小说叙事理论来批评讨论西部作家的创作，甚或更深入地借助西方人道主义和现代主义思想来剖析作家及其作品的内涵，但少有马粉英《文学丝路》具体入微的中外作家作品的平行比较，特别是七位作家的系列比较研究，形成一部完整的比较文学研究专著，在当代西部文学研究领域还是比较新颖。当然，《文学丝路》体现作者敏锐眼光和学术自觉的同时，基于文献功底和审美素养的清晰思辨与简洁的述学语言相契合，还体现了朴实的学术路径和专业自觉。

首先，从新时期文学大潮敏锐把握西部文学之甘肃板块的价值和意义。天水女子马粉英西行求学而定居兰州，在外国文学研究和课堂教学的专业求索中将自己熟悉的小说作家放在西部文学的总体背景上，从各自的生活经历和创作历程把握其特色、思想和情感。讨论每一个作家都是建立在其史料生平文献和文本作品细读之上的剖析思辨，显现了严谨细致的文献基础。马粉英喜欢音乐、旅行和民间文化，言谈中熟悉甘肃地理文化，陇东深厚的乡土叙事与现代性反思的小说、诗歌，河西走廊多了切入边地大漠和掺杂游牧生活的现实主义与文化探寻，而天水陇南更加凸显秦地文化与历史传说的叙事抒情，以及甘南独特的高原风情与民族融合的浪漫书写，相互映照，形成甘肃新时期以来地域文化浸染的多样性板块和文学风貌。

其次，选择了有特色和有成就的作家作为研究对象。正因熟悉甘肃地理板块和文化风貌，重点选取雪漠、马步升、弋舟和叶舟四位非常典型的"文学丝路"作家。第一位雪漠，其《大漠祭》对游牧与农耕交织地带的艰辛生活和地理环境进行了精细入微的雕刻，与俄罗斯文学的精神血脉相同。第二章讨论的马步升，其陇东农耕文明深厚的乡土书写，特别平凡人人性揭示的冷峻书写，自然与契诃夫小说风格接近，并有了马步升内在视角的生动语言和幽默特色。叶舟探求宏大叙事和文化底蕴的追求，在雪漠、马步升的小说叙事之外，展示了甘肃作家注重历史题材和精神气质的开阔胸襟。弋舟同样注重现实关怀，不同于雪漠的质实，也区别于马步升的恣肆，他借鉴更多小说叙事技巧而完成自己的"黑色幽默"，随生活之流游离故土而定居现代都市西安。而认真讨论的另外三个作家，徐兆寿和严秀英都是寄居高校的作家，来自武威的徐兆寿多了浸淫中西文化的浪漫情调和忧患意识，而出生于甘南的藏族女子严秀英追求小说内在的意味和外在的叙事，喜欢杜拉斯，学习欧·亨利，隐约呵护了大学老师和女性双重的矜持。王新军的创作更接近世俗的日常生活，在谨慎的阅读西方作家过程中又自觉收缩自我。与雪漠笔下的自然与人的生存状态描写不一样，王新军小说里自然生态与人性沦丧都是"小地方"一些人生活的宿命。文学在不同作家心里是不一样的,雪漠沉浸存在之思,马步升走向伦理批判,徐兆寿求天人合一,严秀英爱心灵探寻,叶舟有文化梦想,弋舟多俗世悲悯,还有王新军直面生活的感伤……这一切在马粉英极为开阔和精细的比较研究中有了清晰的烛照和别样的"应和"[1]。

第三,从自己世界文学阅读的审美经验来观照西部作家的小说创作。马粉英简洁明了的述学语言,令我惊奇。"当你进入研究过程之后,历史的丰富性和内在的逻辑会引导你前进,以致最好的方法就是发展出最为宽阔的视野。"[2] 以此可以印证我阅读《文学丝路》的深刻感受。举重若轻,没有故作高深的理论堆砌,只有在熟悉作家创作个性和相关研究文献的基础上,似乎是信手拈来,却是精确的具有文本印证意义的对比,三言两语的剖析,精炼而简明。"雪漠像沙漠雄鹰那样既能生长于这片大地,也能自由翱翔于这片天地,既融入这片土地,又能俯瞰这片土地。他以其独有的敏锐发掘和诉说着发生在这片土地上的故事,成为丝绸之路上

---

1. "显然,中外文学在交流中产生的'应和'并不等于认同。'应和'是由于中外文学在交流中构成的一种内在的契合和互补性,是一个文学在更大范围内的共生共鸣和相辅相成;而认同则是包含着对这种应和的一种自觉意识,能够对各种应和现象进行审美的阐释和理解。"参见殷国明:《20世纪中西文艺理论交流史论》,华东师范大学出版社1999年版,第402页。
2. 汪晖:《如何诠释"中国"及其"现代"?》(重印本前言),载《现代中国的兴起》,生活·读书·新知三联书店2015年版,第24页。

的'大漠歌者'。"有一说一，绝不过多发挥和褒贬。在典型文本与文本细节对比过程中，提纲挈领地批评说："马步升《青白盐》小说的创作，很好地为叔本华悲观主义的哲学理论做了文学文本的阐释，让哲学和文学的创作紧密而自然地联合在一起。"一个时代形成一代作家共同的特色和向心力，这就是现实主义情结深厚的西部作家，在跨世纪的写作中对当代生活中发生在普通人身上的情感跳跃、命运波折和内心激宕的艺术写照。古老而深沉的内陆甘肃是多元文化交会之地，为人的生存处境和为人生发现出处而必须坚守的审美同情，使得甘肃作家的小说叙事更为严酷、深刻和多样。亦如女性和小人物为关键词，比较欧·亨利与严秀英，轻轻拎出女性主义而别开生面，深乎其内又出乎其外，借欧·亨利部分阐释了严秀英小说的艺术性追求，在共情的辨析中说明了严秀英小说的个性化情感与女性自省。

黄河流响千年，五四新文学作家们接触外国小说多源于"林译小说"，新中国之初大量翻译了俄苏文学经典和马克思列宁主义文论著作，而新时期中国文学的复苏也肇启于1978年以来欧美文学经典的重印和世界人文经典的绍介翻译。"研究外来的文学，既是语言的阐释，也是文化的交流和思想的对话。在中华民族走向现代化、中外文明相互交融这一世界发展总格局的进程中，外国文学研究发挥了越来越重要的作用。外国文学研究是我国学术和文化建设一个重要组成部分，有助于中国在深层次上了解世界，吸纳世界文明的精华。"[1]中国百年新文学流变与发展，包括西部作家的当代成长和艺术镜鉴，都离不开世界文学的优秀资源。马粉英这部作家论与文本细读相结合的平行比较著作，践行海明威的"冰山理论"，规范严谨的文献梳理，简洁明了的述学语言，特别是中西作家作品高屋建瓴的把握和赏析，值得当下过度阐释和理论化的学人们借鉴和学习。从"绪论"开始，言简意赅，思维清晰，述学论学的清新之气，在我阅读的视野里，难得一见。作家是从个己的认识、思考去捕捉人的现实境遇和内心世界，这种认识和思考来自人类生活的总体时空，来自本民族的历史忧患，进而从自身的经历去悲悯并建构笔下人物的精神气象和情感世界。诗无达诂，这不是批评家和研究者可以完全辨析和尽善尽美阐释的。

　　这是《文学丝路》阅读中无法自抑的一些随想和心得，与更多的西部文学研究者共勉。

　　亦为代序。

湟水　李生滨

2024 年 7 月 26 日草成于兰州长河居

---

1. 申丹、王邦威主编：《新中国 60 年外国文学研究·总论》，载第五卷《外国文学译介研究》，分卷主编谢天振、许钧，北京大学出版社 2015 年版。

绪 论

　　"西部作家"是一个按照地域划分的概念。按照这个划分，有一大批知名作家应该属于此范畴，如陈忠实、贾平凹、高建群、许开祯、柳青、路遥、雪漠、叶舟、马步升等，这一批作家以他们的创作实绩将西部作家的影响扩大到了全国，让国人认识了西部作家，也让国人通过他们的创作认识了西部。文学评论家陈思和认为西部文学是中国当代文学的灵魂。"中国这个地方地大物博，相对物质来说西部是比较贫穷的，但我觉得一个民族的力量往往在西部，这是我的一个基本看法。整个历史来说，从周朝开始对中国社会发生影响的都在西部，那块地方始终是政治、文化的发源地，或是发祥地。每当中国走向衰弱，走向瓶颈的时候，西部就会发出一个声音。"[1] "整个现代化进程我们忘了民族自生的一种精气，我们自己把它抛弃，认为这是一个落后的东西。其实我觉得雪漠捡起来的是萧红的精神，

---

1. 陈思和、雷达等：《让遗漏的金子发出光辉——"复旦声音"：雪漠长篇小说〈白虎关〉研讨会》，《文艺争鸣》2010 年第 3 期。

是整个文学史上对我们民族精神的一个探讨，这才是西部的一个概念。"[1]

在中国文坛上，可以说当代西部作家以自己傲人的创作实绩赢得了国人的关注，形成了西部文学的独有品格和风貌，成为中国当代文坛一片靓丽的文化景观。但是，作为新时期文学批评话语的"西部文学"却是一个相当新颖的学术话语，"虽然对西部作家和文学现象的评论是与新时期文学同步的，但批评界对'西部文学'的关注和倡导则发生在1985年前后。作为公共话语的'中国西部文学'，其诞生和发展始终伴随着国家发展'战略'或地缘政治特别是文化战略方面的思考"[2]。谢昌余在1985年发表的《在"中国西部文艺研讨会"上的发言》中提出，西部文学将是一个由西部各民族的历史文化和现实生活所养育，由西部的自然山川、人文地理和经济生活、时代环境所培植的，具有地域性、民族性、时代性的独具特色的多民族的文学，"是一个熔化了历史精华、为当代精神所浸透的有独特的西部精神、西部气质、西部风骨、西部气魄和西部性格的文学"，"是一个有共同的美学纲领、相近的诗学主张、多样的艺术风格、崭新的艺术手法，容含社会性、时代性、人

1. 陈思和、雷达等：《让遗漏的金子发出光辉——"复旦声音"：雪漠长篇小说〈白虎关〉研讨会》，《文艺争鸣》2010年第3期。
2. 李继凯：《中国西部文学研究三十年》，《文学评论》2008年第4期。

道主义、博爱胸怀、纯真崇高的道德伦理、悲壮沉宏的审美价值的文学"。[1]

2013年9月和10月，中国国家主席习近平在出访中亚和东南亚国家期间，先后提出共建"丝绸之路经济带"和"21世纪海上丝绸之路"的重大倡议，得到国际社会高度关注。在"一带一路"这一大的话语背景下，当代西部作家作为"丝绸之路经济带"上一个独特而又重要的作家群体，成为了解西部文化、传播西部文化不可或缺的一部分。

在学界，持续关注西部作家创作的学者有雷达、陈晓明、李继凯、赵学勇、徐兆寿、李遇春、王贵禄等。对西部小说作家的研究主要涉及以下几个层面：

首先是对西部文学发展境遇的研究，多着眼于西部文学整体的发展，探讨西部文学发展的得失与历史境遇。代表性成果如评论家雷达的《近三十年甘肃乡土小说的繁荣与缺失——雷达访谈录》《新时期以来的甘肃乡土小说》《甘肃"八骏"的新开掘，新气象》、王贵禄的《论新生代西部作家的精神结构与历史境遇》等。

其次是西部文学史的建构。代表性的成果有赵学勇与孟绍勇合著的《革命·乡土·地域：中国当代西部小说史论》、

---

1. 谢昌余：《在"中国西部文艺研讨会"上的发言》，《当代文艺思潮》1985年第6期。

李兴阳的《中国西部当代小说史论（1976—2007）》等。

此外就是对于西部文学的文学精神的探讨，侧重于西部作家的文化精神、心理结构等。代表性的成果有赵学勇、王贵禄的《论西部作家的文学精神》，李遇春的《西部作家精神档案》。后者对当代西部著名作家路遥、贾平凹、陈忠实等作家的心理世界进行了深入的艺术透视。还有一些学者侧重于对西部作家写作姿态的研究，有彭岚嘉的《西部作家的文化姿态》、王贵禄的《为谁写作：论西部作家的底层意识》等，这类成果关注西部作家为谁创作的问题。

对西部作家创作的艺术风格的研究也是很重要的一个研究层面。代表性成果有陈晓明的《"凿空"西部的神秘——试论三位西部作家的"生活意识"》、王贵禄的《论西部作家的荒原叙事》、徐兆寿的《当代西部文学中的民间文化书写》等，在对西部文学的研究中，这类成果是最多的，学者们从不同的角度多方面探讨了西部文学的艺术特质，从而发掘西部作家创作的美学风格。

学者们对于当代西部小说作家的研究，有以作家群体为研究对象的，也有以作家个案为研究对象的，研究涉及面较为广泛，既有对西部文学的宏观思考和话语讨论，也有对作家作品的美学风貌、西部特色、文化影响、存在困境、宗教因素、叙事艺术等问题的集中探讨，研究成果丰硕。但是对西部作家这一群体的研究中，人们很少关注到作家创作中所受到的世界文学的影响。作为创作特色极其鲜明的作家群体，西部作家的作品有很明显的地域性语言特色、地域性场景特色、地域性人物特色，而正是这样鲜明的地域性，让我们忽略了他们的世界文学意识和世界文学观念。

对于西部小说作家与世界文学关系问题的研究，现有的学术成果较少，暂归为两个方面：

其一是整体研究。目前只有韦建国、李继凯、畅广元的《陕西当代作家与世界文学》。这部著作选定贾平凹、陈忠实、路遥、高建群、叶广芩、红柯六位作家，探讨他们与世界文学的关系，认为陕西当代文学接受了异质文化的启迪和激发，然后在本土文化和自身处境中生成。

其二是个案研究。以某一位西部作家为研究对象，来研究他的小说创作中的世界文学因素。代表性成果有沈琳的《试析加西亚·马尔克斯对贾平凹创作的影响》，论述了拉美魔幻现实主义作家马尔克斯对贾平凹创作的影响及其原因。李晓卫的《柳青、陈忠实的创作与外国文学》，探讨了柳青和陈忠实作为中国当代文学不同发展阶段的代表作家，在创作上对外国文学的学习和借鉴。宗元的《路遥与外国文学》，探讨了路遥创作与外国文学的关系。

通过以上学术史的简单梳理可以看到，以单个作家与世界文学关系的研究成果有一些，但成果很有限，只有可数的几篇论文，且多半集中在产生全国性影响的当代西部小说作家。而本书的研究就是为了弥补国内对西部作家的研究中这一层面的缺漏，从而也为我国作家的创作提供参考和借鉴。本书以甘肃省作家为重点，是因为截至目前，对于甘肃作家作为一个群体与世界文学关系的研究学界鲜有涉及，中国当代甘肃小说作家与世界文学的关系这一学术问题依然有着很大的研究空间。

甘肃文学作为西部文学的一个重要组成部分，在改革开放后取得了重要的成就。诗歌方面李老乡、娜夜等获鲁迅文学奖。小说方面，邵振国的《麦客》获1984年的全国优秀短篇小说奖；柏原的《喊会》获全国优秀短篇小说奖；叶舟凭《我的帐篷里有平安》获得第六届鲁迅文学奖短篇小说奖，长篇巨著《敦煌本纪》获第十届茅盾文学奖提名，2020年10月获第四届施耐庵文学奖；弋舟在连续获得第十六届与第十七届"百花文学奖"后，凭短篇小说《出警》获第七届鲁迅文学奖；2016年6月，弋舟荣膺首届中华文学基金会"茅盾文学新人奖"；2023年，弋舟短篇小说《德雷克海峡的800艘沉船》获得2022年川观文学奖；雪漠的《大漠祭》入围茅盾文学奖提名并荣获"第三届冯牧文学奖"等多项奖项；冯玉雷的中篇小说《禹王书》入围第八届鲁迅文学奖等。报告文学方面，王家达的《敦煌之恋》获首届鲁迅文学奖、2002年首届徐迟报告文学奖；董汉河的《西路军女战士蒙难记》获徐迟报告文学奖；钟翔的散文集《乡村里的路》获中国作协第十届全国少数民族文学创作"骏马奖"。散文创作方面，2018 年 6 月 23 日，张子艺凭借《锁阳城里的风铃草》荣获冰心散文奖。

从这些大奖的获得来看，当代甘肃文学的创作取得了良好的成绩，扭转了中国现代文学发展史上甘肃文学的缺位现象，也力证了当代甘肃文学的发展已经具备了与全国文学界对话的能力。

进入新世纪以来，为了让本省文学能更好地走向大众视野，形成具有全国影响力的"文学气候"，2005 年，甘肃省打造的文学品牌"甘肃小说八骏"亮相上海，成为甘肃省中青年作家争相展示才华的一个文化竞技和推广平台。同时，"甘肃小说八骏"这个文学品牌，也表现了当代甘肃作家和其文学作品对文学的理解、认识和追逐。近几年，甘肃文坛长篇小说的创作也是不断涌现力作，叶舟在《敦煌本纪》之后，2022 年又推出了 120 万字的长篇巨制《凉州十八拍》；严英秀 2022 年发表《狂流》；冯玉雷 2021 年推出《野马，尘埃》；徐兆寿 2017 年推出《鸠摩罗什》等，这些力作的问世力证了当代甘肃小说作家的创作能力。

甘肃作家，作为一个具有鲜明特点的作家群体，我们在对他们创作中如何处理民族文化与世界文化、传统文化与外来因素等关系的考察中发现其特点，总结其规律，认识其局限。在当代，甘肃文学的发展取得了重要的成就，但依然有其创作上的局限性。当代甘肃文学要想真正超越自我，走向世界，还需在继承传统文化、凸显民族文化的同时广泛吸收世界文学的滋养。

本书的研究主要以甘肃当代小说作家为研究对象，选取了雪漠、马步升、叶舟、弋舟、徐兆寿、严英秀、王新军为主要的研究对象，用比较文学影响研究和平行研究的方法，探究甘肃当代小说作家的创作与外来文化、主要是外国文学之间的关系。一方面，研究当代甘肃小说作家创作中的外来因素，为甘肃作家的研究提供一个新的研究视角；另一方面，对当代甘肃小说作家创作中外来因素的发掘，不仅可以清晰地呈现出当代甘肃作家与世界文学的关系，有助于我们了解和挖掘当代甘肃作家对世界文学的接受与吸收，更好地认识当代甘肃作家的创作，同时更重要的是可以探索甘肃文学开放自我、走向世界、融入世界的路径，从而反过来助力甘肃作家的创作。

第一章

雪漠小说创作与外来影响

雪漠（1963— ），原名陈开红。出生于甘肃省武威市凉州区洪祥镇陈儿村，近年来主要定居广东东莞。雪漠曾三度入围"茅盾文学奖"，他的作品也曾荣获"冯牧文学奖""上海长中篇小说优秀作品大奖"等，此外，他还荣获"五个一工程"奖，连续六次获"敦煌文艺奖"，连续三次获"黄河文学奖"。其作品入选《中国文学年鉴》和《中国新文学大系》。

1988 年 8 月，雪漠的中篇处女作《长烟落日处》发表于甘肃省《飞天》杂志第八期，在甘肃省内外引起了很大反响。之后，在 2000 年，雪漠耗费了 12 年的心血完成的长篇小说《大漠祭》由上海文化出版社出版，由此奠定了雪漠在中国文坛的地位。2003 年，长篇小说《猎原》由北京十月文艺出版社出版；2008 年，又发表了长篇小说《白虎关》。《大漠祭》《猎原》《白虎关》后来被称为雪漠的"大漠三部曲"。从 2010 年开始，雪漠又陆续发表了《西夏咒》《西夏的苍狼》《无死的金刚心》，这三部作品与之前发

13

表的"大漠三部曲"相对应,被学界称为"灵魂三部曲"。2014年,雪漠又发表了长篇小说《野狐岭》,获得了学界的一致好评。

雪漠的创作成就是多方面的,除了小说创作,他还著有散文集《一个人的西部》《匈奴的子孙》《空空之外》《凉州往事》等;文化著作《老子的心事》《雪漠心学》《光明大手印》等;心灵随笔《世界是心的倒影》《让心属于自己》《活着就要发声》《世界是调心的道具》《给你一双慧眼》等;还出版有诗集《拜月的狐儿》。

在文学界,雪漠产生重要影响的主要还是他的西部小说系列,他因在小说中对中国西部凉州深刻而精细的书写而成为甘肃文学的卓越代表。他的"大漠三部曲"和"灵魂三部曲"在国内产生了重要影响。而从国内对雪漠创作的研究来看,也多集中在他创作中的"西部性"研究上,因而"西部民间伦理""西部叙事""西部写作""西部精神""西部生存"等成为雪漠研究中的高频词,雪漠也理所当然成为第三代西部作家群中的一员。"西部"固然是雪漠创作中文本空间的主要阵地,"西部精神"固然也是雪漠创作中的主要精神阵地,但是走近雪漠,我们会发现,雪漠的创作除了受到养育他的那片凉州土地的滋养、母语文化的浸润之外,世界文学和文化无疑为对他走出地域文化的限制,培养博大的胸怀和宏阔的写作视野提供了生命活水。

第一节　雪漠的阅读历程

　　从小时候的"发声书"贤孝，识字后的阴阳风水
命书们，到初中时的红色经典，到高中时的《红楼
梦》、雪莱们，上师范时的雨果们，到工作后的托尔斯
泰们，再到后来的哲学、文化和宗教经典，我的读书
一直呈现着一条向上的曲线，它伴随着雪漠的成长。
不过，到了快五十岁的时候，我也会读一些西方的畅
销书。我想从中发现那种能为大众喜欢的叙述方式。[1]

　　童年的雪漠，主要阅读的是课本和凉州贤孝，除此之
外，他所接受的就是舅舅传给他的那些阴阳风水之类的神
秘文化，而这种阴阳风水学中，既具有萨满文化，也具有
道家、佛家等文化。对贤孝的描写，后来几乎伴随着雪漠
的整个创作生涯。

　　据雪漠回忆，他生命中的第一本书叫《越南英雄阮文
追》，这是一本他称为"花娃娃书"的书，也就是我们说
的小人书，之后，他的父亲给他买了《生命线上》《战马驰

---

1. 雪漠：《一个人的西部》，人民文学出版社 2015 年版，第 93 页。

骋》。这三本书是雪漠生命中的第一批书，也成为他童年生活中最美好的财富。后来，雪漠上学读书后，他的父亲也曾想办法给他弄书，但那时候家境贫困，无钱买书，父亲给他找的书多是向朋友借的，大多是《施公案》之类，而正是这些书，为雪漠打开了另一个世界。入读武威一中后，雪漠读过的书中对他影响最大的是《红楼梦》，他曾经背诵了《红楼梦》中的很多诗词。而也是从这时候开始他最早开始接触外国作家，开始读英国浪漫主义诗人雪莱的诗。但是雪漠自己说，这一阶段对他影响最深的书是当代作家杨沫的长篇小说《青春之歌》。

1980年6月，雪漠考上了武威师范。读师范对雪漠来说最大的收获是能够读到很多书，这一时期他阅读了很多世界名著，比如法国作家维克多·雨果、司汤达等人的几乎所有作品，只要当时国内有译本的他都读了。而正是在阅读世界名著之后，雪漠"首先知道世界上还有另外一种生活、另外一个世界。它跟我看到的世界不一样，那些异质的书，开阔了我的眼界"。[1]也是在这时候，雪漠开始走近19世纪俄国伟大的现实主义作家列夫·托尔斯泰，但是十七八岁年纪的雪漠并不是非常喜欢托尔斯泰，年轻的他当时还无法理解托尔斯泰的作品。整个师范期间，雪漠

---

1. 雪漠:《一个人的西部》，人民文学出版社2015年版，第141页。

虽然阅读了大量外国作家的作品，系统读的还是我国现当代小说作家的作品。

> 倒是高尔基的作品我能读进去。对托尔斯泰的喜爱，是三十岁以后的事，一爱上，就上瘾了，直到今天。上师范时，我只有十七岁，那时我最喜欢的作家，还是中国作家，像五四时期的那些人。我于是疑惑：明明他们比托尔斯泰强，为啥不是世界文豪？直到三十岁之后，我才发现，他们跟托尔斯泰有着很远的距离，主要在于境界和胸怀。托尔斯泰有着别的作家没有的那种大气和悲悯，这与他的宗教素养有关，而中国作家，缺的就是这一点。[1]

20 岁之前，雪漠接触更多的读物是流行杂志。"二十岁之后，我的阅读口味变了，流行文学刊物已不能满足我的口味了，我就开始读一些更为重要的书，主要是经典作家的作品，以及《道德经》《逍遥游》等古典文学作品，也读一些佛教书和外国作家的作品，比如《少年维特的烦恼》等。"[2]当时老庄思想对雪漠影响很深，但是同时他也非常迷恋一些外国作家和他们的作品。雪漠自己这样说："我特别

---

1. 雪漠：《一个人的西部》，人民文学出版社 2015 年版，第 141—142 页。
2. 同上书，第 216 页。

迷恋《少年维特的烦恼》那种笔法。"[1]

　　雪漠开始阅读《百年孤独》是 1988 年的事。《百年孤独》是著名的哥伦比亚作家马尔克斯的代表作，也是拉丁美洲魔幻现实主义文学的代表作。1988 年，雪漠还在武威的北安小学当老师，当时《飞天》杂志的冉丹老师向他推荐了《百年孤独》。雪漠在同事的旧书堆中找到了这本书，这本书带给雪漠很大的震动，用他的原话来说："读了那本书，我才知道，原来小说还可以那样写。"[2] 这句话让我们想到马尔克斯在读卡夫卡的《变形记》的时候说过的一段话：

　　　　我十七岁那年读到了《变形记》，当时我认为自己准能成为一个作家。我看到主人公格里高尔·萨姆莎一天早晨醒来居然变成了一只巨大的甲虫，于是我就想："原来能这么写呀。要是能这么写，我倒也有兴致了。"因为我恍然大悟，原来在文学领域里，除了我当时背得滚瓜烂熟的中学教科书上那些理性主义的、学究气的教条之外，还另有一番天地。这等于一下子卸掉了贞操带。[3]

1. 雪漠：《一个人的西部》，人民文学出版社 2015 年版，第 216 页。
2. 同上书，第 268 页。
3. ［哥伦比亚］马尔克斯：《番石榴飘香》，林一安译，生活·读书·新知三联书店 1987 年版，第 39 页。

卡夫卡影响了马尔克斯的写作，让他看到了文学的另一种可能性，也为马尔克斯打开了另一幅文学图景。同样，对《百年孤独》的阅读也让雪漠看到了文学的不同形态，从某种意义上说，对《百年孤独》的阅读可以看作雪漠接触和了解西方现代主义文学的开始。

1992年，雪漠的弟弟去世。雪漠因此有很长一段时间陷于非常绝望的精神状态，他大概用了两年多的时间才从这种状态中走出来。后来他将弟弟的事写进了小说《大漠祭》中。弟弟出事后，雪漠从1993年1月开始了幽闭生活。他除了禅修，就是读书和写作，但是这一时期他的写作并不顺利，他常常陷入焦虑，经常是写了扔，扔了再写，写了再扔，内心非常苦闷。这种不断的煎熬让雪漠有了一种生命透支的感觉。这时的他，"唯有在读书时，我还能感觉到一线希望"。[1] "那时，我读了很多书，以俄罗斯文学为主。大部分小说，我都是通读，唯有托尔斯泰和陀思妥耶夫斯基，我精读了好几遍，有的也在书上做了批注。"[2] 这时候的雪漠无疑是痛苦的，用他自己的话说，"那时的我，陷入了生命中最大的困境"。[3] 雪漠也开始读佛经和文学经典，

---

1. 雪漠：《一个人的西部》，人民文学出版社2015年版，第326页。
2. 同上书，第327页。
3. 同上。

正是在这种精神的困境中，他得以和两位世界级的大文豪对话，他读了托尔斯泰的《战争与和平》《安娜·卡列尼娜》，也阅读了法国自然主义的代表作家左拉的一些小说。这让雪漠的心开始宁静下来，他迎来了自己文学上的顿悟。"读了很多俄罗斯文学作品，也读了海明威的一些小说，它们很快变成了我的营养。……于是，在 1993 年 11 月的某一天，《新疆爷》便不期而至了。"[1] 1993 年 11 月《新疆爷》发表，这部短篇小说相比雪漠之前的创作，减少了情节的叙写，整部小说主要是在写人，短短的篇幅中，新疆爷这个人物的塑造展现了非常饱满的灵魂，鲜活而生动。小说一发表，就获得了甘肃省"华浦杯"短篇小说大赛的二等奖。2008 年的时候，法国的一位汉学家发现了《新疆爷》，2012 年，这部短篇小说被英国最有影响力的报纸《卫报》全文翻译并发表，被认为是当代中国最优秀的五部短篇小说之一。而从雪漠的叙述中我们可以看到，这部短篇小说的写作无疑受到了俄罗斯文学和美国作家海明威创作的影响。

　　1994 年，雪漠"重点读陀思妥耶夫斯基的作品，也读一些其他作家的经典作品，比如司汤达的《红与黑》等"。[2] 而这些阅读和禅修，让雪漠不再执着，他不再感到压抑，变得轻松、宁静，创作风格也随之发生了改变。这

---

1. 雪漠：《一个人的西部》，人民文学出版社 2015 年版，第 336 页。
2. 同上书，第 341 页。

时候他的创作中心理描写越来越多，虽然是以人物对话的形式出现，但读者读得出，那是一种灵魂的对话。而这种风格的改变和他对外国文学，尤其是俄罗斯文学的营养的吸收和汲取是有很大关系的。

第 二 节　雪 漠 的 文 学 观

梳理雪漠的阅读史，我们可以洞察到他知识结构的构成和作为作家的创作风格的形成过程，同时，我们也可以看到他对外国文学的阅读与接受情况。

综观雪漠所有的创作，对他的创作产生重大影响的主要有两种文化：一是孕育了他的生命的甘肃凉州民间文化。在他的小说创作中，"大漠三部曲"就对西部凉州文化做了精细而又深刻的描写。另一种文化是和雪漠的信仰有关的大手印文化，这种文化让他得到了终极的超越。雪漠在"灵魂三部曲"和"光明大手印"书系中对此有着全面的展现。这两种文化的呈现使得雪漠在中国当代文坛显得独具特色。雪漠在《一个人的西部》中将自己对家乡文化的了解分为三个阶段[1]。第一个阶段是启蒙阶段，主要是在他20

---

1. 参见雪漠:《一个人的西部》，人民文学出版社2015年版，第159—161页。

岁之前。这一时期，他主要学习的是家乡的神秘文化，而这对雪漠一生影响巨大，构建了雪漠独有的精神世界。在这方面，雪漠受自己的二舅、号称"畅半仙"的畅国权的影响很大。第二个阶段，是对两周文化狂热热爱的阶段。雪漠开始自己早期的修炼，他主要跟随贡唐仓大师、吴乃旦喇嘛和释谛禅、桑杰华旦上师等高僧大德修学修炼。第三个阶段，是他实现超越的一个阶段。"我的人格修炼已经达到了一定境界时，凉州文化就成了我文化格局中的一个小元素。它已融入我的基因，成为我的营养，却不再局限我了。"[1]家乡文化的营养供给是雪漠一生都用之不竭的文化血脉。

可以说，中国文化传统、凉州民间文化、佛教文化、道教文化、外国文学与文化共同造就了雪漠以及雪漠的创作，也促使他形成了自己独有的文学观。

> 多少人曾说，文学是无用的，文学是无力的，文学是仅供消遣的，但我一直不同意这个观点——我也同意，但我同意的，仅仅是文学的缺乏功利之用。它的确是远离功利的，你很难用文学，来实现某个功利的、短期的目的。但文学有大用，那所谓的大用，就是

---

1. 雪漠：《一个人的西部》，人民文学出版社 2015 年版，第 160 页。

对人类心灵的影响。正如托尔斯泰、陀思妥耶夫斯基的作品，至今仍照亮了无数的心灵一样。我们之所以热爱它们，就是因为，它们激发了我们内心的力量，激发了我们本性中善美的力量，唤醒了我们的正义之心，唤醒了我们的担当，唤醒了我们的神性，唤醒了我们内心最温柔、最平和、最安详，也最坚定的那个东西。[1]

文学不需要任何人去殉道，它仅仅是一个人享受生命的一种方式。文学可以承载某种精神，可以承载某种智慧，但你要是把它们变成文学的原因，就永远无法接近文学。因为，真正的文学，是一个人内心的东西，是一个人在陶醉时心灵的流露。它是简单的，是质朴的，是赤裸的，就像孩子面对母亲时的微笑，也像慈母给予孩子的拥抱，温暖、纯粹，没有一丝的造作和目的。有了目的，就不是文学了。它就变成了一种工具。变成了工具的文学，是虚伪的，也是死的，你很难在里面尝到真正的诗意。[2]

很多时候，真正能传承精神和文化的，是文学。这也是我从小热爱文学的原因，我热爱的，从来都不是优美的文字，而是文学背后的那颗心，因为那颗心

---

1. 雪漠：《一个人的西部》，人民文学出版社 2015 年版，第 242 页。
2. 同上书，第 219 页。

承载了一切，一切的文化精髓，一切的时代变迁，一切关于岁月的记忆，一切的感悟和沉淀……所以，我在追求梦想的过程中，最重视的，也是完善人格、重铸灵魂。如果做不到这一点，即使能成为作家，对我来说也没啥意思，因为我写不出真正有意义的文学作品。当然，这只是我自己的文学观。[1]

文学对于雪漠来说是超功利的，是无目的的，文学"是一个人在陶醉时心灵的流露。它是简单的，是质朴的，是赤裸的，就像孩子面对母亲时的微笑，也像慈母给予孩子的拥抱，温暖、纯粹，没有一丝的造作和目的"。超功利不是说文学就无用了，而是有大用，那就是"对人类心灵的影响"。所以雪漠自身非常重视自己人格和灵魂的修炼。这个文学观的形成从雪漠的自述来看，显然受到了俄国现实主义的两座高峰托尔斯泰和陀思妥耶夫斯基的影响。

第三节　雪漠的小说创作与俄罗斯文学

雪漠的小说创作有着非常鲜明的地域特色和本土化特

---

1. 雪漠:《深夜的蚕豆声》，人民文学出版社 2016 年版，第 59 页。

点，尤其是"大漠三部曲"。但是我们不能由此就认为雪漠的创作就完全是中国文化浸润的结果。文学评论家雷达在《雪漠小说的意义》一文中肯定了雪漠追求本土化创作的倾向，但同时，他又说："我觉得，他需要一种东西文化撞击后的眼光。"[1] 显然，从雪漠的"灵魂三部曲"到《野狐岭》的创作，雪漠在有意无意间向读者展现"东西文化撞击后的眼光"这一独特的文学审美视域。本节通过对雪漠创作中俄罗斯文学的影响因子以及托尔斯泰影响的探究，揭示一个更丰富、更具有世界性的雪漠。

雪漠对普通老百姓生活的书写，对广大农民生活的关注和书写，对他深爱的农民父老的书写，使他天然地与俄罗斯作家亲近，尤其是俄国 19 世纪的那一大批现实主义作家。苦难深重的俄罗斯民族哺育了一大批具有承担精神和忧患意识的作家，从被誉为"俄罗斯文学的太阳"的普希金开始，诞生了果戈理、托尔斯泰、屠格涅夫、陀思妥耶夫斯基、契诃夫等一大批杰出的现实主义作家，开创了俄罗斯文学史上的黄金时代，也形成了俄罗斯文学史上的一个非常辉煌的时期，托尔斯泰和陀思妥耶夫斯基成为这一时期俄国现实主义文学的两座高峰。无论是托尔斯泰和陀思妥耶夫斯基，还是这一时期的其他俄国作家，他们几

---

1. 雷达：《雪漠小说的意义》，《人民日报》（海外版）2004 年 6 月 18 日。

乎都有着非常强烈的社会责任意识，他们不仅仅是在写作，还在用写作探索俄罗斯民族的命运和出路。他们一方面探索着俄罗斯摆脱农奴制的出路，另一方面又怕俄罗斯陷入资本主义的泥潭，于是这一时期的俄罗斯文学以凝重的格调奏响了爱与受难相伴相随的主题。

鲁迅先生也将关注的目标投向了俄国文学，他认为俄罗斯的文化和经验和我们有某些相通的东西，"中国现时社会里的奋斗，正是以前俄国小说家所遇着的奋斗"。[1] 鲁迅先生当年弃医从文就是为了用笔来唤醒民众，从而"转移性情，改造社会"。[2] 奥地利作家斯蒂芬·茨威格曾对法国作家巴尔扎克、英国作家狄更斯、俄国作家陀思妥耶夫斯基作品中的人物进行过比较，他说："在欧洲每年出版的五万本书中，请您打开任何一本来看，它们谈些什么呢？谈的是幸福。女人想有一个丈夫，或者某人想发财，享有权力和受人尊敬。对于狄更斯的人物，一切追求的目的，只是大自然怀抱里的一座漂亮的小住宅和绕膝欢跃的一大群儿孙。巴尔扎克的人物所热衷的是高楼大厦、贵族头衔和百万金钱。陀思妥耶夫斯基的人物有谁追求这些呢？谁

---

1. ［美］巴特莱特：《新中国思想界领袖鲁迅——关于鲁迅和我 》，石孚译，《当代》第 1 卷第 1 编，1927 年 10 月。
2. 鲁迅：《域外小说集·序言》，载《鲁迅全集·第 10 卷》，人民文学出版社2005 年版，第 176 页。

也没有。一个也没有。他们不愿停留在任何地方——甚至在幸福上，他们总是渴望走得更远些，他们都怀着一颗折磨他们的'火热的心'。"[1]而正是这种受难意识让鲁迅等一批我国现当代作家从心理上亲近俄国文学。

特殊的生活经历和对西部生活的深刻认知，也注定了雪漠对俄罗斯作家的情有独钟。读雪漠的小说，尤其是早期的《大漠祭》《猎原》《白虎关》"大漠三部曲"，明显可以感受到内在于雪漠灵魂中的这种"俄罗斯精神"，当然雪漠的"俄罗斯精神"不是在为俄罗斯寻求出路，而是在探索西部农民的精神出路，他主动承担起书写西部农民生活，并探索他们出路的责任。正如他在《大漠祭》序言中所说："我心仪的作家要有孤独的自信和清醒的寂寞。他必须有真正的平常心和责任感。写作是他的生活方式，而不是借以谋利的手段。他只为灵魂活着，从不委屈良心去捉笔。他只说自己想说的话。他之所言，或为完善自我，或为充实人生，或为记录生活。当他真正成为时代代言人的时候，他就可能被称为大作家和文化巨人，如托尔斯泰、曹雪芹、斯汤达、鲁迅、卡夫卡等人——他们甚至不一定能活着看到自己的作品出版。"[2]所以，他总想用自己的笔"真正成为

---

1. 〔奥〕茨威格：《巴尔扎克·狄更斯·陀思妥耶夫斯基》，转引自中国科学院文学研究所苏联文学组编：《世界文学中的现实主义问题》，人民文学出版社1958年版，第206页。
2. 雪漠：《大漠祭》，敦煌文艺出版社2009年版，第6页。

时代代言人"，在这个快速发展也快速逝去的时代，记录下即将逝去或正在逝去的生活、文化和精神。

雪漠在《文学朝圣·代序》中写道："三十岁之后，我的阅读重点就从中国文学转向了世界文学。"[1]从对雪漠的阅读史的梳理可知，雪漠在 30 岁之前就已经开始阅读世界文学，只不过 30 岁之前的阅读是零星的、不系统的，而 30 岁之后，他对世界文学的阅读开始有了自己的选择、自己的喜好、自己的情有独钟。在对世界文学的接受上，相较欧美作家，他更为倾心于俄罗斯文学，尤其钟情于俄罗斯伟大作家托尔斯泰，他甚至认为托尔斯泰和陀思妥耶夫斯基"相当于世界文学领域的释迦牟尼"。他也曾多处谈到俄罗斯文学，尤其是托尔斯泰对自己的影响。他在《文学朝圣·上》中说："在文学作品的阅读方面，我更侧重于阅读国外各个文学流派的经典。对我影响最大的是俄罗斯文学，俄罗斯文学那种独有的大气，那种渗透在作品中的宗教精神，是欧美及其他国家的文学作品所不能比拟的。"[2]可以毫不夸张地说，以托尔斯泰为首的俄罗斯文学影响了雪漠创作的品格和格局。

一、心灵辩证法

托尔斯泰是一位非常擅长心理描写的作家。法国作家

---

1. 雪漠：《文学朝圣·代序》，中央编译出版社 2013 年版，第 2 页。
2. 雪漠：《文学朝圣·上卷》，中央编译出版社 2013 年版，第 4 页。

居斯塔夫·福楼拜曾在给俄国作家屠格涅夫的信中惊叹托尔斯泰是一位了不起的心理学家。托尔斯泰在他的作品中往往通过对人物心理变化的细致描写来展示人物性格的演变，同时在文本中给读者呈现人物心理流动形态的多样性与内在联系，因此，俄国作家车尔尼雪夫斯基在描述托尔斯泰文学创作的心理技巧时总结为"心灵辩证法"。在我国，有关托尔斯泰的"心灵辩证法"的探讨与研究在20世纪的八九十年代达到一个高峰，《外国文学评论》《外国文学研究》这样国内外国文学研究的最权威期刊在这一时期就有七篇研究托尔斯泰心灵辩证法的学术文章。我国学者王景生在《"心灵辩证法"辨析》一文中，结合"心灵辩证法"这一术语出现的背景以及流传的情况，结合苏联对"心灵辩证法"的几种不同看法，清源正本，认为"'心灵辩证法'所揭示的托尔斯泰心理描写中的'特质'，即现代所谓的意识流或准意识流的手法，应视作托尔斯泰研究中这一经典之论的名实之当"。[1] 王景生认为，"心灵辩证法"应该包括意识流这种被认为是20世纪现代主义产物的文学样式，由此更加扩大了托尔斯泰创作上"心灵辩证法"特征的内涵。

雪漠对托尔斯泰创作的这一特点是极为熟悉的。他认

---

1. 王景生：《"心灵辩证法"辨析》,《外国文学评论》1995年第4期。

为正是托尔斯泰对于人物心理和灵魂的描写才使得他笔下的人物鲜活生动，就像某个活在我们身边的人。而雪漠同时也认为这也是他自己的小说能够成功的一个原因。"托尔斯泰善于心理描写，我在这方面的功夫，就是直接从他那里'继承'过来的。"[1]在雪漠笔下，"大漠三部曲"中对于老顺一家的书写不仅仅是对他们生活经历的呈现，更是对他们精神历程的生动描写。雪漠认为他的"'大漠三部曲'更侧重于灵魂的描写，写得很细，人物塑造上很成功，几乎所有人物都是活的"。[2]

《大漠祭》是雪漠最早产生重大影响的一部小说，小说以现实主义的笔法展现了一幅西部农村的真实生存图景，作品在并不复杂的故事情节中最为打动人的是对人物心灵真实的描写。小说中随处可见的心理刻画，加上简单的人物对话，鲜活饱满的人物跃然纸上。

　　果然，莹儿用头巾擦擦眼泪，低头干起活来。半晌，才说："男人，都一样，心眼里能进个骆驼。别看你灵丝丝的，其实，也是个榆木疙瘩。"

　　灵官的心晃悠起来。他总感到莹儿的话里隐藏着什么，但又不能确切地捕捉住那个蚕丝一样在风中

1. 雪漠：《文学朝圣·下卷》，中央编译出版社 2013 年版，第 108 页。
2. 雪漠：《文学朝圣·上卷》，中央编译出版社 2013 年版，第 12 页。

飘来荡去的东西。平日，他喜欢听莹儿的声音。那
声音水一样柔，也水一样纯，能化了他心里的许多
疙瘩。现下，那水一样的声音，却令他感到压抑和
慌乱。

　　"你说对不？"莹儿望他一眼，抿嘴一笑。显然，
她也发觉了他内心的慌乱。"你听那梁山伯的曲儿来
没？那句词儿，松木杆子柳木捅，前提万提提不醒。
我看正是说你的。"

　　莹儿话里隐含的意味似乎清晰了。灵官感到胸口
很憋，出气随之粗了。他强抑自己，以便使自己的呼
吸尽量均匀一些，但反倒显得愈加不畅。

　　"他还肯定说了啥，你想。"莹儿说。

　　灵官大脑晕乎乎的，脸在燃烧。莹儿成了太阳，
把他身上的水气全烤干了，奇异的渴再次袭来，就说：
"忘了，等想起来，再告诉你。"逃似的离开后院。[1]

　　这是《大漠祭》中写到的一个场景，灵官陪哥哥憨头
看病回来后，和嫂子莹儿一起在猪圈挖粪，由此展开二人
的对话。莹儿借机向灵官表达自己长久压抑的爱恋，灵官
这时候的心理活动被作者描写得惟妙惟肖，既展现了灵官

---

1. 雪漠：《大漠祭》，敦煌文艺出版社 2009 年版，第 36 页。

慌乱紧张而又激动羞涩的心态，同时也表现出了灵官虽被莹儿深深吸引，又因不敢公开接受莹儿的爱而十分尴尬的处境，人物的心理生动而又传神。这一场景的描写自然而然会让我们联想到托尔斯泰在小说《复活》当中描写的一个场景：玛丝洛娃因被诬告送上法庭受审，这时候坐在陪审团位置上的聂赫留朵夫认出玛丝洛娃就是十年前被自己诱奸而又抛弃的女子，托尔斯泰写下了聂赫留朵夫当时的心理活动：

> 聂赫留朵夫虽然胆战心惊，他的目光却怎么也离不开这双眼白白得惊人的斜睨的眼睛。他突然想起那个可怕的夜晚：冰层坼裂，浓雾弥漫，特别是那钩在破晓前升起、两角朝下的残月，照着黑漆漆、阴森森的地面。这双乌溜溜的眼睛又像在瞧他又不像在瞧他，使他想起了那黑漆漆、阴森森的地面。
>
> "被他认出来了！"聂赫留朵夫想。他身子缩成一团，仿佛在等待当头一棒。但她并没有认出他来。她平静地叹了一口气，又看看庭长。聂赫留朵夫也叹了一口气。"唉，但愿快点结束，"他想。此刻他的心情仿佛一个猎人，不得已弄死一只受伤的小鸟：又是嫌恶，又是怜悯，又是悔恨。那只还没有断气的小鸟不住地在猎袋里扑腾，使人觉得又讨厌又可怜，真想赶

快把它弄死。忘掉。[1]

　　托尔斯泰通过以上心理描写展现了聂赫留朵夫当时非常复杂的内心世界，让人物的呈现更为丰富饱满。在雪漠的《大漠祭》这部小说中，莹儿和灵官两个人物的性格也多是通过对他们内在心理流动的描写来呈现的，这令读者更加能够走入人物的灵魂深处，实现与人物的情感共鸣。而作者则通过对人性的探究与拷问，实现了对人物的立体化塑造。

　　雪漠的"大漠三部曲""都以西部腾格里沙漠边缘的普通农民老顺一家的生活为叙述背景，写出了西部农村在现代文明冲击下艰难地向现代化转变的痛苦的精神裂变的过程"。[2]在《白虎关》这部小说的题记中，雪漠如此写道："当一个时代随风而逝时，我抢回了几撮灵魂的碎屑。"由此可见，无论雪漠在小说中以什么样的时代为背景，写什么样的事件，描写什么样的人，"灵魂"始终是他关注的归宿点。伴随着时间的流逝，时代、事件可以成为一个虚淡的背景，但是灵魂深处人性的张力却会永远打动和感染一

---

1. ［俄］列夫·托尔斯泰：《复活》，草婴译，上海译文出版社1990年版，第55—56页。
2. 李清霞：《西部精神与生态意识——论新世纪甘肃乡土叙事长篇小说的精神内质》，《甘肃社会科学》2009年第6期。

代又一代的读者。

二、宗教精神

雪漠深受藏传佛教的影响，他的作品中弥漫着浓郁的宗教精神。在他的小说文本中，无论是早期的《大漠祭》《白虎关》《猎原》，还是后来的"灵魂三部曲"，包括2014年才出版的《野狐岭》，无不渗透着一种悲天悯人的宗教情怀。学者宋洁就专门撰文《论雪漠小说创作中的道教文化》《论雪漠小说创作中的藏传佛教文化》《论雪漠小说的佛教文化色彩》来分析雪漠小说中的宗教因素。雪漠自己也多次谈到宗教精神在他创作中的重要作用。他说："几乎世界上所有的伟大作品，都渗透着一种宗教精神，就连一些无神论者如萨特的作品也不例外。"[1] 宗教精神甚至成为雪漠评价作家的一个非常重要的标准。

> 我敬重很多中国作家，但我将其视为大作家的并不多。比如路遥，我虽然很敬重他，但是我并不崇拜他。我觉得，他写出了非常好的东西，也为梦想付出了很多，但可惜的是，他在文学上掘了很深的洞，还没豁然开朗时却死了。他还没有用最后一击打通心灵

---

1. 雪漠:《文学朝圣·代序》，中央编译出版社2013年版，第2页。

的墙壁，还没有在文学上达成一种顿悟，所以，他的创作非常苦。一个作家应该有良好的宗教修养，像托尔斯泰、陀思妥耶夫斯基、莎士比亚们都是这样。没有宗教修养的作家，写作的时候，就不能把苦化为乐。[1]

由此可以看到，雪漠之所以钟情于托尔斯泰的一个特别重要的原因就是在他看来托尔斯泰是一个具有"宗教修养"的作家。"托尔斯泰的那种大气，其实就是'利众气'，即悲天悯人。这与他的宗教修养有关。作家虽然不一定要'迷信'哪一种宗教，但应该要有相应的'智信'，应信仰并且实践他认为的真理。他不仅仅是学者，更应该是行者。"[2]

所有的宗教都有一个出发点，那就是"善"，善就要求多考虑别人，要有利他主义思想。无论是托尔斯泰信仰的东正教，还是雪漠信仰的藏传佛教，他们在宗教精神的核心——利他主义上是相通的。雪漠对宗教的强调在于宗教精神，而不是宗教形式。他认为一切宗教形式包括繁琐的宗教仪式反倒对人的灵魂是一种桎梏。"我们所需要的，是

---

1. 雪漠：《文学朝圣·上卷》，中央编译出版社 2013 年版，第 12 页。
2. 同上书，第 104 页。

真正的宗教'精神',而不是披了宗教外衣的心灵枷锁。"[1]
而托尔斯泰在对基督教的信仰中,也认为外在的宗教仪式
是没有意义的,"上帝是造物主,上帝是婆罗吸摩、毗涅
纽、湿缚,上帝是周比特,上帝是基督,等等,这一切都
是我们要断然推翻的胡思乱想。我们非把这种胡思乱想推
翻不可。"[2] 而托尔斯泰本人脖子上挂得也不是十字架,而是
从 14 岁开始就非常尊崇的卢梭的纪念章,他也很少去教
堂祈祷。他说:"我们有一个,并且只有一个毫无罪过的指
导者,就是深入我们内心的世界精神。"[3] 由此可知,托尔斯
泰认为上帝就在我们心中,这个上帝启示我们向善,让我
们学会爱,"上帝的法则即是依据爱的法则"。[4] "然而,只
有在这种不可理解的上帝以及被记载于我们心中的要求里
面,才存在着宗教——唯一的真正的宗教。"[5] 很显然,托
尔斯泰的上帝更多是一种理性的自我精神,是内心对善与
爱的一种道德向度,是一种博爱的法则。他在对传统教会
批判的基础上,建立了自己心中的宗教,在托尔斯泰的宗

1. 雪漠:《白虎关·代后记》,上海文艺出版社 2008 年版,第 520 页。
2. [俄] 托尔斯泰:《最后的日记》,任钧译,上海文艺联合出版社 1955 年版,
   第 54 页。
3.《列宁全集·第 17 卷》,中共中央马克思恩格斯列宁斯大林著作编译局编
   译,人民出版社 1963 年版,第 33 页。
4. [俄] 托尔斯泰:《最后的日记》,任钧译,上海文艺联合出版社 1955 年版,
   第 67 页。
5. 同上书,第 72 页。

教中，没有人格化的神，上帝就是爱，就是对爱的一种至高信仰。托尔斯泰不仅建立了自己心中的宗教，而且以自己伟大的人格一生践行爱的原则，以自己的生命诠释了什么是爱，从这个意义上来说，托尔斯泰本人就是一个爱的使者。

雪漠研究过很多宗教，在洞悉宗教的核心精神之后，他并没有被宗教形式所桎梏。雪漠认为："宗教的真正精神是追求绝对自由，即任何外现和存在都干预不了主体的独立、宁静和大自在，这才是真正的解脱。宗教被制度化后，却远离了这种精神。繁冗的教条使宗教变成了心灵枷锁，而世俗的欲求又使宗教成为另一种'买卖'。"[1] 所以雪漠认为自己仅仅是信仰者，自己敬畏和向往一种精神，但是"从来不愿匍匐在'神'的脚下当'神奴'"。[2]

"当我真正爱上俄罗斯文学之后，我大吃一惊，我发现，凉州贤孝的内容和精神，竟然跟俄罗斯文学很是神似。它渗透的，也是一种博大的宗教精神；它关注的，也大多是小人物的命运，有许多内容，跟《战争与和平》、《安娜·卡列尼娜》很相似，描写很是细腻。这在粗线条较多的西部文化中显得很独特。"[3] 雪漠对于凉州贤孝很熟悉，而

1. 雪漠：《白虎关·代后记》，上海文艺出版社 2008 年版，第 521 页。
2. 同上书，第 521 页。
3. 雪漠：《文学朝圣·上卷》，中央编译出版社 2013 年版，第 230 页。

且他的很多创作无论是取材还是精神气质都受惠于凉州贤孝。

由此可见，雪漠对宗教的认知显然受到了托尔斯泰的影响，他与托尔斯泰一样，在文学中渗透了浓郁的宗教情怀。正如张惠林所说："《白虎关》是一部真实地再现西部社会人们内心信仰世界的作品，是讲述人们生存艰辛的苦难叙事，也是反映信仰世界的'超验叙事'。"[1]无论是早期的《大漠祭》《猎原》《白虎关》，还是"灵魂三部曲"《西夏咒》《西夏的苍狼》《无死的金刚心》，包括2017年出版的《匈奴的子孙》，我们都看到了雪漠创作中一以贯之的宗教精神，这种精神不拘泥于形式，而是一种悲天悯人的人类情怀。

三、时代的记录者

雪漠曾说："我认为，文学的真正价值，就是忠实地记录一代'人'的生活。告诉当代，告诉世界，甚至告诉历史，在某个历史时期，有一代人曾经这样活着。"[2]而他的"大漠三部曲"正是以老顺一家的生活作为书写对象，忠实

---

1. 张惠林：《西部大地上的民俗图景——读雪漠〈白虎关〉》，《甘肃社会科学》2013年第3期。
2. 雪漠：《猎原·我的文学之"悟"》，北京十月文艺出版社2003年版，第481页。

记录了他们的悲欢离合，呈现了一家两代人的喜怒哀乐和
生命历程，以此来展现整个西部农民几十年的心灵史和生
命史。西部，在雪漠笔下不仅是广袤的、悠远的、荒凉的、
神奇的空间场景，更是充满了历史感、体现了丰沛的生命
力的人性演绎场域。"十多年前，我幸运地迷上了托尔斯
泰。此前，无论咋啃也读不下去。后来才明白，爱托尔斯
泰也需要资格。当自身'修炼'达不到一定境界时，你绝
不会了解他，更不会爱上他。他的作品是一座巍峨的城堡，
真正攻入，需要实力。他不饶舌，不卖弄，不矫情，甚至
不修饰。他忠实地记下了人类历史上的一个时代。只要人
类存在，他的作品就消亡不了。"[1] 由此可见，雪漠认为文学
的真正价值"就是忠实地记录一代'人'的生活"。他认为
托尔斯泰就是这样一位作家，所以托尔斯泰的作品会永存。

　　雪漠谈到创作时认为对于时下流行的那种小说，无论
是技巧还是叙述，已经有很多人正在写或者已经写了，但
这不是他所追求的，在《白虎关·代后记》中，他说："我
只写我'应该'写的那种小说。……那正是我想追求的，
因为它能最大容量地承载我想描写的生活，换句话说，我
不想当学者眼中的好作家，更不想在文学史上讨个啥地位。
我仅仅是想定格一种即将逝去的存在。当然，我想'定格'

---

1. 雪漠：《大漠祭》，敦煌文艺出版社 2009 年版，第 7 页。

的，不仅仅是生活，更是灵魂。"[1]

"大漠三部曲"中对西部农村的描写真实、深刻，因而直击人心，读完令人唏嘘不已，不仅为老顺一家的命运，更为每个人灵魂的磨难。但是雪漠的真实不是自然主义似的照相式实录，而是融入了作家巨大想象力和创作力的人性的凝练。所以雪漠如是说：

> 对我的小说，誉者称"真"，毁者也嫌"真实"。需要说明的是，我的小说并不是照搬现实世界，它们是我创造出的精神世界。只是因为它比现实世界更显得真实，才招来一些非议，认为我在临摹现实。这是很滑稽的事。一个作家的想象力，不应该体现在故弄玄虚和神神道道上，而应该把虚构的世界写得比真实的世界更真实。我的小说中那扑面而来的生活和呼之欲出的人物，都是我"熟悉"并"消化"了生活后的创造，是更高意义上的创造力和想象力的表现，更是一种极深的生命体验后的产物。[2]

相比前期的创作，雪漠的《野狐岭》《深夜的蚕豆声》等作品早已跨越了学界给予的单纯的"西部"的外壳，而

---

1. 雪漠：《白虎关·代后记》，上海文艺出版社 2008 年版，第 516 页。
2. 同上书，第 516—517 页。

是触及更深刻更广泛的人性的创作。表面上这些作品已经采用和吸收了很多现代主义的和后现代的元素，创作技法早已不再是单纯的现实主义方法，而表现得更为娴熟、多元，但是表象之下我们依然看到雪漠的"俄罗斯精神"基因。他创作中对灵魂的关照，对人性的开掘，作家本身具有的灵魂高度，依然让我们看到了托尔斯泰的巨大影响。

北京大学教授陈晓明认为，雪漠是今天中国少有的有精神追求、有精神高度、有精神信念的作家，"他的文字、他的生活状态、他的存在方式，就是一种精神的、文学的方式"。[1] 雪漠以西部的区域性题材书写着博大的人类情怀，他既是一位西部作家，也是一位世界性作家。

第四节　丝绸之路上的"大漠歌者"

谈到雪漠，总会让人想到坚韧、厚重、苍劲有力的西部大地。雪漠将个人修为与文学创作融为一体，构建了自己独有的写作姿态，在当代文坛显得独树一帜。上海师范大学杨剑龙教授如此评价："雪漠是一只沙漠雄鹰，他翱翔在西北大漠上，以其锐利温爱的眼睛俯瞰大漠生灵；雪漠

---

1. 蒲波：《"一带一路"背景下重新审视"西部文学"——从雪漠新作〈深夜的蚕豆声〉说起》，《中国艺术报》2016 年 5 月 4 日。

是一位大漠歌手，他行走在嘉峪关戈壁滩，以其粗犷悲婉的歌喉吟唱大漠人生。读雪漠的小说会想到王维《使至塞上》中'大漠孤烟直，长河落日圆'的诗句，开阔、雄浑，悲怆、苍凉。"[1] 这个评价一语中的，直指雪漠创作的精神核心。

一、大漠景观的书写者

每一位作家都有自己笔下难以割舍的书写场域，如莫言笔下的高密东北乡，哈代笔下的威塞克斯，福克纳笔下的约克纳帕塔法县，等等，它们不仅构建了作家写作的空间场域，也成为作家写作的精神场域，也因之形成了作家独有的"精神原乡"。

雪漠产生全国性影响的第一部长篇小说是《大漠祭》，这部作品一开始，雪漠就将他写作的空间场域定格在了西部大漠，从小说的命名可见一斑。小说的故事发生在腾格里大沙漠，小说中的主要人物"老顺一家"以及与之相关的其他人物就是生活在沙漠腹地的山民。在这部小说中，作家通过自己的笔触为我们构建了一个独特的大漠世界。老顺在大漠的放鹰、抓兔子，孟八爷、花球、灵官在沙湾的打狐狸，这里的村民在大漠中的搂黄毛柴籽，一个个场

1.《"众说纷纭"话雪漠——作家评论家对雪漠小说的评价（摘要）》，中国作家网 2016 年 5 月 11 日。

景既是西部人生活的日常，也是大漠独特景观的呈现。《猎原》和《白虎关》则延续了《大漠祭》中的西部大漠风情。

《猎原》的故事发生的背景是大漠中一个叫猪肚井的所在，牧人、猎人、牲畜、狼构建了一个独有的大漠世界。老猎人孟八爷，年轻牧人猛子，井主人豁子的女人……；放牧、牲饮、打狼、灭鼠、网鹰、淘井……；这些人与场景构成了一幅幅极具西域大漠气息的生活图景，辽远苍凉又浑朴平实。在众多的人物场景交错中，作品呈现了大漠正在遭遇的悲剧。作品一开始就写道："那狼，悠了身子，款款而来。开始，猛子以为是狼狗呢；也知道，过路子狗，不咬人。"这部小说的创作较之《大漠祭》，关注点已经突破了仅仅对西部生存的关注而涉及一个人类的共同话题，那就是人与自然的和谐问题，但是大漠景观的呈现依然是小说非常突出的一个底色，也是亮点。

《白虎关》写的是白虎关发现金矿之后，西部农村遭遇的巨大变革以及给那片土地上生活的人们带来的灵魂冲击与挤压。小说中最为惊心动魄的是兰兰和莹儿为了改变命运进入大漠，却被困大漠的情节。大漠、豺狗、焦渴、酷暑即是生活的场景，也是生活的内容。在这片焦渴的土地上，生与死、善与恶，人性的表现充满了张力。可以说，雪漠在他的"大漠三部曲"中，以广袤雄浑的大漠为背景，构筑了西部人独有生存的"城堡"。

  "大漠三部曲"之后，雪漠试图走出"乡土作家"的定位，于是，他接连写出了《西夏咒》《西夏的苍狼》《无死的金刚心》三部小说，被称为"灵魂三部曲"。这三部长篇小说，依托雪漠二十多年修行的生命体验，将文学的"现实维度"调整到了"灵魂维度"，更多关注人类的信仰与对人类命运的终极关怀。于是评论界认为雪漠会"走出大漠"，可是，2014年《野狐岭》发表了。文学评论家雷达直呼："雪漠回来了！"虽然这部小说无论在思想还是艺术上都体现了雪漠的诸多突破，甚至被很多人认为"野狐岭"本身就是一个寓言。但是，我们又在这部小说中看到了熟悉的大漠景观：大漠、骆驼、狼、驼把式……似乎让我们看到了大漠里排列整齐的驼队。而作者对驼队生活的描写更是淋漓尽致，让人有身临其境之感。大漠景观就像雪漠创作的幕布，它既是故事演绎的背景，也是故事本身。

二、大漠精神的吟唱者

  综观雪漠这些年来所有的创作，包括他的小说、诗歌、散文，我们会发现无论创作体裁如何变，创作题材怎么变，创作手法怎么变，不变的是对西部精神那份深深的坚守与热爱。雪漠说："故乡的生活渗在我的生命里，分不开了。无论我写什么，它都会激活故乡留给我的感觉。对于一个作家来说，对故乡的爱，都是他力量的源头之一。只是，我的爱已经超越了故乡。我用爱故乡的心，去爱每一块土地。"[1]

　　雪漠笔下展现了西部的坚韧、清新与信仰。以自己父亲为原型的"大漠三部曲"中的老顺老实、憨厚、质朴、正直。他有一句名言："老天能给，老子就能受。"短篇小说《新疆爷》中的新疆爷同样质朴、坚韧，他也总说："活人了世嘛。"这些老人身上代表了西部文化的一种基因。"大漠三部曲"中的花儿仙子莹儿、兰兰，他们都有各自心中所遵循的信仰，莹儿最后的自杀就是选择了对灵魂的坚守，守望着那个离家出走的灵官，也守住了自己的爱情。正是在这些西部男女的身上，我们看到了西部大地的文化精神与精髓。何羽在《雪漠速写》(《羊城晚报》)中说："我对雪漠，以及养育了他的——在很多人记忆中已被删除的——厚土地，肃然起敬！这块厚土，显现世人眼前的，可能是贫瘠，是缄默，是荒凉，而地底下奔流不竭的文化血脉，正时时滋养着千百年来的中国人和中国文化。"千百年来，西部文化正是以自己的方式坚守并影响着中国文化。雪漠自己也说："西部是一块最接近灵魂核心的土地，这里既有残酷的生存环境，又有博大厚重的历史文化。或许，正是在这样的生存环境中，才可能诞生出这样的文化，因

---

1. 雪漠：《匈奴的子孙》，人民文学出版社 2017 年版，第 165 页。

为，灵魂需要一种力量，需要一个理由，对抗贫瘠生活对心灵的挤压，去消解贫瘠所导致的各种疼痛。"[1]

除了前文谈到的雪漠众多的小说创作对于大漠精神的书写外，2015年出版的《一个人的西部》，2016年出版的《深夜的蚕豆声——丝绸之路上的神秘采访》，2017年出版的《匈奴的子孙》都可以看到雪漠对丝绸之路上那片土地深深的眷恋与对西部精神的那份执着与坚守。正如在《匈奴的子孙》扉页上所记："在路上，所有的旅途都是归途；在路上，所有的终点都是故乡。"雪漠总是试图用他的作品去定格一个时代。他说，"在某个时代、某块土地上，在那个丝绸之路重镇上，确实有过这样的文化，它博大、清新、超越功利，但它也非常复杂，一言难尽。"[2]

《深夜的蚕豆声》通过19个故事，讲述了西部男人、西部女人的故事，通过一个个鲜活的人物的塑造，展现了他们身上所承载的西部精神。而这部书的大的引子是作家与一位想了解作家眼中的丝绸之路的汉学家的对谈。他以故事的方式，定格了丝绸之路上曾经生活过的人们，也定格了这片土地上曾经传承和坚守的文化精神。如果说《一个人的西部》中雪漠着重于呈现他个人的经历，那么《深夜的蚕豆声》是写雪漠眼中的西部世界。雪漠通过他的写

1. 雪漠：《深夜的蚕豆声》，人民文学出版社2016年版，第234页。
2. 雪漠：《深夜的蚕豆声·序》，人民文学出版社2016年版，第3页。

作，让我们看到了一条充满了千年文化的河西走廊，在那片土地上，有着文化的活化石——"凉州贤孝"，而对凉州贤孝的描写，也几乎伴随了雪漠所有的创作生涯。在他的处女作《长烟落日处》中就最早写了贤孝。丝绸之路上一段特定历史时期的西部，因为雪漠独特的笔触和展现，有了被国人、被世界所了解和认知的机会。

雪漠的创作由最初典型的现实主义到创作方法日趋多元、成熟，我们看到了一个不断成长、突破的雪漠。但是无论如何突破，西部大地永远是雪漠创作的营养供给。"我正在走向更大的世界。我的创作，将来也许会超越文学的局限。我希望我的创作，永远不会被形式、平台、身份、文化、民族等局限。诸多的概念和局限，也是我要打碎的东西，它们只会成为我创作的营养，而不会成为我的枷锁。我希望我的创作，能在普适性之外保持一份独特性。无论我飞向哪一片天空，西部大地始终是我心灵的厚土，它在不断为我的创作输送营养。"[1]

三、大漠精神的践行者

雪漠出生于甘肃凉州，成长于一个典型的西部农村家庭。小时候，家境非常困难，一家七口，基本的吃食是雪

---

1. 雪漠:《一个人的西部》，人民文学出版社 2015 年版，第 363 页。

漠在《大漠祭》中写到的山药米拌面。其实就是锅里撒上一到两把小米，切几个土豆，待土豆烂了再拌一点面水，每人一顿喝两大碗，这就是家人的一顿三餐。一家人只有一床破被，晚上睡觉一家七口扇形睡在一张炕上。家境的困难并没有消磨雪漠的想象力。儿时的他依然是个快乐活泼的孩子，他对事物充满好奇，富有幻想。他常常骑在马背上，思想天马行空地自由驰骋。在他小小的心灵中，梦想着自己可以像孙悟空一样做一位行侠仗义的侠客。所以他后来选择了练武，并坚持了很长的时间。他在西部大漠中长大，也以他独有的敏感体味着那片土地的叹息。西部历代缺水，焦秃的山，时现的风沙、荒凉的大漠是留在雪漠大脑中儿时的记忆。小时候的他听过很多凉州贤孝，也记下了很多凉州贤孝。这也给予了他这块土地最初的文化滋养，并影响了他一生的创作。

　　成长于艰苦环境的雪漠并没有变得平庸，在多年生活的历练中，他从来没有放弃自己的作家梦。无论是多年的小学老师还是在武威教委上班，在最为困难的日子里他都在追逐着自己的梦想，以西部人特有的坚韧守住了自己的创作梦想。甚至可以说，他成为作家的路上一直像一个苦行僧，闭关修炼、读书、写作，生活极其简单。甚至在成名后，他基本的生活轨迹依然没有多大改变。多年的习惯已经让他将个人修为与文学创作合二为一，他以自己的身体力行实践了一个西部人坚韧守望的人生，而一路的努力蔓延的一种强大精神磁场正在影响着更多的人，完成他们灵魂的引导与救赎。

雪漠像沙漠雄鹰那样既能生长于这片大地，也能自由翱翔于这片天地，既融入这片土地，又能俯瞰这片土地。他以其独有的敏锐发掘和诉说着发生在这片土地上的故事，成为丝绸之路上的"大漠歌者"。

第二章

马步升小说创作与外来影响

马步升（1963—　），甘肃合水人，曾任甘肃省作家协会第六次主席团主席，中国作家协会会员，甘肃省作家协会主席。他多次担任茅盾文学奖、鲁迅文学奖、骏马奖、施耐庵文学奖等国内重要文学奖评委。

马步升 1985 年开始发表作品，长篇小说有"陇东三部曲"（《青白盐》《一九五〇年的婚事》《小收煞》）、被称为"江湖系列"的小说《野鬼部落》《刀客遁》，再加上早期的《女人狱》《北京不是你的家》《花园中的大王》，目前出版的长篇小说总共 8 部。此外，还有中短篇小说集《老碗会》《马步升的小说》2 部。出版了 10 余部散文集，如《一个人的边界》《陇上行》《天干地支》《纸上苍生》《故乡的反方向是故乡》《天倾西北》等。其中的单篇《鸠摩罗什的法种与舌头》因思想的深度而获得第七届老舍散文奖。长篇纪实文学有《燃烧的太阳旗》《西北男嫁女现象调查》《兵戎战事》等。除了文学创作，马步升还一直坚持学术研究，代表性的学术著作有《走西口》《刀尖上的道德》等 10 多种。

马步升连续 3 年荣列"甘肃小说八骏",可以说,他是伴随着新时期甘肃文学的发展而不断成长的作家,从文学观念到文学创作,马步升的文学作品与世界文学的融汇也越来越紧密。兰州大学程金城曾在其文章中写道:"马步升以史学专业修养进入文学创作,其各种题材、体裁的作品都有着史学的深刻影响,宏大、精细、凝练、准确、深邃。"[1] 从历史到哲学、再到文学,马步升的这种学科转换经历,让其作品在好看耐读的基础上,又多了思想性和理性。无论谁在评述甘肃文学时,马步升都是一位不可忽视的作家。毋庸置疑,马步升 30 多年的笔耕不辍,让我们惊叹于其勤奋和旺盛的创作生命力的同时,也见证了他在文学创作方面的成就,感受到了他的文学作品的魅力。

马步升的文学魅力不仅在对于甘肃风土人情的描写和对中国文化的认识,还在于作品中表现出的西方文化式的思考,中西文化的巧妙融合,让他的文学创作别具一格。然而遗憾的是,目前学界关于马步升的研究成果虽比较多样,但针对其接受外国文学影响这一角度的探究却相对较少。本章从比较文学的角度考察马步升与西方文学精神的关系,分析马步升小说创作对外国文学的吸收与创化,为马步升的研究提供新的立场、开辟新的视阈。

---

1. 程金城:《马步升的精神故乡和文学世界》,《兰州文理学院学报(社会科学版)》2017 年第 5 期。

第一节 西方哲学对马步升文学创作的影响

马克思曾说："人民最精致、最珍贵和看不见的精髓都集中在哲学思想里。"[1]哲学是一种认识，是人们对一切事物的最基本的规律性理解，同时也是人们处理和解决一切事物的价值导向。哲学对于作家，不仅是认识现实生活的一个手段，还为评论社会生活提供了理性的标准。正如张炯所说："在当代中国，传统的哲学思想与新兴的哲学思想都通过作家的世界观、历史观、人生观和价值观而表现在文学作品的艺术形象里，并透过作品的思想性与美感魅力，使自己得到广泛的传播。"[2]马步升曾在访谈中多次提到自己对哲学的兴趣，他从高中接触哲学书开始，到留校工作，他对马克思主义理论和黑格尔、康德、尼采等人的哲学有着较为深入的研究，十年的时间里，马步升对哲学的喜爱和研究，是伴随着其生活变化而不断加深和加宽的，这些经历同时也丰富着、修改着、充实着、打磨着他对生命和创作的思考和探索。

1.《马克思恩格斯全集（一）》，中共中央马克思恩格斯列宁斯大林著作编译局译，人民出版社 2006 年版，第 120 页。
2. 张炯：《哲学与当代中国文学》，《中国当代文学研究》2006 年卷，第 31 页。

一、尼采的影响

弗里德里希·尼采可以说是西方现代哲学的开创者。尼采和尼采哲学的出现为西方现代哲学带来的不仅仅是哲学观念的新发展，而且还对后来的西方哲学思想产生了重要影响。

尼采最初是以文学家的身份被介绍到中国的，从王国维到鲁迅，再到陈铨对尼采部分主张的推崇，使得尼采的作品与思想在中国文艺界广泛地传播开来。尼采哲学有酒神精神、权力意志、永恒轮回、超人等主要概念。尼采哲学的开端是酒神精神，之后的权力意志、永恒轮回、超人等哲学概念都是由此发端，与酒神精神有着密不可分的联系。尼采的酒神精神哲学建立在直面人的存在与痛苦之上，主张富于精神性的人不惧怕苦难，而是以强健的生命力与痛苦抗争。正如尼采所说："不管现象如何变化，属于事物之基础的生命始终是坚不可摧和充满欢乐的。"[1]"生命在最陌生、最艰难的问题上也肯定生命，生命意志在其最高类型的牺牲中感受到自己生生不息的乐趣。"[2]虽然叔本华对

---

1. 转引自周国平：《尼采——在世纪的转折点上》，上海人民出版社 1986 年版，第 58 页。
2. ［德］弗里德里希·尼采：《偶像的黄昏：或怎样用锤子从事哲学》，李超杰译，商务印书馆 2009 年版，第 133 页。

尼采有着很深刻的影响，但尼采的酒神精神却是积极向上的一种人生态度。这种精神承认人生充满着苦难，面对人生的不幸与苦难，人不应该逃避，而是应该直面。尼采甚至鼓励人应该把痛苦和苦难当作兴奋剂，勇敢地和苦难斗争。同时，尼采还强调对待失败、苦难、死亡要有一颗平常心。尼采所推崇的这种生命意志，就是无所畏惧地去冲撞、去拼搏，直面痛苦，从而肯定人生，肯定人生是积极而有意义的。

虽然没有明确的作品和文献记载说明马步升是什么时候开始接触到尼采及其作品的，但是通过马步升在其访谈、散文、文学评论、博客中多次提及和应用尼采的言论和尼采的哲学思想、文艺观念，由此不难推断出马步升曾经相对系统地学习过尼采的著作，同时，通过对马步升的小说的创作研究，也可以感受到他所受到的尼采影响的痕迹。比如，马步升曾这样说："处女作的顺利发表，虽对我不无鼓舞，但并未就将我牵上文学创作之途。我最倾心的倒是西方哲学——在北京香山开学术会议时，我萌发了写小说的念头，但仅是念头而已，大脑中装满的仍是尼采、叔本华之流。"[1] 至少从这段话可以看出在写作的初期与其说马步升想成为一名小说作家不如说他更钟情于对西方哲学的

---

1. 马步升:《一个人的边界·代自序二: 有所不为》, 敦煌文艺出版社 1997 年版, 第 3 页。

研读。

马步升笔下的人物都是活在最真实的生活中，充满着生命力、拥有着雄健强壮身体的人。他们扎根在现实的土壤里，直面生活和社会的痛苦和折磨，坚强且充满激情地面对着生活。在马步升的长篇小说"陇东三部曲"中，就有许多的人物都具备酒神精神，他们扎根在土地上，活在最真实的人世间，有着坚强、勇敢、无畏的生命意志，充满了生命的激情。

马步升的小说《一九五〇年的婚事》的主人公马赶山虽然年轻却有着丰富的革命经验。他14岁左右就入了伍，"打过很多血仗、恶仗、硬仗，每战必冲锋在前"[1]，是个立功无数、在边区很有名的英雄。人民政权稳定后，以革命起家的马赶山直面社会生产的难题，不辞辛苦，天天下乡搞调查，"走村串户半个月，整个子午县的乡村大体跑了一遍，每到一个村庄，下地头，进农户，发动群众……"。[2]因为新《婚姻法》的推行各地受阻，之前违反新《婚姻法》的马赶山被地委免去了县长的职务，被派去偏远落后的林场当场长，在去林场的路上，他和小锤子一路"两人骑着马，一路优哉游哉"[3]。他并没有因为免职而消沉堕落或者

1. 马步升：《一九五〇年的婚事》，作家出版社 2011 年版，第 3 页。
2. 同上书，第 23 页。
3. 同上书，第 96 页。

心灰意冷，当他的老兵们来为他送行，每个人都很谨慎、不敢多说话的时候，马赶山却"根本就没（把被撤职）当回事儿"[1]，他与大家谈天说地好不开心，反而让人觉得被罢职是他占了什么便宜似的。到了林场后，马赶山面对简陋、破败的环境，也没有心生哀愁和愤懑，而是决定"先抓生活设施建设，然后再搞生产……改善林场群众的生活条件"[2]。

马赶山一生经历过很多的困难：起初家里不同意他参加红军游击队，参军后经历各种战斗的艰辛，平衡新建政权的稳定，保障人民生活的困难以及因"违反"新《婚姻法》而被撤职，等等。但是无论遇到了什么样的困难，他都没有自怨自艾或者怨天尤人，也没有畏缩不前，而是选择积极地面对，乐观向上、勇敢无畏。可以说，人生的大起大落、得势失势马赶山都经历过，但他以强大的生命精神去直面这些生活中的障碍和折磨，乐观且无畏地生活着。"苦难是相对的，生存的意义和理由是可以找到的。"[3]马赶山面对苦难和苦境，并没有悲观地放弃人生，而是坚强地以热血的态度面对新的生活，可以说是对尼采酒神精神的

---

1. 马步升：《一九五〇年的婚事》，作家出版社 2011 年版，第 396 页。
2. 同上书，第 397 页。
3. 张文初：《叔本华与尼采：生命意义的诗性思考》，《中国文学研究》2010 年第 2 期。

最好诠释。

《一九五〇年的婚事》中除了马赶山这位具有直面人生的痛苦的典型个体之外，还有一位具有鲜明个性的女性人物，那就是羊肉店女老板荨麻（连理枝）。荨麻曾被土匪掳掠到了山寨，但是不甘受辱的她把喝得烂醉如泥的土匪给杀了，然后逃了出来。逃回家后的荨麻，并不能被家里的亲人和乡亲所接受，于是后来在边区政府的帮助下，她开起了羊肉馆。在那个视女人贞洁大于命的时代里，荨麻面对生命中突如其来的灾祸，并没有选择轻生，而是以一种更强硬的姿态迎接人生中的苦难，面对一次又一次的生活打击，她能坚定自己的信心，勇敢地面对尘世间的一切恶意和嘲笑。尼采说"酒神精神"就是"在生命最异样最艰难的问题上肯定生命，生命意志在生命最高类型的牺牲中为自身的不可穷尽而欢欣鼓舞"[1]。可以说，荨麻就是酒神精神的化身，不屈而强大。

像马赶山、荨麻一样血液里流淌着生命激情的人，还有小说《青白盐》里的泡泡、《小收煞》里的马朴素以及《女人煞》里的贾荃等。他们以强大不屈的精神去面对生命中的苦难，勇敢地与命运做斗争。把痛苦作为生长的条件，作为生命的催化剂，敢于直面生命的本来的面目，积

---

1. 周国平：《尼采：在世纪的转折点上》，上海人民出版社 1986 年版，第 60 页。

极地在尘世间活着。"最具精神性的人——假如他们是最勇
敢的人——也绝对会经历最为痛苦的不幸：但正因为如此
他们尊重生命，因为生命以其最强大的敌对态度与他们相
对抗。"[1]

马步升作品中的人物都有着自己的苦难和痛苦命运，
苦难无处不在。但这些人物都在坚强地忍受着人生的痛苦，
并把这些苦难当作人生的兴奋剂。正是作品中表现出来的
这种正视苦难、战胜苦难和超越苦难的积极向上的思想内
涵，以及小说中流露出来的对热血生命的赞扬体现出了马
步升小说创作与尼采哲学思想千丝万缕的联系。

二、叔本华的影响

亚瑟·叔本华是 19 世纪非常重要的哲学家，他开创
了非理性主义哲学的先河，非理性主义哲学也构成了叔本
华哲学体系的主要基石。叔本华的非理性主义哲学改变了
当时哲学界理性哲学一统天下的局面，也因此叔本华成为
近代西方哲学思潮的推动者，他是西方唯意志哲学的创始
人。1819 年叔本华出版了《作为意志和表象的世界》，这
部作为叔本华哲学思想的代表作，上接德国古典哲学精神，
下启西方现代主义哲学，在内容上吸收和改造了柏拉图的

---

1. ［德］弗里德里希·尼采：《偶像的黄昏：或怎样用锤子从事哲学》，李超杰
　　译，商务印书馆 2009 年版，第 83 页。

理念学说、康德的意志自由论和印度佛教优婆尼沙昙（奥义书）的哲学理念精华，并融合叔本华自己对于生命、对于人生的理解和感悟，创造出了不同以往的唯意志主义思想体系。世界是作为意志和表象的世界，意志是一切事物的源泉，而表象则是意志的客体化。叔本华的哲学是反对从表象出发去掌握整个事物的本质的："不管花费多大的时间和精力，我们能得到的只是印象与名称。我们好像是围着城堡转来转去的人，总找不到入口，只能粗略描绘它的外观。"[1]叔本华哲学把关注的焦点从外部世界拉入人类的内心世界，告诉人们："'世界是我的表象'：这是一个真理，是对于任何一个生活着和认识着的生物都有效的真理。"[2]基于叔本华的这一哲学思想，我们看到叔本华的唯意志论建构了一种悲观主义的人生观，"人生是在痛苦和无聊之间像钟摆一样的来回摆动着"[3]，人生是痛苦的。正如评价所说，"在叔本华看来，人生在根本上就是痛苦或不被满足，所谓幸福只是痛苦一时的减少或这种痛苦状态的暂时被遮蔽"。[4]

---

1. ［英］威尔·杜兰特：《哲学简史》，梁春译，中国友谊出版公司2004年版，第200页。
2. ［德］叔本华：《作为意志和表象的世界》，石冲白译，商务印书馆1997年版，第25页。
3. 同上书，第405页。
4. 张祥龙：《当代西方哲学笔记》，北京大学出版社2005年版，第35页。

清末民初，西学东渐盛行，叔本华也因此渐渐走入中国学者的视野，王国维是国内第一位对叔本华思想进行研究的学者。1904 年，王国维在上海的《教育世界》杂志上相继发表了《叔本华之遗传说》《叔本华之哲学及其教育学说》《叔本华像赞》《德国哲学大家叔本华传》等文章，1905 年又发表了《叔本华之思索论》《叔本华遗传说后》等，虽然这些文章多是从英语或者日语翻译过来的编译之作，但是在他的大力推动和解读传播下，叔本华和叔本华哲学思想被更多的国内学者所接受，并在学术领域引发了一股研究叔本华的浪潮。

马步升与叔本华都有着想冲破既有文化创作模式，探索人类精神之路的文化理想，这成为他们精神中的契合点。而现实中有许多的证据也可以证实马步升非常熟悉叔本华，并在自己的创作中诠释着叔本华的哲学思想、文艺思想。

小说《青白盐》里马正天老太爷的"顿悟"，便体现了作家对个人的人生、对家族命运所进行的叔本华式思考。《青白盐》是马步升于 2008 年出版的长篇小说，讲述了四个家族百年的升降沉浮，主线是马氏家族的发展变化。小说的一开篇，写陇东地区最大的地主马正天不忍西峰官府因发布白引政策（禁止私人运盐贩盐）使贩盐的脚户们的生活陷入艰难处境，愤然率领贩盐脚户们去闹陇东衙门，要求官府废除白引令。在和官府的这次废除禁令的斗争中，马正天以及脚户们最终取得了胜利。这件事情让马正天以及整个马氏家族闻名于西峰甚至是整个陇东地区。马正天这个人物在作者笔下是一个性格鲜明、极具个性的人物：一方面为富仁义，具有入世济世的情怀，面对任何困难都能积极应对；但另一方面，又风流成性，具有很强的肉体欲望，可以毫不夸张地说，在陇东地区，撒满了他的"种子"。可以说，人生前期的马正天活在对人生欲望的无限追求中，努力扩大家族势力，确保对金钱的控制；他对性也有着很强的渴望，私生活风流浪荡。然而就在马氏家族如日中天的时候，官府便开始了对马正天的算计，马家败在了官府为他准备好的陷阱之中，马正天最后身陷囹圄。当马正天的老婆泡泡做成"白银十万两，夫君一条命"的"天地买卖"救回他的性命后，马正天却完全丧失了过去那般的奋斗激情，无心于家产，懒得问津家族事务。面对家族里的一切事务，他只说一句："你看着办吧。"他和泡泡晒着太阳，透露出"心灰意冷的宁静与萧条"。

马正天的一生，经历了从积极热闹到无欲宁静的大起大落。他在狱中对生活的感悟和对人生的顿悟使他出狱后的日子过得难得的平静，可以说，出狱后的那段日子是马正天人生中最为宁静安逸的。而无欲才能带来永恒的幸福也正是叔本华对于人生意义的总结。正如叔本华所说，"一个人所能得到的最好的运数就是生活了一辈子但又没有承受过什么巨大的精神上或肉体上的痛苦，而不是曾经享受过强烈无比的欢娱。"[1]马正天在被官府构陷之前，欲求无限，处世积极。然而在经历了生死边缘的徘徊后，他的精神从对尘世间的无穷欲望的痛苦中得到了解脱。

为了消除人生命中的痛苦，叔本华认为应该消除引起人生痛苦的欲望，通过禁欲等方式来消除痛苦。而《青白盐》中马正天从追逐欲望到顿悟、然后放弃对欲望的追逐，最后走上无欲的道路，每一步都符合叔本华禁欲主义的具体手段。叔本华认为，想要真实地达到禁欲主义的状态有以下途径：首先，抛弃对性的追求；其次，抛弃对金钱的追求。回顾《青白盐》所写：泡泡发现出狱后的马正天"神情中那种天生的孤傲没有了，时隐时现的是一种淡漠和超然"[2]，同时他竟然"对女人纯粹不感兴趣了"[3]。在被构陷之前，马正天有很多女人，"良家妇女，窑子娼妇，走到哪都不闲着"[4]，也有很强的性欲，用作者的话说便是"天天都在发情似的"[5]。可就是这样对性有着十分执着追求的马正天，却在经历过人生的生死苦难后，对女人没有了任何

---

1. ［德］叔本华：《人生的智慧》，韦启昌译，上海人民出版社2014年版，第13页。
2. 马步升：《青白盐》，敦煌文艺出版社2008年版，第730页。
3. 同上书，第739页。
4. 同上书，第326页。
5. 同上书，第335页。

兴趣，放弃了对性欲的追逐。在放弃对性欲的贪恋后，马正天不顾家里人的反对，决然地开始慢慢变卖家产，从县城走向员外村，并在此扎根。面对泡泡把员外村方圆十几里的土地占为己有，马正天"脸上没有露出丝毫的喜悦"[1]。

　　从家大业大的西峰首富，到只有两百亩土地和一座空宅子，最后只有几间小土房子，马正天拥有过无数的财富，最后却甘愿放弃财富，走向贫穷。细细品味小说全文发现马正天从大牢中被救出后，第一个变化就是放弃对性欲的无止境追逐，即是叔本华认为的禁欲主义的第一步。人只有彻底地放弃对性欲的满足，才能从意志上否定肉体的痛苦。然后马正天举家搬迁，自愿地走上一般人的生活道路，放弃锦衣玉食的享乐，甘愿忍受欲求的痛苦，即是叔本华认为是禁欲主义的第二步。人只有克制欲望、压制意志，变得清心寡欲，才能达到无欲无求、内心平静的禁欲状态。可见马步升在创作小说的过程中，通过对马正天人物性格等方面的刻画，有意无意地表现了叔本华哲学通过平息欲望，从而达到对痛苦人生的救赎的人生哲学。马步升对《青白盐》小说的创作，很好地为叔本华悲观主义的哲学理论做了文学文本的阐释，让哲学和文学的创作紧密而自然地联合在一起。

---

1. 马步升：《青白盐》，敦煌文艺出版社 2008 年版，第 731 页。

三、马克思主义哲学的影响

毕业后留校工作的马步升，为了把马克思主义理论搞清楚，仔细地研究了马列著作，笔记做了一本又一本。[1] 对马列著作研究的成果，不仅反映在马步升工作能力的提升上，还无意识地通过文学创作反映在他的小说作品中。马克思在《关于费尔巴哈的提纲》中说："哲学家们只是用不同的方式解释世界，而问题在于改变世界。"对马克思主义哲学的学习，让马步升认识到中国现代小说大都以西方的小说写作理念为指导，较为注重形式技巧的创新，注重个体经验和生活横断面的运用，这样的写作有它的好处，但是这样的做法也带来了许多的问题。[2] 马步升正是在认清了中国现代和当代小说创作的历史和现实的文化语境与西方文化差异的前提下，理智地用辩证的态度去看待中西的文化。在创作时，他坚定地继承了传统的史传小说写法，大脑中西方文化的优秀理念又为他的本土小说创作增添了理性的因素。他对马克思主义的学习，为他更加辩证、合理地认识世界和现实生活提供了方法，为他的文学创作开启

---

1. 参见周新民：《潜心书写陇东"文学"地理志——马步升访谈录》，《芳草》2015 年第 5 期。
2. 参见王元忠：《现代故事的仿传统书写——简评马步升〈小收煞〉》，《甘肃文艺》2017 年第 3 期。

了不一样的认识面。

以《一九五〇年的婚事》为例。这部小说以 1950 年中华人民共和国第一部《婚姻法》的颁布和实施为故事背景。原本《婚姻法》的出台是人民政府想要从婚姻制度层面来保障妇女的权益，改变旧时代不平等的婚姻给妇女带来的痛苦。然而政策在层层下达的时候出现了偏差，革命老区子午县在激进派干部的鼓动和错误政策的宣扬下，全县出现了妇女大规模闹离婚的事件，无数普通平凡的家庭濒临破裂，子午县县长马赶山强力打压被鼓动的妇女，阻止闹离婚的妇女们的不理智行为。子午县的群众非常感激马赶山阻止这些妇女们闹离婚的举动，说马赶山拯救了他们的家庭。但是从婚姻政策的宣传者的立场来看，马赶山的强制行为，阻碍了新《婚姻法》在人民群众间的推行，马赶山成为破坏新《婚姻法》的典型，因而他后来被撤职。

《一九五〇年的婚事》有着很明显的反思意味，从某种意义上说，这是一部"反思小说"。细读整部小说，我们可以看到马步升在小说中对政策刚开始施行所进行的思考。对于新《婚姻法》的推行，小说中写到当时子午县政府有两方不同的理解：一方是子午县县长马赶山。新的《婚姻法》的政令刚下达到县级人民政府时，在常委学习会上县长马赶山说："常委都是土生土长的干部，对当地固有的婚姻习惯已经形成了固定的理解，一下子改变他们的思想，几乎是不可能的，如果非要按国家的要求执行，执行下去与否，是另一个回事，很可能在未执行政策前，县委班子先要乱了。"[1] 马赶山把新《婚姻法》理解为是"让广大妇女从旧婚姻制度下解放出来，实现婚姻自由"的政策。另一方是子午县妇联主任柳姿。柳姿在宣传新《婚姻法》时，将其理解为"要求解放，和自家男人离婚"[2]，"敢不敢和自家男人打离婚是对待新《婚姻法》的态度问题，政府准不准离婚是法律问题"[3]。对于新《婚姻法》的不同理解，马步升也塑造了不同认知状态下的人民，表达了作家关于政策的一种辩证理解，也引发读者思考：对于政策的实施我们的理解和认识是否接近了正确的答案？是否在实践的路上走错了道？可以说辩证的创作思维让这部作品更有深度和反思意味。相比于单纯地赞美婚姻政策，《一九五〇年的婚事》摆脱了单纯的一维性，看待故事材料并不是只站在广大读者所认可的角度，而是从多个角度出发，用辩证的、理性的思维让我们看到事情本身所具有的复杂性，故事的书写更为耐人寻味，对人物的塑造也显得更为饱满立体。

　　马克思主义辩证法对马步升的影响不仅体现在对故事材料的理解和安排上，还体现在对小说人物的创造上。在

---

1. 马步升：《一九五〇年的婚事》，作家出版社 2011 年版，第 27 页。
2. 同上。
3. 同上书，第 38 页。

一般的小说作品和影视作品中，普通的青年男女想加入中国共产党一般原因比较单一：自己思想上要求进步，相信党，相信党能领导人民过上幸福生活。然而马步升在《一九五〇年的婚事》中在写基层的革命者的时候，避免了上述所说的传统的、刻板的思维模式。如书中对马赶山、古里、那妃校长等人入伍从军加入共产党的描写，我们看到情况更为复杂多元。马赶山是因"被家里培养了敢作敢为的自由自在的个性，就跟着红军游击队跑了"[1]，于是便入了伍；古里是因为"渴望过有（激情的）的这种生活，他又本来不爱种地"[2]，所以他才当了兵做了游击队员；那妃校长是因为她自己是满族，而她的名字又被爱国同学嘲笑为"满清余孽，搞封建复辟之心不死"[3]，为了正名和赢得地方同志们对她的信任而进入组织。每个人从军入党都有每个人的理由，每个人都有自己对马克思主义的理解认识。正如马步升在访谈中所说：

> 实际上，对于共产主义到底是什么，很多革命者并没有明晰的概念，对于马列主义究竟是什么，更不知道……我写的那些普通革命者，也是本土普通革命者的

---

1. 马步升：《一九五〇年的婚事》，作家出版社 2011 年版，第 122 页。
2. 同上书，第 59 页。
3. 同上书，第 186 页。

代表，他们当时的知识储备、家庭背景，包括为什么要参加游击队走上革命道路，并没有那么深刻复杂而高妙的原因，也不全是因为生存不下去，事实上，有些革命者，以当时的标准，他们的生活条件还是不错的。选择革命，有着求生存的因素，有着时代潮流的因素，也有着人性本身的因素，既不能简单化，也不能神秘化，必须让那一批革命者回到那个特定时代的那片特定的土地上，回到那种特定的文化传统和时代氛围中，也许，那批革命者的形象才具有真实可感性。[1]

马步升在马克思主义辩证法的影响下，在小说《一九五〇年的婚事》中创造出的人物更加具有血肉，更加丰满也更加真实，而对本土革命者的复原，让文本也更具有历史感和真实感，这也让其小说作品不仅故事耐读，而且更加具有强大的艺术生命力和艺术张力。

第二节　西方文学对马步升小说创作的影响

进入文坛的这些年来，马步升不断否定自我、超越自

---

1. 周新民：《我热爱陇东这片热土——对话马步升》，《文学教育》2019年第3期。

我，始终用一种顽强坚韧的面貌，畅快地书写和描述着他自己独特的人生体验和精神感悟，散发出别样的魅力和光彩。马步升的创作之所以能给读者留下深刻的印象，是因为他的创作体现了作家对文学的认识和追求，也反映了他对文学创作的持续思考和探索。

马步升文学创作的主要文学场域是陇东地区，他用自己热爱的中国传统的史传笔法来为陇东地区生活的普通人民"立传"，书写着他们的生活与情感、兴衰与变迁，从而折射出一个时代的风貌与历史。他的写作从表面来看是对中国传统文学的继承和发扬，而作家自己也是尽力去追求与传统的承接。马步升在访谈中也谈到这个问题："从小说创作的角度讲，我的小说受史传传统的影响比较大。"[1] 貌似他的文学创作与西方文学文化没有任何的联系，他自己也谈到他在创作中在尽量避免西方因素的影响。"其实我读的西方著作特别多，包括哲学著作、史学著作，还有文学著作。我读西方文史哲著作，不是为了从中学习或者借鉴什么，恰恰相反，我是为了在我的文字中，极力排斥西方因素的干扰。要排斥一些东西，首先必须懂得它们，我想让我的文字更中国化一些，更纯粹一些。"[2] 事实也是，我

---

1. 周新民：《潜心书写陇东"文学"地理志——马步升访谈录》，《芳草》2015年第 5 期。
2. 同上。

们看到的马步升在全国产生影响的作品比如"陇东三部曲"和"江湖系列"的小说等，确实呈现了中国的史传传统和武侠风格所主导的中国传统小说的鲜明特点。但是我们无法否认的一个事实是，无论怎样去避免，怎样去刻意淡化影响的痕迹，长期的对西方文学和哲学等著作的阅读都会深入一个作家的思维方式和认知系统。马步升曾说：

> 要说阅读的话，我是读得非常多。莎士比亚的作品都有几种版本，我不知道读过多少遍。西方现代派小说读得更多，也很喜欢，说实话真的很喜欢。但是，我的文学作品拒绝运用西方文学的表达方式。如果有，哪怕有那么一点儿影子，我都要把它想办法剔除掉。[1]

刻意地剔除与淡化反过来恰恰证明了西方文学和哲学思想对马步升的影响。而他的小说《青白盐》的开头用他自己的话说就是"把《百年孤独》的开头化用了一下"。[2]

仔细研究马步升和马步升的文学创作我们就会发现，对传统文化的学习和发扬并没有影响他对外来文化的吸收，尤其是在他本身就涉猎很广泛的条件下。作家尔雅这样评

---

1. 周新民：《潜心书写陇东"文学"地理志——马步升访谈录》，《芳草》2015年第5期。
2. 同上。

价他："步升简直就是一座庞杂的图书馆，什么样的书都读过，谈论到的大部分书，他几乎都可以说得出，最好的部分在该书的第几页。"[1] 马步升关于西方经典作家作品的阅读很多，在他还在上学的时候，就阅读了很多西方文学作品。到了 20 世纪 90 年代中期，他在北京师范大学与鲁院合办的文艺学研究生班学习的时候又对西方文论及文学做了一次系统的梳理，系统的学习让他对西方文学有了更为清晰的认识和理解。对于西方文学的喜爱，马步升从不否认，并坦言："我本是学历史专业的，一进校门就扎入了故纸堆中……后来又喜欢上了西洋文学，皇皇大著，获之必读……"[2] 马步升对西方经典作家作品的阅读，不自觉的文化吸收，注定了他与外国文学间的不解之缘。

马步升的小说观念是"小说必须好看，尤其长篇小说必须要好看"。[3] 他认为只有故事好看、耐读，才会让读者看完整部作品，读者才能因此理解、接受整部作品中所传达出的理念。马步升的文学创作一直以书写传统为目标，他所追求的是"文字更中国化一些，更纯粹一些"[4]，即用一

1.《马步升：使笔如刀的西部文侠》，《兰州晨报》2008 年 1 月 17 日。
2. 马步升：《一个人的边界·代自序二：有所不为》，敦煌文艺出版社 1997 年版，第 3 页。
3. 周新民：《潜心书写陇东"文学"地理志——马步升访谈录》，《芳草》2015 年第 5 期。
4. 同上。

种适合中国人的表达方式来表达中国人的生活、思想感情，而不是生搬硬套西方的表达方式。可以说，在探索文学创作的路上，马步升对西方作家作品是在学习理解的基础上去选择和化用，努力地寻求一种适应中国读者、让中国读者能接受和理解的不违和的表达方式。

为了避免面面俱到有可能导致研究流于粗疏，本书不会粗线条勾勒马步升与众多外国作家的关系，而是选取俄国作家契诃夫与马步升创作关系做一个比较细致的分析。

安东·巴甫洛维奇·契诃夫是 19 世纪后期俄国文坛杰出的戏剧家和小说家，契诃夫的作品多以短篇小说为主，与法国的莫泊桑、美国的欧·亨利并称为"世界三大短篇小说家"。契诃夫作为一代文学大师，既继承了俄国批判现实主义的伟大文学传统，又具有鲜明的独特性。德国作家托马斯·曼就认为"毫无疑问，契诃夫的艺术在欧洲文学中是属于最有力、最优秀的一类的"。[1]契诃夫作为 19 世纪俄国现实主义文学的杰出代表，他的小说作品往往以平凡的日常生活为切入点，其故事题材却囊括了社会的各个阶层和职业，描写遍及社会各个阶层和行业的普通人，从而对生活的本质进行探索。尽管小说题材各种各样，但契诃夫作品中这些反映社会、反映生活的故事题材却具有一

---

1. ［德］托马斯·曼：《论契诃夫》，纪琨译，《世界文学》1956 年第 11 期。

个相同的特征，即"从平淡无奇的日常生活中去摄取题材，从生活琐事中去发现悲剧性因素和发掘人的灵魂美"[1]。契诃夫的小说作品中书写的永远是现实的日常生活中的普通人，讲述他们的喜乐与愁苦。他从平凡、琐碎、混乱的日常生活中寻找创作的素材，在对普通人的生活的书写中揭示生活的本质，再现了"小人物"的不幸和软弱，也展现了阶级社会中被扭曲的人性，进而表现出社会生活的暗淡。

契诃夫正因为其创作中所体现的高度的现实主义特点被中国作家所推崇，鲁迅先生就在他的杂文和书信中多次提及契诃夫和他的文学作品，他认为契诃夫是自己"顶喜欢的作者"。鲁迅这样说："但我自己，却与其看薄凯契阿，雨果的书，宁可看契诃夫，高尔基的书，因为它更新，和我们的世界更接近。"[2]和中国传统的唐传奇、话本、谴责小说不同，契诃夫拒绝在他的文学作品中直截了当地表达自己的态度，他主张作者应该尽量减少在作品中的主观情感或说教，而是采用相对中立客观的态度，去描述人世间的一切，通过对生活表层现象的挖掘去探索生活的本源。正是因为如此，契诃夫以及他的创作被译介到中国后为中国现代和当代文学作家描写并反映生活提供了另一条可资

---

1. 徐祖武主编：《契诃夫研究》，河南大学出版社 1987 年版，第 17 页。
2. 鲁迅：《且介亭杂文二集》，载《鲁迅全集·第 6 卷》，人民文学出版社 1981 年版，第 219 页。

借鉴的路径。

　　马步升是一位知识丰富、阅读广博的作家，他所受影响复杂多元，很难判定他只受到某一位作家的影响。而一位作家对另一位作家的影响的发生往往是在潜移默化、无声无息中产生的，可能是因为相同的个性的吸引，也可能是某个认知上的共同点，也可能是一位作家对另一位作家创作的认同和敬仰，等等。但是，我们不能因为其所受影响的多元复杂而无视这种影响的存在。马步升在他的读者见面会、访谈等场合，谈到契诃夫时永远是赞美，他说："从写长篇小说来说，一部《红楼梦》，一部《百年孤独》，令我绝望，以短篇小说而论，一个契诃夫，一个鲁迅，让我绝望。"[1]马步升从未明确表明他是从什么时候喜欢上或学习契诃夫的文学作品，但言语之间表露着对契诃夫的喜爱。他在散文创作中也经常会引到契诃夫。比如他在散文《人生四随》中写道："需要警惕的是，他人的兴趣不是自己的兴趣，看见他人在某件事上其乐陶陶，并且做得风生水起，于是，不审查自己的心境和能力，便一味附庸上去，今天附庸这件事儿，明天又附庸那件事儿，就像契诃夫笔下的那位'跳来跳去的女人'，不但把自己真正有兴趣有天赋的事儿耽搁了，还可能出洋相。"[2]由此可见，马步升对契

1.《马步升：使笔如刀的西部文侠》，《兰州晨报》2008年1月17日。
2. 马步升：《人生四随》，《甘肃日报》2018年3月1日。

诃夫的作品是非常熟悉的。

比较契诃夫与马步升的文学作品就会发现，他俩在文学创作上都追求真实冷静。契诃夫认为："艺术家不应该是他的人物和他们谈话的评判者，而应该是一个无偏见的旁观者。我的职责仅是有能力，即能够启迪人物，说他们的语言。"[1] 契诃夫在创作的时候，喜欢有条理地、不慌不忙地叙述故事，他将作品中的人物放置在某个确定的环境中，让人物性格按照故事的发展而发展，契诃夫拒绝直白的人物评论。如他在创作中篇小说《第六病室》（1892）时，为了让作品写得更为真实可信，他亲自考察了库页岛上流放犯人的生活，他们地狱般的生活惨状和西伯利亚城市的贫穷使契诃夫极为震惊。但是在小说中，契诃夫只是把他所感受到的现实生活的野蛮和痛苦如实地表现了出来，并没有在文本中对医院或对病人的行为插入富有情感的评说，而只是冷静地描述，读者在读完整个故事后可以强烈地感受到沙皇专制统治下俄国社会的黑暗。契诃夫把琐碎生活中的点点滴滴客观地展示并讲述给读者，让读者自己去感受书中的世界，让读者自己去评判。

马步升的创作也追求冷静客观的表达，在他的作品中，观点的表达往往是通过人物对话或者人物的心理独白而表

---

1. 转引自王先霈、王又平主编：《文学理论批评术语汇释》，高等教育出版社2006年版，第385页。

现出来，且符合故事的发展和人物的性格的特点。例如小说《小收煞》中，马白脸第一次见到将要成为自己儿媳的白臭蒿时，心理活动是这样的："一个嫁做人妇的女人，漂亮不漂亮，自己说了不算，别人说了不算，哪怕是当朝皇上说了也不算，在自己男人眼里漂亮了，那便是漂亮，丑了，那便是一生一世的丑。"[1] 马步升的客观在于对待小说人物性格的客观。马白脸生在富豪之家，又从小请了教书先生，所以按她的成长环境，她说不出太过粗糙又浅显的话语，而这段关于美丑的评论，符合她的身份也符合故事的发展。

契诃夫与马步升文学创作的另一个共同点是：二人都喜欢通过对"小人物"的书写来反映社会的面貌。契诃夫的生活经历让他对底层人民生活的艰辛有很真实深刻的感受。契诃夫兄弟姐妹众多，活下来的加上契诃夫共有六个，他在家中排行第三。契诃夫的祖父和父亲都曾经是农奴，祖父后来为全家赎身获得自由后，契诃夫的父亲依靠自己的勤奋成为杂货店店主，但是生意一直不是很好，几乎是惨淡经营，所以契诃夫从小家境就十分困难。他在1880年前后刚步入文坛开始创作的时候由于经济拮据曾以文学记者的身份为一些幽默刊物写一些短小的幽默作品借以维

---

1. 马步升:《小收煞》，作家出版社2016年版，第576页。

持生计。契诃夫自己从小并不富裕的家境和所经历的生活艰辛让他对普通人的生活感同身受，所以他的作品几乎都是通过描写"小人物"的真实生活来表现他对整个社会现状的思考。如名篇《一个官员的死》所写故事：一天晚上，在剧院看戏的庶务官伊凡·德米特里·切尔维亚科夫在看戏时不小心打了个喷嚏，把唾沫溅在了坐在他前排的三品文官布里扎洛夫将军的脑袋上。他当时就给将军道歉了，但是自己还是不放心，于是因为这件意外，接下来的日子切尔维亚科夫惶惶不可终日，担心大祸临头，而其实将军早已把这件事忘了。但是切尔维亚科夫一次又一次的道歉反倒最后惹怒了将军，在一次次的自我恐吓中，他很快便离开了人世。故事表面看起来并不复杂，甚至可以说很简单，但是简单的故事反映的却不是简单的社会现实。切尔维亚科夫为什么会因为这样一件小事一直害怕呢？契诃夫就是借这样简单的小事情，反映了在沙皇统治下的社会给人民精神造成的压抑。

相同的是，马步升在创作小说的时候，对于故事内容的安排，往往也是见微知著的，用某个小的故事去揭露这个"小事"背后真正的大问题。他常常通过细微的陇东地区日常生活的描写来反映整个中国社会的改革或变化。他在访谈中曾经谈道：

民间的立场和官方教科书的立场，只是两个不同的角度，教科书往往比较宏观，而民间立场则更关注局部和细微。我想把这个时代的变迁落到实处，落实到具体的容易把握的场景中，落实到具体的人物命运上。这样，才可写得更扎实、更真实。我选择了一个有代表性的家族，选择了一些代表社会各个阶层的人物，力图通过一个家族、一群人的时代转型，勾画出一个转型时代的基本面貌。[1]

如作品《小收煞》中的主人公马素朴的塑造和刻画。小说中的马素朴是民国时期他们村唯一考到北平读书的学生。但是在北平读书期间，他目睹并经历了国内生活的压抑和国外列强欺辱的国家现状，心灰意冷之下他渐渐染上了大烟瘾。当时的政府借戒烟为名目，抢占了他家的财产。新中国成立后，他被新政府聘为扫盲副主任，给村里的人们教文化知识，这时候的马素朴开始渐渐振作起来，并努力戒掉了烟瘾。整篇故事的讲述中，马步升并没有直白地夸赞新政府，而是通过这样的小事和人物，反映了社会的深刻变化。同时，也通过马素朴这个人物的塑造寄托了作者深刻的思考，用作家自己的话说，"马素朴身上寄托了我

---

1. 周新民：《我热爱陇东这片热土——对话马步升》，《文学教育》2019年第3期。

对国人剥夺症的思考"[1]。马步升进一步说道:"我们只注意到剥夺有钱人的钱,剥夺土地主的土地,分给没钱没土地的人。但是,我们可能忽视了没钱没土地的那些人实际所处的思想状况和固有的精神病相。"[2]马步升敏锐地注意到了部分农民身上所具有的精神劣根性,通过马素朴人物命运的变迁,折射出一个时代的风貌,读来更为真实可信。

又如马步升1995年出版的《女人狱》,这部作品虽借用了《列女传》中贾荃剖腹自证清白的故事,但表达的却是现在的社会生活中许许多多人的思想仍然停留在几百年前,这些人嫉妒着、仇恨着,却又不肯改变自己身上的劣根性。通过对小说中人物的描写,读者感受到了作者的现实关怀,从而引发自身对生活、对人性的思考。可以说,从马步升创作伊始,他的小说作品就书写生活、反映社会,他的作品关注描写平凡的日常生活,但超越了平凡生活,试图表达他对社会、对生活、对人性的探索。

契诃夫与马步升虽然都在关注普通人,书写"小人物"的生活,但二者在对人物的表现上还是有很大差异,尤其是在对知识分子的书写上。由于社会矛盾的尖锐,一直关注描写普通人的契诃夫,看到了沙皇高压政策下知识

---

1. 周新民:《我热爱陇东这片热土——对话马步升》,《文学教育》2019年第3期。
2. 同上。

分子的颓废悲观甚至灵魂的扭曲，于是契诃夫开始把创作的目光转向了知识分子群体，描写知识分子精神的颓败。从1886年发表作品《好人》和《在路上》，契诃夫创作了许多描写知识分子的作品，刻画了大量形象各异的知识分子，如《文学教师》中的教师尼基丁、《套中人》中的别里科夫、《第六病室》中的拉京、《灯火》当中的施滕贝格、《海鸥》当中的特里果林、《樱桃树》中的特罗菲莫夫，等等。契诃夫笔下的知识分子是痛苦的、是被社会压抑着的。

　　以作品《假面》为例，故事中描写了在一次以慈善募捐为目的的假面舞会上，本来在阅览室"思考"的几个庸俗的小知识分子，突然被一个戴着面具要求喝酒的男子的吵闹所惊扰，然后出面准备制止时，得知这个大吵大闹的男子是"百万富翁、工厂主、世袭的荣誉公民皮亚季戈洛夫"，于是他们再也不敢出声，立马表现出了前倨后恭和奴颜婢膝的样子。契诃夫笔下的知识分子经历了从庸俗、心理扭曲的异化者，到清醒的狂人，再到新道路的开辟者的一个转变的过程。在他早期和中期的作品中，契诃夫对于知识分子是持批判态度的。用契诃夫自己的话说："所有的知识分子都是有过错的，当他们还是大学生和高等女校学生的时候，他们是正直的、善良的人，是我们的希望，是俄罗斯的未来。可是当他们走上生活的道路，成了大人物以后，我们的希望和俄罗斯的未来便成了泡影。过滤器里剩下的就只有医生、别墅所有者、吃不饱的小官吏、偷偷摸摸的工程师了。"[1] 比如在《决斗》中，他就塑造了作家眼中堕落的知识分子拉耶甫斯基。拉耶甫斯基以"多余人"自居，追求感官享乐，游手好闲。

> 他素来不需要真理，他也没追求过真理。他的良心给恶习和虚伪所蒙蔽，已经昏睡不醒或者沉默无声了。他像一个局外人，或者一个从其他行星上雇来的人，根本没参与过人们的共同生活对人们的痛苦、思想、宗教、知识、探索、斗争等一概漠不关心。他没对人们说过一句善意的话，没写过一行有益的、不庸俗的文字，也没为人们出过一丁点儿力，光是吃他们的面包，喝他们的酒，拐走他们的妻子，靠他们的思想生活。[2]

契诃夫敏锐地认识到当时俄国知识分子的庸俗和堕落，正如学者张中锋所言："知识分子在这种看不见、摸不着的庸俗力量面前，彻底沦落了，他们丧失了起码的正义感和批判精神，放弃了自己的责任和义务而变得麻木不仁，甚

---

1. 转引自李嘉宝：《论契诃夫作品中的"厌倦人物"》，《外国文学研究》2000年第 2 期。
2. ［俄］契诃夫：《契诃夫小说全集·第 8 卷》，汝龙译，上海译文出版社 2000年版，第 173 页。

至与庸俗沆瀣一气。昔日这些知识分子曾在沙皇专制的绞刑架前、在西伯利亚流放的艰苦岁月里，都没能屈服过，现如今不能不承认自己被庸俗打得落荒而逃了。"[1] 契诃夫在他的小说中对知识分子进行了批判，但是他的内心依然对知识分子寄予了希望。他曾在《契诃夫札记》中说："一个民族的力量和救星在它的知识分子身上，在那些正直的、思想着的、有感情的、善于工作的知识分子身上。"[2] 所以他塑造了如《新娘》里的娜佳、《跳来跳去的女人》中的戴莫夫这样的新人知识分子形象。但总体来看，契诃夫笔下的知识分子都是有着缺陷和不足的，他既认识到了知识分子所应该承担的责任，同时也看到了当时社会环境中俄国知识分子的庸俗和堕落，他试图通过对他们身上缺陷和畸形心理的描写从而唤醒知识分子，而从他后期作品中对于正面知识分子形象的塑造也让我们看到了契诃夫对于未来抱有的信心。

马步升从 1995 年创作《女人狱》到 2016 年的《小收煞》，他也塑造了众多形态各异的知识分子形象，如《青白盐》中的知府铁徒手、《小收煞》中的马素朴、《女人狱》中的贾行芳等。相比于契诃夫笔下的知识分子，马步升小

---

1. 张中锋：《论契诃夫对知识分子的文化批判与文化救赎》，《山东师范大学学报（人文社会科学版）》2012 年第 2 期。

2. ［俄］契诃夫：《契诃夫小说集·第 5 卷》，汝龙译，安徽文艺出版社 1996 年版，第 133 页。

说中的知识分子同契诃夫笔下的知识分子虽然一样也有痛苦，然而他们的痛苦在于自己建功立业的理想无法实现，在于国家破败的命运。例如《小收煞》中的马素朴，他抽大烟后，邻里百姓都认为他把一手好牌打了个稀巴烂，觉得他是个败家子。这个误会直到后来才得以解开。从小照顾马素朴长大的马噢噢快要死了，马素朴不忍亲人带着自责离去，才说出自己后来在北平为什么和同学一起抽大烟为什么堕落：

> 大爷，我的抽大烟，也不是咱们老先人的血脉出了问题，而是我有太多的思想疙瘩解不开，我想为国家寻找出一条出路，可是，眼前所有的路似乎都堵塞了……谁都是人生父母养的，可他们都变成了一堆烂肉。你看了这种场面，还有什么心思过正经日子，你不生出对人类的绝望心，你生的就不是人心。[1]

他为国家因落后弱小受欺辱而痛苦，因国家受辱却无法保护国家尊严而痛苦，因普通百姓受战争干扰、受强权者压迫过着极端贫苦的生活自己却无能为力而痛苦。马素朴找不到可以解决眼前一切的法子，于是他走向了堕落，

---

1. 马步升：《小收煞》，作家出版社 2016 年版，第 130 页。

靠大烟来麻醉自己，是让自己活在不真实的世界里来缓解和释放痛苦。

与马素朴相同的还有小说《青白盐》里的知府铁徒手。晚清的中国，官场腐败，列强入侵，知识分子想要通过传统的考取功名实现自己入世的理想早已不现实。铁徒手是进士，本想着在官场上大展拳脚，没想到做官后"梦却破了"，整日里与地方上的酸秀才打交道，"他心中万分苦闷，死活找不到排解之策"。[1]铁徒手的痛苦，在于他整日在远离政治权力中心的陇东地区，无论是选择勤政为民还是自私腐败，哪一条路似乎都无法实现他的个人理想和个人价值。

尽管马步升在创作上受到了契诃夫的影响，但他并没有一味地模仿契诃夫的写作。马步升笔下的知识分子也是有痛苦的，但这些人物同时也是幸福的、是被尊重的。比如《小收煞》的主人公马素朴。马素朴的前半生，因无法改变的国运和现状而心灰意冷。新中国成立后，政府号召各地区开办农民夜校建立扫盲班。当马素朴的儿子告诉他这个消息时，"对整个世界都是一脸漠然的爹，眼里生出了难得一见的神采，脸上的笑意以嘴唇为中心，像是谁在死寂的湖面扔下一枚小石子，涟漪缓缓扩散开来……"[2]做了教书先生后的马素

---

1. 马步升：《青白盐》，敦煌文艺出版社 2008 年版，第 150 页。
2. 马步升：《小收煞》，作家出版社 2016 年版，第 648 页。

朴获得了重生，他仿佛又变回了当初那个对未来充满希望的年轻读书人。他开始努力地戒掉毒瘾，当家人担心他的强制戒毒对身体不好时，他却说："没有什么万一，男儿说话做事，一言既出驷马难追，当下扔了，免得汤汤水水。"[1] 马步升笔下的马素朴是幸运的，他经历过最破败、最痛苦的生活，也获得了有希望的未来和充实的现在。

《论语》中孔子的弟子之一曾子说："士不可以不弘毅，任重而道远。仁以为己任，不亦重乎？死而后已，不亦远乎？"，中国传统知识分子都有着强烈的责任感和使命感，他们以"为天地立心，为生民立命，为往圣继绝学，为万世开太平"为志向，关心国计民生，舍"小我"而追求"大我"。马步升的小说通过对知识分子精神状态和生存状态的细节描写，体现了中国知识分子独有的家国情怀和忧患意识。

第三节 本土与接受：马步升小说创作的中国化特色

马步升文学作品的魅力不仅在于对西方文化的学习，

---

1. 马步升：《小收煞》，作家出版社 2016 年版，第 838 页。

还在于他对中国传统小说的继承。在访谈中马步升曾说过：

> 历史学对我的文学创作影响特别大，我直到现在读历史书的时间肯定比读文学书的时间多。咱们中国有深厚的史学传统，很多历史著作本身就是文学作品，因为每一部正史里面，其实写得最精彩的部分就是人物传记，我读过二十四史人物传记中的大部分，有的读得细些，有的读得粗些。所以呢，这个可能对我影响比较大，尤其对我的短篇影响比较大，我的许多短篇小说，其实遵循的就是史学上人物传记的写法。[1]

对中国历史的学习，既赋予马步升丰富的历史知识和写作所需的丰富的历史素材，更重要的是对中国古代历史书籍的阅读也给予他最成熟老到的史传笔法。马步升对史传传统的学习和继承，让他的作品始终带有地道的"中国味"。当周新民问到他文学创作的文化资源的时候马步升这样说：

> 我的文学创作的第一大资源应该是历史。我是历史专业出身，三十多年来，我读得最多的书是历史典

---

1. 周新民：《我热爱陇东这片热土——对话马步升》，《文学教育》2019年第3期。

籍，用情最多、用功最多的，还是历史。直到现在，我仍然把大量的时间和精力耗费在了读历史典籍和研究历史问题上。与先前不同的是，先前主要阅读成型的史学著作，现在，主要根据自己所关心的历史问题，搜罗该方面的历史资料。第二大资源是陇东。……我从小生活在民间的民间、底层的底层，独立生活以来，又对那片土地上的历史与现实，以及未来，有过充分的考察。我熟悉那里的一切，包括所有的最粗鄙的骂人话，没有我不知道的，而且，至今能够运用自如——如果我愿意的话。……我始终是把陇东置于中华大文化，乃至人类文明的大格局下，进行审视的。[1]

中国传统文化和民间文化的给养构成了马步升小说创作的骨架和血脉，所以他的小说总是具有很强的故事性，人物往往具有传奇色彩，语言是民间的，叙述往往是史传笔法。但是在骨架和血脉的构成中，外来文化丰富了他文学创作的营养，构成了他小说的血肉，中国传统文化、民间文化与外来文化共同成就了马步升的文学创作。也正是这种将中西融合在一起的创作风格，让马步升的文学作品既有非常强的可读性，同时又具有深刻的思想内涵。

---

1. 周新民：《我热爱陇东这片热土——对话马步升》，《文学教育》2019 年第
  3 期。

　　马步升对历史、哲学和文学都有着广泛的阅读，他是一位有着丰厚知识积淀的作家，也有很好的学术修养。正如他在散文《有所不为》中所说："想成为一个中国的经史子集，西方的文史哲经，齐头并进，八面进攻，妄想成为一个学贯中西的大学者。"[1] 他的文学创作中也因此隐藏着一颗能量丰富的种子。他阅读了大量西方文化文学著作，如康德、黑格尔、尼采、叔本华、莎士比亚、托尔斯泰、契诃夫、陀思妥耶夫斯基、高尔基、塞万提斯、雨果、马尔克斯……对这些西方哲学家和作家的关注，对于他们的哲学著作和文学作品的阅读，开阔了马步升的视野，拓宽了他在文学创作上的思路，也让他的思考方式更加多元。我们阅读马步升的作品，很难准确概括其文学创作的主要特征，他的作品中混合了西方现实主义和西方现代文学，但又与之有很大差别。西方哲学和西方文学，让马步升在思考本民族文化时多了一层探索和反思。马步升对外国文化、文学的接受是毋庸置疑的，但这种文化的接受并不能说明他的文学是西方化的。马步升始终追求在对中国传统文化的继承和发展中增添新的元素，创作出既让读者喜欢读同时又具有思想深度的文学作品。

　　在文学探索的道路上，马步升拒绝了他的文学作品西

1.《马步升的"一点江湖"》，《兰州晨报》2014年7月12日。

方化的表达，归根究底，他是想做一道中国文化为主料，西方文化为辅料的精神大餐，在文学创作中既能像西方文学作品一样引进对于生死、人性和生活的哲理性思考和探索，又保持了最纯正的中国特点。也正是因为马步升在文学创作时拒绝了对西方文化的生搬硬套，而是选择首先忠于中国小说传统的讲好故事的原则，这使得他的文学在接受外来文化的同时保有鲜明的本土味，马步升也因此成为中国当代文坛和甘肃文坛上具有鲜明特点的作家，为自己赢得应有的地位。

第三章

徐兆寿小说创作与外来影响

徐兆寿（1968—　），甘肃凉州人。1988 年开始在各种杂志上发表诗歌、小说、散文、评论作品。徐兆寿的创作是多方面的：长篇小说主要有《生死相许》（1998）、《非常日记》（2002）、《生于 1980》（2004）、《非常情爱》（2004）、《幻爱》（2006）、《荒原问道》（2014）、《鸠摩罗什》（2017）等；还有长诗《那古老大海的浪花啊》（1998），诗集《麦穗之歌》（2000）、《北色苍茫》（2017）等；学术著作有《我的文学观》《中国文化精神之我见》《非常对话》《精神的高原——当代西部文学中的民间文化书写》《人学的困境与超越》等。此外，徐兆寿还发表有 100 多篇文学评论。他的文学创作和学术研究成果也曾多次获奖，《荒原问道》曾获得敦煌文艺一等奖、黄河文学一等奖；《非常情爱》获甘肃省第五届敦煌文艺奖二等奖，甘肃省第四届敦煌文艺奖三等奖；《非常日记》获全国优秀畅销书奖等。

小说《非常日记》2002 年一问世，就引起了很大的反响，当然也引来颇多争议。这部以大学生病态、疯狂性心理为主要描写内容的小说打印稿在当时甘肃兰州的不少高校里一度非常流行，受大学生追捧的程度被媒体称为"疯狂流传"。之后的 2004 年，徐兆寿发表了《非常情爱》，这部小说依然是以大学生活为题材，小说以多情而敏感的天才诗人张维为中心展开，通过对张维等人的心理、生活和社交的叙述展现了作者对人生的思考。《非常情爱》与《非常日记》《生于 1980》构成了徐兆寿的"问题小说"系列。2014 年徐兆寿出版了小说《荒原问道》，这部作品让我们看到了徐兆寿在创作上的某种转型，他的关注点从早期以大学校园为背景的"问题小说"转向了对中国传统文化的观照。《荒原问道》这部小说一发表就受到了国内评论界的好评。著名评论家雷达曾这样评价："这是一部非常难得的作品，也是近年来一部非常独特的作品，是长篇小说的重要收获。"[1]

2017 年徐兆寿出版了《鸠摩罗什》，这部作品同样受到了国内学者的高度赞扬。雷达这样说："从《非常日记》到《荒原问道》，徐兆寿经历了从青春写作到知识分子写作转型的过程，每一次都成为文坛瞩目的亮点。三年后，《鸠摩罗什》问世，这标志着徐兆寿的又一次转型。这一次，

---

1. 雷达、李敬泽、白烨等：《徐兆寿长篇小说〈荒原问道〉研讨会重要发言摘编》，《天水师范学院学报》2014 年第 6 期。

他向历史传统和文化精神近了一步，相信会带来一种新的声音。"陈晓明说："《鸠摩罗什》一定是中国西部文化的刻碑之作！"陈思和这样评价："中国的大西北不仅是中国神话生发之地，且是西域文明与中华文明的融汇交通之地，是今天文化复兴的命脉所在。兆寿近年来的写作就是在挖掘这条深邃的根脉，并且渐成气候。如果说《荒原问道》是叩问现代知识分子精神世界的一部佳作，那么《鸠摩罗什》就是叩问古代文化传统的一部大著。"李敬泽说："西部是一块需要阐释，且正在阐释的荒野。在旷野上，兆寿总在不停地行走，寻找，叩问，确立着他的精神世界和文学脸孔。并且，他野心勃勃、处心积虑地在绘制一块新的世界镜像。《鸠摩罗什》即是镜像中那块被智慧之光照亮的镜片。"

从 2002 年《非常日记》到 2017 年的《鸠摩罗什》，我们看到徐兆寿的创作越来越趋于成熟，越来越表现出的不仅仅是一个作家的姿态，更是一位知识分子的立场。一直在高校工作的他，是学者型作家，常年的高校经历，让他的创作从早期的激情越来越走向理性和睿智。从他的《非常日记》等作品中就可以看出作者对人生、文化、社会的思考，而使作者的这种思考更为深刻的则是《荒原问道》和《鸠摩罗什》。徐兆寿现在的创作，表现了作者对人性、文化、信仰等问题的深入探讨和反思，也表达着作者对中国传统文化的寻根探源与呼唤回归。

　　徐兆寿一直以来对西方文化是比较感兴趣的，他从中专保送到西北师范大学中文系的时候就读了很多外国文学与哲学著作，"一拿到教材，我发现一年级甚至二年级的很多内容我在中师时就学习过了，于是，我便开始读大量的外国文学、哲学，开始真正地写作了，我梦想要成为一个诗人或作家"。[1]当张凡问到 2014 年《荒原问道》相比此前的"非常系列"，徐兆寿关注的问题焦点"从当初对大学生的心理与生活的关注转向一种更为开阔的文化主题"时，徐兆寿这样说："我是从 90 年代初（大三左右），接触到这些问题，因为喜欢哲学，尼采、萨特、叔本华、海德格尔对我影响太大了。"[2]2010 年，在复旦大学攻读博士学位的徐兆寿也开始了大量的阅读，"那时我沉迷于西方哲学与科学。尼采、萨特、海德格尔、康德、苏格拉底、柏拉图以及牛顿、爱因斯坦、霍金……文学方面的阅读更不必说了，我也会经常翻阅《论语》《道德经》《庄子》《史记》……"[3]徐兆寿在最初写作《荒原问道》的时候，是准备把这部小

1. 华静：《我的笔深深扎入故乡的土地——访作家徐兆寿》，《兰州日报》2018年 11 月 22 日。
2. 张凡、党文静：《文本、想象及现代知识分子的价值建构——作家徐兆寿访谈录》，《海南师范大学学报（社会科学版）》2016 年第 2 期。
3. 华静：《我的笔深深扎入故乡的土地——访作家徐兆寿》，《兰州日报》2018年 11 月 22 日。

说写成一本《洛丽塔》式的小说。"实际上在 2010 年写的是一本类似于《洛丽塔》《尤利西斯》式的，讲究修辞、技巧的这么一本小说，甚至于一种类似《洛丽塔》的混乱的一种伦理。"[1]

从以上徐兆寿自己的访谈中可以发现，在他的阅读中，西方文学、哲学、科学占有很大的比重，我们在徐兆寿的创作中也可以很明显看到西方文学和文化的影响痕迹。虽然徐兆寿对于西方文学和文化的接受经历了一个从最初的接受、化用到今天的能够更加冷静客观地以批判性的眼光看待的过程，但是无疑西方文学和文化对他创作的影响是我们无法忽视的。

第一节　俄狄浦斯情结——弗洛伊德精神分析理论的影响

徐兆寿的《非常日记》和《非常情爱》曾在高校引起了不小的轰动，以兰州为中心的大学生争相阅读，也引起了社会各界人士的关注。后来《荒原问道》发表，也产生了很好的反响。细读徐兆寿的这些作品，小说主人公的感

---

1. 张凡、党文静：《文本、想象及现代知识分子的价值建构——作家徐兆寿访谈录》，《海南师范大学学报（社会科学版）》2016 年第 2 期。

情或多或少都可以看到俄狄浦斯情结的体现，无论是从弗洛伊德的精神分析批评来看，还是将这些作品置于当代社会的大背景下，都是值得我们研究和深思的。

《俄狄浦斯王》是古希腊伟大的悲剧作家索福克勒斯的代表作，历来被看作反映人与命运抗争的一部伟大悲剧。剧中的主人公俄狄浦斯未出生前就注定了"弑父娶母"的命运，所以他出生后一直努力想摆脱命运，却让我们看到他越是反抗命运，越是最终落入命运的圈套，一路逃离命运的过程恰恰是应验命运的过程，他积极抗争，依然在不知情的情况下弑父娶母，最后俄狄浦斯刺瞎了自己的双眼，进行了自我放逐。

奥地利精神病医生、心理学家、精神分析学派的创始人西格蒙德·弗洛伊德根据这部剧作中俄狄浦斯"弑父娶母"的行为提出了"俄狄浦斯情结"（Oedipus complex）。弗洛伊德认为，幼儿在性发展的对象选择时期，开始向外界寻求性对象，这个对象首先是双亲，男孩往往选择母亲，女孩则会选择父亲。于是，男孩就会生出对母亲的依恋，甚至想独占母亲的爱，这时候父亲就成为男孩心中争夺母亲的敌人，在内心深处，男孩想取代父亲的地位。同理，女孩也以为母亲干扰了自己对父亲的爱，母亲侵占了她应有的地位，因此，同样就有了"恋父情结"，即"厄勒克特拉情结"（Electra complex）。简而言之，恋母情结即男孩对于母亲的过度依恋，恋父情结则是女孩对父亲的过度依恋。弗洛伊德认为每个人在幼小时受到力比多的影响都会对自己的父亲或者母亲产生或多或少的爱意，但是伴随着年龄的增长，会渐渐将这种情感压抑、淡化或者转移。

徐兆寿作品的主人公身上都有或多或少的俄狄浦斯情结，其早期的作品如《非常日记》和《非常情爱》，以及近几年的《荒原问道》中的主人公的倾慕对象都是和自己年龄差距比较大的，如《荒原问道》中的陈子兴，《非常日记》中的林风，《非常情爱》中的张维，他们的爱情不见容于社会，不被世人所认可，所以他们最终只能像自刎双目的俄狄浦斯一般，在当前社会价值取向面前以失败而告终。

"男孩与母亲身体的密切接触把他引向一个想与母亲结婚的无意识欲望。"[1]男孩自婴儿时期便对母亲产生了依恋，随着年龄的增长，逐渐地希望能够独占母亲，所以《非常日记》中林风的一些行为便可以理解了：

> 我想起以前做梦还和别的女人做爱，有好几次甚至和我最亲近的姨娘……她是把我从小抱大的。在我

---

1. [英]特雷·伊格尔顿：《二十世纪西方文学理论》，伍晓明译，北京大学出版社2007年版，第153页。

> 十六岁时，母亲去世了，她就常常来给我们做饭，我
> 看过弗洛伊德的书，说这是恋母情结。[1]

的确，主人公林风是有恋母情结的，他是一个有些心理疾病的大学生，他一直孤僻、自卑、无助，直到后来遇见有孩子、有家庭的严珍。严珍为林风买零食，买衣服，并且他俩像一家人一样，晚上一起坐在沙发上一边看电视一边聊天。林风从严珍那儿感受到了家的温暖，他觉得严珍有时候是他的爱人，有时候是他的母亲。林风总是会忍不住给严珍打电话，似乎只有和严珍通过话之后才可以安抚他那颗无处安放的心。

小说《荒原问道》中的陈子兴自小就对新奇的东西十分向往，他是乡下小孩，而有一个叫做文清远的孩子来自城里，所以文清远和村子里其他的小朋友就显得不一样，文清远有的东西，乡下的孩子们没有，于是，陈子兴与文清远成了朋友，而且是唯一最好的朋友。可是在上初三那年的暑假，文清远突然消失了，陈子兴陷入了深深的痛苦和不知所措。"那年我十四岁。一个少年。但心已苍老，已然绝望。因为文清远，我好像从现实世界中走丢了自己。"[2]文清远的消失让陈子兴一时之间丢失了自我，直到黄

---

1. 徐兆寿：《非常日记》，敦煌文艺出版社 2002 年版，第 17 页。
2. 徐兆寿：《荒原问道》，作家出版社 2014 年版，第 33 页。

美伦的出现。黄美伦是陈子兴的英语老师，她比陈子兴应该大十几岁，这位女性的出现为陈子兴打开了另一个未知的世界。"到底我是什么时候爱上她的呢？仿佛是后来，仿佛是一开始，仿佛又是在她未来之前就已经爱上了。"[1]15 岁的陈子兴爱上了比自己大十几岁的英语老师，并发誓要与她结婚。陈子兴和黄美伦的恋爱关系就是一种典型的恋母情结的体现。陈子兴努力地去靠近他的英语老师黄美伦，黄美伦身上的一切都令陈子兴着迷，黄美伦也很享受陈子兴对自己这种热情的、毫无保留的情感。于是两人偷偷谈起了恋爱。黄美伦将自己知道的一切都教给陈子兴，以期陈子兴能够成为她心目中的完美恋人，陈子兴也将这些分毫不差地接受。陈子兴最初的性体验是在黄美伦的引导下完成的。陈子兴一直在内心深处爱恋着黄美伦，这种爱是从肉体到灵魂全方位的。黄美伦对于陈子兴来说是集女朋友和母亲于一体的，黄美伦既是陈子兴成为一个真正男人的引导者，也是他人生方向的引导者。陈子兴与黄美伦两人很甜蜜、很契合地度过了一段时间，但终究还是东窗事发，他俩实实在在存在的年龄差距以及师生恋都成为这段感情不见容于社会的因素，于是黄美伦选择了远走他乡。

"当班主任任灿老师说我不像个农家子弟时，我便立刻想起了她。是她让我发生了巨变，在我生活的很多细节上

1. 徐兆寿:《荒原问道》，作家出版社 2014 年版，第 33 页。

改变了我。"[1] 在黄美伦离开后，她对陈子兴的影响并没有消失，甚至可以说是深入骨髓，无论是上大学还是工作后，陈子兴都带着黄美伦的影子，即使陈子兴后来有了几段的感情经历，但黄美伦的印记始终无法从他的心中抹去，这也注定了陈子兴最终的感情结局。作者最后安排了黄美伦的死亡，因为黄美伦如果不死，他无法继续陈子兴的命运，黄美伦对他的影响太大了，甚至影响了他的婚恋能力。这让我们想到很好地诠释了弗洛伊德恋母情结理论的20世纪英国作家劳伦斯的《儿子与情人》，这是劳伦斯的一部半自传体作品。小说中保罗的父亲是一个浑浑噩噩的煤矿工人，工作之余每天和工友喝酒玩乐，常常把家里的事和孩子们的前程置之度外。而保罗的母亲出身中产阶级，受过一定的教育，对矿工丈夫的粗俗耿耿于怀，最后对丈夫完全绝望。保罗的父母之间只有肉体的结合，而没有灵魂的共鸣和精神的沟通。于是，保罗的母亲把时间、精力和全部精神转移、倾注到了大儿子威廉和二儿子保罗身上。威廉死后，她更是将情感倾注在了小儿子保罗的身上，母亲带有强烈占有性质的爱使儿子保罗感到窒息，迫使他一有机会就设法逃脱，但是在短暂的逃离中，保罗又常常被母亲那无形的精神枷锁牵引着，痛苦得不能自已。所以小

---

1. 徐兆寿：《荒原问道》，作家出版社 2014 年版，第 184 页。

说最后劳伦斯安排了保罗母亲的死亡，因为只要母亲活着，保罗就无法正常婚恋，他无论是与少女米莉安还是与有夫之妇克拉拉，都无法实现灵与肉的完全结合，因为他的精神被母亲牢牢占有。所以母亲的死虽然给保罗带来了痛苦，同时也是一种解脱，更是让保罗真正的成长有了可能。《荒原问道》中的陈子兴与黄美伦的关系也是如此。正如徐兆寿自己所说："很多人探讨说为什么让她（黄美伦）死，我还没回答，好多人已经在争论了。有人说这样一个结局是最好的，悲剧最能感动人。我当时也觉得没法处理她，我就觉得她如果不死的话，这个主人公怎么办。"[1]也就是说，陈子兴如果还想拥有将来的话，黄美伦就必须死亡。黄美伦的死亡在某种程度上来说给予陈子兴新生的可能性。

在《非常情爱》中，无论是张维的感情还是林霞的感情，我们都看到了不同寻常之处。张维一生下来母亲便离开了他和他的父亲，他自小是被父亲抚养长大的。张维"从小对新婚妇人比较感兴趣，特别喜欢看她们的脸和体态。那是种说不清的喜欢，他小小的身体有些控制不住。这种喜好一直没变"。[2]所以当穆洁出现在张维的

1. 张凡、党文静：《文本、想象及现代知识分子的价值建构——作家徐兆寿访谈录》，《海南师范大学学报（社会科学版）》2016年第2期。
2. 徐兆寿：《非常情爱》，中国青年出版社2004年版，第221页。

生活中时，张维便对穆洁产生了异于常人的情感。第二
个是林霞与易敏之的旷世爱情。文中的林霞是易敏之的
学生，易敏之比林霞大二十多岁，他们两个的感情是产
生在林霞对生病的易敏之的照顾中的。易敏之生病之后，
二人朝夕相处，经常谈论生活和学习上的许多问题，林
霞觉得"他能给我勇敢、自由地生活的勇气和信心"[1]。
她觉得有这一点就够了，同时也被易敏之丰富的内心
所吸引。

> 她觉得易敏之是一座森林，茂密而高大，越往深
> 处走，越能发现自然的奇迹，能听见鸟鸣，能看见琥
> 珀；是一所向往了很久才住进去的深深庭院，幽静而
> 平和，阳光从那千年古树的枝叶间漏下来，洒在睡梦
> 中的她身上，温暖而悠远。[2]

"她从易敏之那里学会了面对一切的勇气。"[3] 而易敏之
也喜欢林霞的靠近，他的年纪大了，喜欢一切有活力的东
西，同时林霞那种安逸的性格也是易敏之所喜欢的。

由此可见，无论是《非常日记》中的林风还是《非常

---

1. 徐兆寿：《非常情爱》，中国青年出版社 2004 年版，第 217 页。
2. 同上书，第 218 页。
3. 同上。

情爱》中的张维、林霞，抑或是《荒原问道》中的陈子兴，一方面，他（她）由于无意识中的欲望而主动接近年龄比自己大得多的女性（男性）；另一方面，幼时不健全的家庭或不健康的心理使得他（她）需要更多的关爱和理解，而显然同龄人是很难拥有这些需要用时间积累的东西的。

弗洛伊德认为俄狄浦斯情结是存在于人的潜意识当中的。很多出现俄狄浦斯情结的人其实都是由于少年时缺少母爱或者对母爱有过多的需求而没有得到满足，这也从侧面反映出，俄狄浦斯情结者找寻和自己年龄差距较大的对象的心理——无助与迷茫。他们对自己的生活充满迷茫，同时他们需要更多的关爱，他们无法从自己的父母那里得到这些关爱与指导，只好寄希望于婚恋伙伴，但是同龄的异性无法给予他们这种需要的爱与引导，于是他们就转向内心更为沉稳强大、更具有包容性的年龄比自己更长者，只有这样的人才能给他们心理和生活上的指导，让他们更有安全感。

徐兆寿是非常熟悉弗洛伊德理论的，他的作品中这种特殊情感的描写多多少少让我们看到了弗洛伊德影响的痕迹。而他的早期作品，尤其是《非常日记》对大学生性心理的描写也显然可以看到弗洛伊德对他的深刻影响。

第二节 《浮士德》的两层解读：歌德的影响

《浮士德》是德国伟大作家歌德耗其毕生精力完成的一部经典之作，作家从 1768 年开始构思创作，一直到 1832 年逝世前才得以完成，前后历时 64 年，融入了其毕生的思考和理想。这部诗剧长达 12111 行，融合了现实主义与浪漫主义的艺术手法，思想内涵深邃，构思宏伟，是世界文学史上最杰出的巨著之一。作品以浮士德的一生追求为线索，描写了新兴资产阶级知识分子因不满于现实，在魔鬼靡菲斯特的帮助下对生活意义进行理想性探索。

学界对《浮士德》这部作品的理解一般有两种比较具有代表性的观点。第一种观点认为这部作品展现了浮士德的自强不息和对生命意义的无限追求。作家歌德通过浮士德对知识、爱情、政治、美和事业追求的描写体现了浮士德对人生意义的探索，对理想和真理的不断追求，反映了文艺复兴时期人对自我本身的肯定，对传统的教条与约束的反抗。第二种观点认为《浮士德》这部作品展现的实际上是人本主义的悲剧，作品表面看起来是在描写浮士德自强不息的追求，实则是人欲的无限扩大。"《浮士德》阐述了这么一个命题：人类的悲剧不是来自外界的灾难、祸害，而源于人性本身。那个被解放的自恃为至高无上的人，借助魔力肆无忌惮地膨胀欲望，让无限的欲望结合万能的魔力，最终酿成人类的悲剧。"[1] 浮士德追求爱情，最后却只是耽于感官享乐；他追求美，却不尊重海伦，导致了海伦的幻灭；他强行发行纸币，却不顾社会市场的运行规律，最后导致了通货膨胀。这种种都是人欲的无限放大，所以才会导致悲剧。由此我们可以看到，浮士德的悲剧实质是：浮士德与神性对抗，过度强调人本主义，进而将人欲无限放大，最终导致悲剧的发生。"人本大欲的无限扩张是不持续的，最终必将导致把自己和他人驱往毁灭的境地。"[2]

对《浮士德》的第一种认知典型地代表了文艺复兴时期强调"人本"思想的人文主义的看法，他们反对宗教神学，反对禁欲主义，提倡个性解放，认为人活着就应该享受生活、及时行乐；第二种观点则相对来说带有更深刻的反思意味，他们认为人在追求自我的路上应该学会适当地约束自己，不能为所欲为，不能将人性凌驾于神性之上。

徐兆寿的小说《荒原问道》围绕着两个主人公陈子兴和夏好问而展开，细细品读作家对这两个人物的人生命运的书写会发现，他俩的人生追求之路恰恰分别体现了对

---

1. 吴建厂：《被解放者的人本悲剧——德意志精神框架中的浮士德》，《外国文学评论》2008年第3期。
2. 同上。

《浮士德》认知的这两个层面。

一、陈子兴对真理的无限追求

徐兆寿在 2016 年的访谈中谈到《荒原问道》时如是说:"实际上在我的小说中间,陈子兴就像浮士德一样,经历了五个阶段。对知识的追求,对美的追求,对爱情的追求,对事业的追求,对社会的追求。实际上,他这些追求最后都幻灭了,也许只有幻灭之后,他才能找到真正的信仰,才可能回到上帝的身边。这是浮士德最后的命运。"[1] 由此段话我们可以看到徐兆寿《荒原问道》的创作显然受到了《浮士德》这部伟大诗剧的影响,至少是受到了这部作品的启示,同时也可以看到《荒原问道》与《浮士德》内在的某种暗合之处。

《浮士德》中,上帝与魔鬼以浮士德作为赌注打赌:魔鬼靡菲斯特认为浮士德最终肯定会堕落,而上帝则认为人在认知的过程中难免会陷入迷误,但是最终会走出迷误。于是上帝允许魔鬼靡菲斯特去引诱他的子民,于是靡菲斯特来到了浮士德的书斋。而这时候的浮士德因对经年累月皓首穷经的书斋生活感到了厌倦,而学来的知识似乎对于经世济用毫无用处,自己的学生瓦格纳又食古不化,这一

---

1. 张凡、党文静:《文本、想象及现代知识分子的价值建构——作家徐兆寿访谈录》,《海南师范大学学报(社会科学版)》2016 年第 2 期。

切让浮士德陷入了对生活的深深绝望。于是魔鬼靡菲斯特与浮士德立约：魔鬼靡菲斯特必须满足浮士德的所有要求，在浮士德生前供他驱使，但是浮士德在死后必须将灵魂交给靡菲斯特。浮士德在经历了对知识的追求之后，在靡菲斯特的帮助下，展开了对爱情的追求，他也如愿得到了玛甘蕾的爱情；随后又开始了对古典美、对政治和事业的追求，"自强不息的浮士德最后在带领群众改造自然、兴建海边乐园的壮举中实现了人生的价值，找到了智慧的最后结论。他虽然倒下了，可是他一生的奋斗证明了天帝的话：人在努力时尽管难免迷误，但总会返归正道，由迷混不清进入澄明之境"。[1] 由此可见，即使人在不断追求欲望的过程中会产生更多的欲望，即使生活中的一切不过是不断循环往复的过程，人还是要不断地前进，歌德在这里通过浮士德的经历是要强调人本身和生活本身的重要性。

在徐兆寿的《荒原问道》中，陈子兴是一个不断追求、不断前进的人：一路的求学过程中对知识的追求；15岁时对美的追求；黄美伦消失之后对爱情的追求；想要走出西远这个偏僻的城市，在北京、上海这样的大城市有所作为，成就一番事业，最后却察觉到在现代都市的快速发展中人精神上的缺失，他意识到自己即使事业上取得了成功，但

---

1. 蒋世杰：《〈浮士德〉：充满生命狂欢的复调史诗》，《外国文学评论》1994年第2期。

是依然找不到人生的意义和价值。他的迷茫其实也是作者徐兆寿代表知识分子发出的声音，体现了知识分子的困惑。最后作者安排陈子兴选择背起行囊远赴希腊，就是希望能找到心中的答案。

陈子兴和浮士德一样都经历了五个阶段的追求，浮士德最终获得了对人生意义的认识，即"太初有为"，通过不断的追求，不断的实践，获得真理，最终得到人生的真谛。它所体现的是同文艺复兴时期的时代精神一致的对"人"的强调，体现了一种积极的人生态度。而陈子兴则是通过这五个阶段的经历，从"小我"的追求走向了对"大我"的追寻，即对人类社会文化精神的追求，他关注的是整个民族、整个社会。《荒原问道》通过对陈子兴的人生追求的书写最终回归到对"道"的追寻，体现了作家的知识分子立场和对中国传统文化的一种呼唤。由此可以看到，《荒原问道》的创作虽然受到了《浮士德》这部作品的影响，但是徐兆寿能立足我国文化土壤，在吸收外来文化的同时植根民族文化，体现了对自我民族文化的一种观照与追寻。

二、夏好问对大自然的追求

对于《浮士德》的另一种理解是通过浮士德这个人物的塑造，歌德意在批判文艺复兴时期对"人"的过度强调，以及在新科技的助力下人的欲望的无限扩大。人欲的无限膨胀使人逐渐无视规律、无视自然环境、无视道德，浮士德在得到建立在欲望基础上的爱情后不负责任；急于建功立业而忽视社会市场规律；极力追求古典美而不尊重海伦；想要建造现代文明城市而无视对大自然的破坏，这种种表现都是对人欲的过分强调，也是社会科技高速发展带来的恶果。徐兆寿在一次访谈中也说道：

> 二战以来，甚至前推到尼采以来，整个上帝不在以后，人类确实面临着一个巨大的荒原。这个荒原就是没有上帝精神关照之后的荒原，人学的东西太强了，欲望的东西就强，于是工业文明带来一系列东西就被放大了，放大以后，人的精神就开始渺小了，就没有神性的人了，变成一个慢慢单纯的欲望的人的存在。这样就是我想写的另外一个荒原。[1]

《荒原问道》中的夏好问被流放之后与荒原作伴二十九年，他喜欢稳重、内敛、具有极大包容性的荒原。那片荒原可以抚慰他心中的悲伤，也可以使他忘掉烦恼。他也曾试图剖开荒原，看一看荒原的真实面貌，但最终还是觉得

---

1. 张凡、党文静：《文本、想象及现代知识分子的价值建构——作家徐兆寿访谈录》，《海南师范大学学报（社会科学版）》2016年第2期。

大自然的神秘不容得人类去亵渎。但是人类依然准备大力开发荒原从而实现粮食的大丰收，他们想通过荒原的开发利用使每个人富裕起来，因而人们对这片荒原抱有着极大的热情和信心，他们想要将大海的水引入荒原，使荒原变为绿洲。夏好问对此痛心疾首，但他一个人的力量并不能改变什么，他最后选择做一个"荒原人"，在大地上行走去寻找"大道"。正如他在出走之后写给陈子兴的信中所说：

> 当我从学院里出来，走向民间的时候，我就再也不读什么书了。我开始读人间这本大书。直到这时，我才真正地读懂了人。现在，我心中平静入水，毫无牵挂和仇恨。过去，知识蒙蔽了我的眼睛，思维限制了我探索无限之可能。当我又一次在隔壁荒原上行走时，我读到了天地这本大书，看到了若隐若现的大道。[1]

工业文明以来，人类科技的发展日新月异，技术越来越进步，人类能够控制和改变的东西也越来越多，但同时，伴随着人类欲望的无限膨胀，大自然最初原始的一些东西变得千疮百孔。人类对自然的过度开发和征服造成了大自然的破坏和生态环境的破坏。科学技术的发展一方面给人

---

1. 徐兆寿：《荒原问道》，作家出版社 2014 年版，第 373 页。

类生活带来了便利和快捷，带动了人类历史的车轮飞速运转，但同时也让人类陷入物欲的泥潭不可自拔。

1808 年，歌德发表了《浮士德》第一部，1832 年完成第二部并发表。歌德花了 64 年完成的这部巨著融入了作家对社会、人性、对灵与肉、生与死、善与恶等诸多问题的深入思考，也有对当时德国社会出路问题的探寻。所以浮士德的一生追求之路既是对人类积极进取、永不满足精神的肯定，同时也是对人类自身贪图享乐、耽于欲望的否定与批判。浮士德利用靡菲斯特的魔力满足了自己的五大欲望，做到了一些在当时人类自身不可能做到的事情，引诱良家少女，亵渎母神，发行纸币，破坏原有的自然规律。由此我们也看到了人文主义不断夸大"人"的后果——那就是人欲的无限扩大。

浮士德的不断追求展现了人类普遍性的悲剧宿命，即人类拥有着其他动物所没有的理想，这注定了人类总是处于对欲望的不断追求当中，而这种追求是永无止境的，也是虚无缥缈的，歌德揭示出了人类的这种悲剧，他一方面对现实生活给予了肯定，另一方面又呼唤理想生活，在保守与激进之间试图寻求一条人类的平衡之路。而《荒原问道》看似在写两个不同的人物陈子兴和夏好问，实则反映了对同一问题出路的不同思考，即对人类精神文化追求的思考。不论是夏好问还是陈子兴，最终都回到了大自然，一个漫游于祖国的大地上成为"荒原人",另一个背起行囊去了希腊,两人最后都找到了自己的精神信仰。无论是浮士德一生追求的悲剧还是夏好问最后回归自然、行走于大地的叩问,我们看到了作家们对人类文明出路的探索以及对于人性的思考。

第三节　人类的精神荒原:艾略特的影响

1918 年的 11 月,第一次世界大战结束。战后西方社会人们的传统信仰遭遇危机,人们对上帝失去了信心,精神世界遭遇空前危机。旧的价值观遭遇崩塌,新的价值体系并未建立,精神上无路可走的西方人产生了忧郁、绝望的情绪。1922 年,英国著名现代派诗人 T. S. 艾略特的《荒原》出版,这首享誉世界、影响深远的长诗深刻地描绘出 20 世纪西方文明的状貌,表达了西方一代人精神上的幻灭。

艾略特在这首长诗的第一章"死者葬仪"中就将西方社会描绘成了万物萧瑟、生机寂灭的荒原。春天本来应该是万物复苏、生意盎然、生命勃发的季节,但是在艾略特笔下,春天的伦敦看不到任何生命的迹象,满目荒凉、一片枯萎。诗作一开篇便流露出诗人深深的痛苦和无尽的失望和悲哀。诗人笔下的"荒原满目荒凉：土地龟裂，石块发红。树木枯萎，而荒原人精神恍惚，死气沉沉。上帝与人、人与人之间失去了爱的联系。他们相互隔膜，难以交流思想情感，虽然不乏动物式性爱。他们处于外部世界荒芜，内心世界空虚的荒废境地"。[1] 这一时期的作家在描写人类空虚的精神世界时也在不断地探索和寻求人类的精神信仰和精神出路。艾略特曾经影响了众多中国诗人的创作，徐志摩、卞之琳、夏济安、穆旦等都曾从他的诗作中汲取营养。徐志摩的《西窗》就是模仿艾略特的诗风写作的。正如现代诗歌研究专家孙玉石先生所指出的："《荒原》不仅震撼了西方诗人的心灵，也很快波及焦灼地思考国家和民族悲剧性命运的中国觉醒的知识分子的精神世界。……《荒原》被译成中文，介绍到中国，对于当时的知识界，特别是青年诗人的创作，产生了巨大的影响。我认为这是'五四'之后的新诗发展中出现的第一个最大的现代性的'冲击波'。"[2]

　　徐兆寿作为学者型的作家，他是熟悉艾略特的，作为最初以诗人身份步入文坛的作家，徐兆寿是熟知《荒原》的，他的小说《荒原问道》很明显受到了艾略特《荒原》

---

1. 黄梅红：《中西文学比较研究——福克纳作品浅析》，光明日报出版社 2017 年版，第 226 页。
2. 孙玉石：《中国现代主义诗潮史论》，北京大学出版社 1999 年版，第 197 页。

的影响。徐兆寿在访谈中说:"年轻的主人公陈十三同时到北京、上海求学的时候,他们发现不光是北京、上海,包括西方,整个世界都来到了一个荒原上。这个是我想借着艾略特这样一种感觉来写。"[1]

《荒原问道》中的主人公夏好问和陈子兴一直在苦苦地寻找"道","道"到底是什么呢?夏好问从逃亡后的很长一段时间都选择了与荒原作伴,他放弃了人们眼中的安逸生活,他想要探索荒原深处到底有什么,荒原总是会给他一种神秘而安心的感觉。后来他又回到了他的笔杆子世界,可是在这样一个"文化荒原"中,他依然苦苦地追寻人类的精神文化信仰。夏好问不愿陷入世俗,也不愿违背自己内心的选择,他与同事无法融洽相处,幸而他得到了学生的肯定。但最终喜欢他的学生也慢慢离他而去,孤独的、特立独行的夏好问开始放弃世俗的看法,想专心地研究自己的学问。可以说,夏好问的前半生是在地理的"荒原"上漫游,而后半生则是在文化的"荒原"上不断地追寻和探索。

陈子兴则是从精神的高地来到文化的荒原上,他是从另一个层面上去问"道"。陈子兴在中学时期一直追寻着自己所喜爱的东西,到了大学他想追寻夏好问的脚步。陈子兴在感情方面一直不愿随大流,不愿勉强自己的内心,

---

1. 张凡、党文静:《文本、想象及现代知识分子的价值建构——作家徐兆寿访谈录》,《海南师范大学学报(社会科学版)》2016年第2期。

即使做样子他也总也做不像。他从小生活在西部，生长在西部，后来便想去看看北京、上海这样的大城市，可是到了北京、上海后，他却发现这里似乎也没有他要找寻的东西，他随着导师出国参加会议，发现国外也找不到自己所要追寻的东西。"现在，每到一处，我们都几乎谈着古希腊和基督教，几乎不怎么谈中国文化。"[1]回国后，他发现即使上海很繁华，"但是它的繁华是片面的，物质的，它的内心呢？它能给世界带来什么呢"？[2]陈子兴苦苦地思索。

　　《荒原问道》中的夏好问和陈子兴这两个主人公都是"文化荒原"上不断寻找出路的追寻者和探索者。陈子兴最后选择去了希腊，而夏好问则选择远离城市一人独行，去做一个"荒原人"，用夏好问自己的话说，"我生于道，隐于道。从来处来，到去处去"。[3]徐兆寿在访谈中说："实际上，这个荒原在两个主人公那里，都把荒原当作精神的高地。地理意义上的荒原恰恰是他精神上的高地。"[4]"夏好问是在那样一个荒原上在问道，始终在寻找道是什么最后他又回到了荒原。而陈十三这个主人公是从荒原到文化的荒原，就是精神的高地来到文化的荒原上，他要问道，他不

---

1. 徐兆寿：《荒原问道》，作家出版社 2014 年版，第 363 页。

2. 同上。

3. 同上书，第 374 页。

4. 张凡、党文静：《文本、想象及现代知识分子的价值建构——作家徐兆寿访谈录》，《海南师范大学学报（社会科学版）》2016 年第 2 期。

能再回去了，他是到一个新的层面上去问道。这就是两位主人公不同的走向。"[1]

艾略特的《荒原》用诗的方式来表达人类的精神荒原。本该生机勃勃的春天却是万物衰败、萎靡不振，人与人之间更是丑陋不堪。情欲的泛滥，肉欲的肮脏龌龊，人的自私卑鄙，理想信仰的失落，人的欲望被放大，人与人之间的美德不复存在，人类再也没有礼义廉耻的约束，世界丑陋不堪，人类急需救世主的出现。艾略特运用了大量隐喻与神话故事，虽然对现状的揭示有一定夸大性，却揭露了问题的实质。战争的爆发导致了人类的生存环境满目疮痍，而科学技术一日千里的发展在改变人们的生活方式，带给人类便捷高效的生活外，也让人类陷入物欲的泥潭而不可自拔，金钱打败了上帝，随之而来的是人的精神信仰的缺失。艾略特正是在这样一种环境下写出了《荒原》。徐兆寿的《荒原问道》则是分别以陈子兴和夏好问的视角展开叙述，尽管这两位主人公的经历不尽相同，但他们所遇到的问题其实是一致的，即因为精神文化的缺失而产生的空虚感，直到作品结尾，两个主人公仍然在苦苦地追寻，一个去了希腊，一个遍访人间，企图找到心中的理想。

徐兆寿的《荒原问道》与艾略特的《荒原》虽然创作

---

1. 张凡、党文静：《文本、想象及现代知识分子的价值建构——作家徐兆寿访谈录》，《海南师范大学学报（社会科学版）》2016 年第 2 期。

时间不同，文学体裁不同：《荒原》采用诗体，运用夸张、隐喻等艺术表现手法，运用具有强烈情感的词语，使人在视觉上感受到第一次世界大战后西方社会恶劣的生存环境，读来造成心理上的凝重感；《荒原问道》则采用了小说的叙述方式，将陈子兴和夏好问两个人物的故事穿插交织，娓娓道来，节奏平稳而缓慢，读完之后却能使人久久不能忘怀，引发思考。但是两部作品却都抓住了现代人的精神荒原实质，都试图探索人类的精神困境，试图解决人类的精神荒原问题，只不过徐兆寿的《荒原问道》仍然在探索的路上，而艾略特的《荒原》则是最终落脚于宗教。

第四节　信仰的寻求：黑塞的影响

徐兆寿曾说："黑塞在我的精神历程中间影响是很大的。"[1] 赫尔曼·黑塞出生于德国，后来加入瑞士国籍，他于1946年获得诺贝尔文学奖。黑塞既是诗人，也是小说家，无论是他的诗歌还是小说都流露出孤独、感伤、梦幻的情感基调和对理想的渴望的浪漫气息。

黑塞毕生遵循"向内的道路"，1922年发表的《悉达

---

1. 徐兆寿访谈：《鸠摩罗什在凉州》，《午休》2017年第12期。

多》是黑塞的第九部小说，这部小说以独白的方式描绘了一个名叫悉达多的婆罗门追寻自我的证悟历程，书写了作者本人的"内向之路"。黑塞在《我的信仰》开篇就说：

> 我不仅在自己的理性文字里常常写入我的信仰，而且曾经一度……进行试验，把我的信仰写成了一本小说，这部著作就是《悉达多》，其中的宗教性内容后来在印度的大学生与日本的僧侣中经常引起讨论和争议。[1]

《悉达多》这部小说反映了主人公悉达多对自我的一种追求，他反抗沉沦，反抗无意义的存在，追求人生的意义。发表于1927年的《荒原狼》是黑塞非常重要的一部作品，曾引起过德国文学界的激烈争论。黑塞以一种剖析自我内心的视角叙述，反映了天赋异禀的中年知识分子哈立·哈勒尔生活在一群普通小市民中的痛苦心情。作品揭露出那个时代对精神的蔑视，并为怀疑人生，把人生是否有意义这个问题作为个人的痛苦和劫数加以体验的人们指明了一种永恒的精神信仰。而黑塞发表于1906年的《在轮下》则是对少年时期一些不愉快的记忆，表现

---

1. ［德］赫尔曼·黑塞：《我的信仰》，张佩芬译，百花文艺出版社1997年版，第248页。

了成长之痛。1932年黑塞发表了《东方之旅》，这部小说是对超时空的精神文明的追求，展现了黑塞对自我的探索和对个体与整体关系的思考。发表于1943年的《玻璃球游戏》是黑塞的最后一部长篇小说，也是他因之获得诺贝尔文学奖的作品，这部作品黑塞用了12年的时间构思，这是一部反映了精神世界与世俗世界分离的乌托邦式的小说，小说的主人公克乃希特在完全掌握玻璃球游戏技巧之后，感受到的只有精神世界的枯燥与无味，最终他选择重新回到既充满诱惑又丑陋不堪的世俗社会，这也说明了黑塞对内在精神的追求，同时他也并未"脱离世界"。黑塞通过《悉达多》《东方之旅》和《玻璃球游戏》等小说都似乎在强调追求内在精神的同时也要注重融入外部世界。

从徐兆寿早期的作品《非常日记》到后来的《荒原问道》，我们不难发现，这几部作品中都有一个贯穿始终的主题，那就是知识分子对自身生存意义、对社会精神文化的不断探索。而黑塞在《悉达多》《东方之旅》《玻璃球游戏》等作品中也都在关注人的精神文化信仰问题。《悉达多》以一种内心独白的方式将主人公悉达多的内心一一剖析，使读者清晰地看到悉达多思想历程的变化。再审视徐兆寿的作品，比如他早期发表的《非常日记》中的林风，虽然他是一个有心理疾病的大学生，但这并不妨碍他对于生存意义的思考，林风像悉达多一样，孤独而执着地感受着自己内心的变化，不断地学习。悉达多向自己遇见的人学习，林风则是从书本中学习，他不断地探索，努力地探寻着生存的意义。《荒原问道》这部小说则从书名我们就可以发现是一部有关探索主题的作品。夏好问和陈子兴是师徒关系，夏好问青年时期在追寻荒原带给他的安全感以及熟悉的亲切感，中年时期他离开荒原走向城市，但是似乎荒原更适合夏好问——城市中的夏好问不能适应的东西太多，他以自己微薄的力量坚持着自己的意志。陈子兴也是在获得人人羡慕的工作机会时禁不住问自己，自己到底在追寻什么？最终陈子兴像悉达多一样摆脱了俗世的诱惑，毅然决然地走向了孤独的探索之旅。黑塞在《玻璃球游戏》中构建出一个精神世界即卡斯塔里恩，在这里汇集了世界各地的精英，他们为了捍卫心目中的精神而来，但这里并没有想象中的那么好，这里的人冷漠、伪善、充满了隐秘的约束，虽然表面看起来和谐有序，实质上却是呆板的，经过重重磨难的克乃希特还是离开了这个"天堂"，他最终选择回到生机盎然却又危机四伏的世俗世界，他想通过一己之力使世俗世界既井然有序又生机盎然，黑塞在这里追求的还是精神文化与现实生活的统一。2017年徐兆寿出版的《鸠摩罗什》中，一方面，鸠摩罗什的一生在不断地探索佛教的意义，从小乘佛教到大乘佛教，即使困难重重依然坚持修身、渡人、传道；另一方面，鸠摩罗什告别自己的父母、亲人，离开故土，只为传道，他想让佛影响到更多的人，使社会更加开化、文明，他和克乃希特一样都是在自身修悟之后，进而推及社会大众。

此外，《鸠摩罗什》和《悉达多》都是关于信仰的探索。罗什一辈子不断地学习佛教、探索佛教、发扬佛教，悉达多则是一辈子不断地探索自我，悉达多的信仰是爱，爱自己、爱他人、爱社会、爱自然，虽然悉达多曾是婆罗门的一员，也曾跟着苦行僧修炼，但他最终其实是对自我意志的一种坚持，他信仰爱，他希望人与人之间、人与环境之间都可以充满爱。罗什和悉达多都是内心高尚的人，罗什坚持发扬佛教，以达到人与人之间、人与社会之间充满和谐与爱；悉达多则在不断的探索过程中实现了自我的圆满，他爱地球上的每一个人，每一种植物、动物，从这个意义上说，悉达多和鸠摩罗什的追求存在着共通性。

黑塞对徐兆寿的影响表现在作品所体现的对精神文化的追求上。从《非常日记》到《鸠摩罗什》，这些作品也体现了徐兆寿作为知识分子自身的一种紧张思索，表现了他的精神历程。林风、张维对人生意义的思考；陈子兴、夏好问对中国文化精神的探索；鸠摩罗什对佛教的信仰并传道，这些作品中主人公思想的变化其实也是作家本人思想的变化。而黑塞的作品，从早期的《在轮下》写作者自身的经历，到《悉达多》写内在的思想变化，到《东方之旅》和《玻璃球游戏》开始关注个人与整体的关系。两位作家的精神历程也体现出一定的相似性。

第四章

弋舟小说创作与外来影响

弋舟（1972—　），原名邹弋舟，江苏无锡人，很长一段时间生活在甘肃兰州，弋舟认为甘肃是他的"文学故乡"。现居西安。弋舟是一位"70后"实力派小说家，也是"甘肃小说八骏"中的一匹黑马。他从2000年起开始发表小说，2004年在《天涯》杂志发表了短篇小说《锦瑟》，当时引起了广泛关注。2008年，弋舟加入中国作家协会，同年，其作品《锦瑟》获第二届黄河文学奖中短篇小说一等奖。2012年发表的《跛足之年》是弋舟的第一部长篇小说，这部作品代表着他正式步入文坛。弋舟还著有长篇小说《蝌蚪》《战事》《春秋误》等，小说集《刘晓东》《所有的故事》《弋舟的小说》《我们的底牌》《丙申故事集》等，随笔集《从清晨到日暮》等，还著有长篇非虚构作品《我在这世上太孤独》。弋舟创作了许多优秀的文学作品，部分作品被选刊转载并辑入若干选本。弋舟的文学作品在国内获得了很多的奖项，如敦煌文艺奖、黄河文学奖、郁达夫中篇小说奖、茅盾文学新人奖、鲁彦周文学奖、第十七届百花文学奖短篇小说奖等，短篇小说《出警》还获得第七届鲁迅文学奖。弋舟的作品不仅获得了专业评论家和同行作家们的认可，同时还受到广大读者的喜爱。中篇小说《所有路的尽头》获选为 2014 年中国小说学会排行榜第一位，《我们的踟蹰》获 2015 年"年度五佳"长篇小说，《我在这世上太孤独》入选 2015 年中国当代文学最新作品排行榜，短篇小说《随园》获选为 2016 年中国小说学会排行榜第二位，2017 年初，《丙申故事集》之《随园》获《收获》文学排行榜专家榜和读者榜榜首，获 18 万次读者投票。《庚子故事集》获得朱自清小说奖。《辛丑故事集》中的《德雷克海峡的 800 艘沉船》荣登《收获》文学榜短篇小说榜榜首。弋舟的"人间纪年"系列小说《丙申故事集》《丁酉故事集》《庚子故事集》《辛丑故事集》引起了学界的广泛的关注。

弋舟本来是学美术的，后来算是"弃画从文"。关于这个人生的选择是弋舟在访谈、见面会上被读者和观众问得最多的问题之一，在文章《我们为什么写小说》中，弋舟这样回答道："我觉得画画，已经不足以满足我想要的表达。"也许，正是因为这样的不满足，弋舟开始用画笔书写对社会、对生活、对人性的思考。从美术到文学，弋舟的这个决定并没有让他在新的起点前一无所知，相反的是，弋舟早期的文学阅读让他渐渐地适应了新领域里一切陌生的事物。弋舟从小就生活在校园里，加上他父母是中文系毕业的，他生活中最不缺少的就是书籍，阅读各种类型的书籍是他的日常生活。所以用厚积薄发一词来形容弋舟的文学创作之路最为恰当不过。正如评论家孟繁华所说，弋舟已经算是当下名实相符的中国一线优秀作家之一。茅盾文学新人奖对弋舟的授奖词是：

> 弋舟具有良好的艺术感觉和形象捕捉能力，善于发掘和处理直指人物灵魂和内心的题材，表达富于先锋性的主题。其作品内容深邃，情感沉郁，心理描写细腻，形式圆满，文体意识自觉，有相当的可读性和引人入胜的力量。

弋舟是"70后"作家群中比较有个人标识和特色的一位作家，但是研究其创作的学者大多还是在西部地区，而从研究的视角来看，大多是从其作品的文本内容、主题和意象出发，对他的某一部文本或者他的整体创作予以解读和分析。作为随着社会发展而不断进步的一位作家，在新时代语境下，弋舟小说创作中表达着他自己对于人性、社会，对于文学本身的理解和认知，可以说，对弋舟的研究还有很大的空间值得学界去挖掘。而伴随着中西文化文学交流的加深，从比较文学的角度去研究弋舟也是一个有待学界去挖掘的处女地，而弋舟的文学创作中所受到的外国文学的影响也是值得学界关注和研究的重要问题。

第一节　弋舟与外国文学

影响作家文学创作的因素除了历史条件、时代背景等客观原因外，还有作家个体主观因素的原因。而作家自身的文化素养的积累也是个体主观因素的重要组成部分，对其文学创作的影响不可忽视。读书对弋舟来说，就像是人每天需要吃饭睡觉一样，读书早已成为他每日的生活习惯，可以说，大量的阅读为弋舟的文学创作打下了坚固的文学基础。对于一个作家来说，阅读是非常重要的事，它不仅能拓展作家的文学视野，为其文学创作做好铺垫，对作家知识结构的构建或变化还有非常重大的影响。弋舟之所以能够在当代西部文学甚至当代文学中拥有一席之位，除了时代转型变化等外界因素外，还与其在广泛阅读基础上建立的文化知识结构有关。通过阅读弋舟的小说作品、访谈录以及散文，我们可以看出，弋舟的文学创作明显受到了外国文学和外国思想的诸多影响。

第一，弋舟受国内先锋文学的影响。提起当代作家弋舟，可以说整个文坛包括评论界对他的认识，大都离不开

"先锋"这个词，如卢欢在其采访弋舟的访前语中这样写道："事实上，文学界对弋舟更普遍的提法是'新世纪以来专注于城市书写的先锋小说家'。"[1] "与其他一些同年龄段的作家相比，弋舟的写作呈现出现代主义的美学趣味，更被视为先锋精神的'延续者'。对此，他曾表示，基本上愿意自己是个'先锋'，1970年代的这批作家，谁会真正抵触'先锋'呢？可如今他的确觉得自己越来越像一个'传统作家'。他坚信，文学和艺术在相当程度上就是一个依赖传统的行为，而且不断求新亦是传统。'如果我还有一些'先锋'的影子，是不是就可以这样说：先锋实际上就是一种回望的姿势。'"[2]

在另一次访谈中，弋舟这样说：

> 我们这代作家，毫无疑问，在小说技术上深刻地受到过昔日先锋文学的浸染，它在我们提笔之初，就帮助我们建立了比较纯正的艺术观和审美趋向。以我个人的经验而论，如果不是被那代先锋所打动，我有可能不会走上写作之路。昔日的先锋文学在我眼里何其迷人，那时作家以自己的才华和经验，书写出了令

---

1. 卢欢：《访谈：弋舟——"微妙"地捕捉城市经验》，《长江文艺》2016年第11期。
2. 同上。

　　我倍感亲切的中国小说，仿佛突然拉近了我与一流作品的距离，给予了我巨大的写作勇气。[1]

　　20 世纪 80 年代，伴随改革开放，丰富多彩的世界文化一下子涌现在国人的眼前，西方的文化、文学、艺术作品和哲学思想为中国人打开了一扇新的窗户。对于当时的国人而言，透过这扇窗户他们看到所谓的"新思潮""新思想""新文学""新艺术"，既成为中国当代作家借以观照自己、表现自己，从而反思中国社会的参照体系，同时也为作家们直接表现自己内心世界与生命体验提供了重要的艺术范本。于是，在 20 世纪 80 年代的中后期，马原、余华、苏童、叶兆言等一批青年作家纷纷登上文坛。1984 年，马原发表了《拉萨河女神》，第一次将叙事置于故事之上，将没有因果联系的事件通过拼贴的方式连在一起，这种写法突破了传统小说注重"写什么"的范式，实现了从注重"写什么"到注重"怎么写"的转变，由此，我国的先锋文学拉开了帷幕。在此之后，作家们以独特的话语方式进行文学文体形式的实验，他们在叙事的迷宫中自由穿行，体现出这一时期作家们对文学形式的高度重视，被评论界冠以"先锋派"的称号。先锋派文学是中国当代文学史进程

---

1. 访谈：《我们是时间，是不可分割的河流——"70 后"写作与先锋文学四人谈》，中国作家网，http://www.chinawriter.com.cn/bk/2015-12-21/84329.html。

中一个非常重要的文学现象，先锋作家们的创作一方面借鉴和吸收了西方现代主义的文学技巧、文学观念，在形式上通过创新来体现对传统文学的疏离与反叛；另一方面，通过他们的努力，实现了中国当代作家的文学创作与世界文学的同步发展。可以说，中国先锋文学的发展深刻受到了西方现代主义文学的影响。

弋舟阅读的黄金时期正是中国先锋文学发展的黄金时期。正如他自己所说："我开始大量阅读的时候，先锋小说正在中国大行其道，所以对那一批作家，始终怀有某种近似'自己人'般的亲切之感，而这批作家中，到今天为止，格非始终在我的文学'万神殿'里占据着一席之地。他实在是太棒了，平衡感好极了，温文尔雅地残忍着，完全是一副'可持续发展'的派头。"[1]中国先锋文学的发展和高峰时期，也正是大量的西方文化、文学、思想和艺术书籍被我国翻译、介绍、阅读和接受的黄金时期，这一时期对各种西方文化与文学思潮的讨论也非常热烈。弋舟对先锋文学的喜爱，再加上我国对西方文化的译介潮流，这些使他有意无意地便阅读了大量的有关西方文化、文学、思潮的书籍，也使得他的文学中可以看到受到外国文学和思想影响的痕迹。

1.《独家访谈：一个力图平衡的跛足者》，凤凰网读书频道，http://book.ifeng.com/a/20150410/13997_0.shtml。

第二，弋舟受美术专业的影响。弋舟原本是美术专业的，他在学绘画期间，喜欢的是现代主义的绘画作品，比如埃贡·席勒、卢西安·弗洛伊德等人的艺术作品。美术到文学的转变，弋舟对这段经历有着自己的认识，他从不否定过去的艺术积累。弋舟在访谈中曾这样说："至于美术专业，这首先是个既成事实，它与写作的关系，有些是不言自明的，但依旧会被人反复地问及，于是我不得不在许多类似的访谈中做出了说明，几近陈词滥调，这里就不说了吧。如果一定还要说，那么，我觉得对于整部艺术史的张望，真的会刺激一个人对美、对做一个艺术家产生出愿望和野心。"[1] 他也坦率承认过去美术专业的学习对他文学创作的影响，并对这种影响有积极的思考。

> 奥地利表现主义画家埃贡·席勒一直是我的最爱，其次还有卢西安·弗洛伊德等人。席勒作品中抽象与具象的完美结合，以及画面中那种不安的情绪，如果转化为小说的表达，我觉得一定会非常出色，两种艺术在某个维度神奇地暗合了，相互间有种无法说明的规律性的一致。而弗洛伊德则似乎太粗暴了一些。杰出的艺术作品有时会和我们的气质相悖，但这并不妨

---

1. 卢欢：《访谈：弋舟——"微妙"地捕捉城市经验》，《长江文艺》2016 年第 11 期。

碍我们对之怀有欣赏之情。[1]

从现代主义绘画到先锋派文学，对现代主义的喜欢只是形式发生了变化，即从美术作品转变到了文学作品。弋舟认为这个美术转文学的经历是基于有共同的理论基础，是可以转化的。"艺术都是共通的"，弋舟的这番评论间接地表达了他对自己美术转文学的心声，也从侧面预示了其后来文学创作的风格。

第三，弋舟对大量外国书籍的阅读。弋舟的父母都是中文系毕业的，他们拥有的大量图书和日常的读书习惯既为弋舟从小读书提供了可能性，也为弋舟良好读书习惯的养成起到了引导和示范的作用。"我从小生活在校园里，周围最不缺少的就是书。读书成为一件家常便饭的事情，导致出的结果之一，居然是会令人酝酿出势不可挡的表达欲。"[2]再加之弋舟自己所受的高等教育，也为他的阅读提供了良好的条件。他不仅阅读中国的传统文学、阅读中国先锋文学，同时也阅读了大量的外国文学作品、艺术作品、思想著作等。大量的阅读让弋舟对现实、人性、和社会有着自己深刻的理解和感悟。弋舟早期的小说特别喜欢在篇首引用一些作家

---

1. 《独家访谈：一个力图平衡的跛足者》，凤凰网读书频道，http://book.ifeng. com/a/20150410/13997_0.shtml。
2. 弋舟：《我们为什么写小说·创作谈》，凤凰网读书频道，http://book.ifeng. com/a/20150319/13420_0.shtml。

的句子，用弋舟自己的话说："我都引用了谁呢？粗略想一下，他们有：策兰，里尔克，纳博科夫，托斯陀耶夫斯基，冯内古特，等等。"[1] 弋舟的第一部长篇小说《跛足之年》的篇首就引用了纳博科夫的《致未来岁月的读者》中的"你不妨像一出戏剧中的丑角，按照我那个时代的趣味化妆"和陀思妥耶夫斯基的《卡拉马佐夫兄弟》中的"民间有很多冥想的人"两句。在中篇小说《所有路的尽头》篇首又引用了阿根廷诗人、小说家、散文家博尔赫斯的"突然间黄昏变得明亮，因为此刻正有细雨在落下"。由此可以看到，弋舟是非常熟悉外国作家的，同时也是受到外国作家的影响的。

通过上述的简单分析，可以非常清晰直白地看到弋舟和外国文学之间有交集的原因。同时，我们通过阅读弋舟的文学作品和访谈，便会发现弋舟对外国文学是非常熟悉的。他可以在访谈和作品中随时随地信手拈来地引用外国作家的作品，如：

> 我又要引用一个前辈的文字了（这个人倒还没死，不过应该也差不多了），J.D. 塞林格——就像《纽约客》始终为他敞开一样，我们也自有自己的承荫蒙泽之处。J.D. 塞林格，这个老嬉皮，在《弗兰妮与祖伊》

---

1. 弋舟：《我们为什么写小说·创作谈》，凤凰网读书频道，http://book.ifeng. com/a/20150319/13420_0.shtml。

的卷首献词中这样写道："一岁的马修·塞林格曾经鼓动一起午饭的小朋友吃他给的一颗冻青豆；我则尽力秉承马修的这种精神，鼓动我的编辑、我的导师、我最亲密的朋友（老天保佑他）威廉·肖恩收下这本不起眼的小书。肖恩是《纽约客》的守护神，是酷爱放手一搏的冒险家，是低产作家的庇护者，是支持文风夸张到无可救药的辩护手，也是生来就是艺术家的大编辑中谦虚得最没道理的一个。"[1]

比如弋舟的小说《战事》的结尾，写到小说的女主人公丛好时这样写道：

如果现在，有一个男人走向她，对她说："我认识你，永远记得你。那时候，你还很年轻，人人都说你美。现在，我是特为来告诉你，对我来说，我觉得现在你比年轻的时候更美，那时你是年轻女人，与你那时的面貌相比，我更爱你现在备受摧残的面容……"[2]

这段很明显弋舟借用了法国作家玛格丽特·杜拉斯发

1. 弋舟：《我们为什么写小说·创作谈》，凤凰网读书频道，http://book.ifeng.com/a/20150319/13420_0.shtml。
2. 弋舟：《战事》，百花洲文艺出版社 2016 年版，第 216 页。

表于 1984 年的中篇小说《情人》的开头。再比如在小说
《蝌蚪》中，弋舟两次引用了意大利当代作家伊塔洛·卡尔
维诺《烟云》中的这段话：

> 古往今来一直有人生活在烟尘之外，有人甚至可
> 以穿过烟云或在烟云中停留以后走出烟云，丝毫不受
> 烟尘味道或煤炭粉尘的影响，保持原来的生活节奏，
> 保持他们那不属于这个世界的样子。但重要的不是生
> 活在烟尘之外，而是生活在烟尘之中。因为只有生活
> 在烟尘之中，呼吸像今天早晨这种雾蒙蒙的空气，才
> 能认识问题的实质，才有可能解决问题。[1]

同时在《蝌蚪》这部小说中，也曾两次引用了俄国诗
人普希金的著名诗歌《我曾经爱过你》。[2]除了访谈和作品
中随处可见的大量引用外，我们还看到弋舟对外国作家作
品的评论，如访谈中他说：

> 前不久重读了《族长的秋天》，马尔克斯这位自诩
> "讲故事的人"，原来也会把故事讲得这么不像故事。
> 故事太"紧迫"，而小说需要让紧迫的故事舒缓下来，

---

1. 弋舟:《蝌蚪》，作家出版社 2013 年版，第 84、224 页。
2. 第一次引用是在第 119 页，第二次引用是在第 147 页。

它负责注水，稀释，就好比一只气球，故事是气球未充气时的状态，它只是一张皮，当小说负责向这只气球鼓吹后，它膨胀了，于是不但从外观上变得圆润，重要的还在于——它变得轻盈了起来。[1]

再比如，弋舟说："现代人能接受卡夫卡笔下的异化，是因为它是高度的象征化的真实，文学的功能性越来越不同于以前，时代在发展，我们要用文学的方式描述现实的真实，更加贴近时代。真实的内在的而非表面的。关注现实和还原真实，要求是不一样的。"[2] 而在一篇有关中国作家石一枫的中篇小说《世间已无陈金芳》的文章中，弋舟谈道：

> 陈金芳被评论者誉为了"中国版的盖茨比"，艾略特将菲茨杰拉德的那部《了不起的盖茨比》称为"自亨利·詹姆斯以来美国小说迈出的第一"，"因为菲茨杰拉德在其中描写了宏大、熙攘、轻率和寻欢，凡此种种，曾风靡一时"。如果陈金芳与盖茨比之间真的能够通约，那么宏大、熙攘、轻率和寻欢，凡此种种，就正是我们今天风靡着的现实。"《了不起的盖茨比》

---

1. 《70后青年作家系列之弋舟：我们的踟蹰》，《青年报》2017年1月26日。
2. 潘飞玉：《初识弋舟》，http://blog.sina.com.cn/s/blog_12e5af3c50101gv4d.html。

是菲茨杰拉德最好的小说，该书敏锐地抓住了当代社会生活的主题，并以象征手法展现了'美国梦'传奇之下的嘲讽及悲怅。"——这是《牛津美国文学词典》中的词条（真令人惊讶，居然和我们的教科书使用着同一套理论），但我们却不能将这个词条完全套用给《世间已无陈金芳》，这亦是我们需要遵从的"现实"。[1]

上述的举例，只是对弋舟在文学创作和访谈中大量使用外国文学作品中的语句或评论外国文学作品的一个缩影，弋舟对外国文学作品精准的使用和评论，是建立在对外国文学作品的大量文本阅读基础之上的。总而言之，不仅是从弋舟个人的接受角度出发，还是从弋舟的文学作品本身出发，都能看出弋舟与外国文学之间千丝万缕的联系。

第二节　弋舟和冯内古特

一、弋舟对冯内古特的"情有独钟"

在外国作家中，弋舟极力推崇的便是美国作家库尔特·冯内古特。库尔特·冯内古特是当代美国黑色幽默这

---

1. 弋舟：《谁的现实，如何主义——〈世间已无陈金芳〉阅读断想》，《湖南文学》2016 年第 4 期。

一流派的代表作家之一，他的小说作品多以喜剧的形式表现悲剧的内容，其"黑色幽默"的风格多表现为在灾难、荒诞、绝望面前发出笑声，即黑色幽默所谓的"绞刑架下的幽默"。冯内古特的文学作品既有现代主义的气息，又具后现代主义的特征。从 1952 年发表第一部小说《自动钢琴》，到 1963 年《猫的摇篮》，再到 1969 年发表小说《第五号屠宰场》的大获成功，冯内古特的文学创作之路发生了从被评论家评论"其作品没有什么思想性"到成为美国当时最受欢迎的小说家之一以及美国最有影响力的小说家的反转。

弋舟很少在访谈和采访中说到自己喜欢的作家，即使有现场读者和主持人的提问，他一般都会这样回答："这个真得好好想一下，钟意的作家一定不少，你都算在内，可'最'钟意，一时倒无从说起了。托尔斯泰那样的大块头，我对之充满敬意，却难以说是钟意。"[1] 而他在访谈、博客等少数或者仅有的几次"正面"回答中，都表达了自己对冯内古特的喜爱。他曾说："冯内古特是我毫无保留喜爱的小说家"[2]，"这个老嬉皮从来是我的钟爱。"他也多次引

---

1. 张楚：《弋舟，你还相信爱情吗?》，凤凰网读书频道，http://book.ifeng.com/a/20150401/13797_1.shtml。

2. 弋舟：《第三周书单：因为孤独》，弋舟的博客，http://blog.sina.com.cn/s/blog_698658df0102wh3f.html。

用冯内古特，在《灵魂的尊严，从身体开始》这篇文章中他这样说："一如既往，《我们的底牌》照旧引用了一位前辈作家的句子。这一次，我再次瞄准了冯内古特，这位老嬉皮在《囚鸟》中如是写到了'自尊'，令人悲伤的是，这个'自尊'正在与我们告别，就此别后，'也许到世界末日也不会再碰头'。"[1]在访谈中弋舟说："我总是喜欢在篇首引用一些前辈的句子。当然这种引用也事关好恶，同样是一个很私人化的、很有偏见的洞识。在我，这些句子能够非常有效地使我找到写小说时需要的那种'根本性焦虑'。我都引用了谁呢？粗略想一下，他们有……冯内古特，等等。"[2]因为喜欢，所以他便读了很多冯内古特的作品，也因此喜欢引用他作品中的语句。对冯内古特的喜欢，还表现在弋舟曾经在新浪微博上定期地给读者推荐他喜欢的小说作品，在第三期的书单中，他推荐了理查德·耶茨的《十一种孤独》，他在书单中的推荐理由是这样写的："冯内古特是我毫无保留喜爱的小说家，他说《十一种孤独》是最好的十部美国短篇小说集之一……而且，冯内古特的话亦不可尽信，难保这位老嬉皮不会有意拔高，又跟我们

---

1. 弋舟：《灵魂的尊严，从身体开始》，中国南方艺术，http://www.zgnfys.com/a/nfwx-11681.shtml。
2. 弋舟：《我们为什么写小说·创作谈》，凤凰网读书频道，http://book.ifeng.com/a/20150319/13420_0.shtml。

'黑色幽默'了一回。"[1]因为喜欢冯内古特这个作家，所以冯内古特推荐的值得阅读的作品，弋舟便会去阅读，而且从这段文字中，可以看得出弋舟对冯内古特非常了解和熟悉，并由衷地表达了他对冯内古特的喜爱。

弋舟为什么会喜欢冯内古特呢？具体原因我们不得而知，但有两点是可以确定的。首先，弋舟喜欢现代主义的文学与绘画作品，这就使得他对现代主义的诸多流派，比如表现主义、存在主义、黑色幽默等非常熟悉和了解，加上弋舟自身的性格和自己本身对文学创作的探索，就使得他与黑色幽默作家冯内古特之间产生了火花。其次，弋舟本人和冯内古特早期的文学创作道路具有一定的相似性，这也使得他对冯内古特有所青睐。弋舟是美术专业出身，从2000年开始发表小说作品，到2008年加入中国作家协会，2012年发表第一部长篇小说，收获众多读者和评论家的关注，弋舟从默默无闻到被读者喜欢，他用了12年的时间，这十几年的创作历程也是他在文学创作的道路上不断进行探索的一个过程。

回顾冯内古特的文学创作道路，他在康奈尔大学学的是生物化学，1944年，还没有拿到学位的冯内古特跟随106步兵团分队赴欧洲参战，12月，他在突出部战役中被

---

1. 弋舟：《第三周书单：因为孤独》，弋舟的博客，http://blog.sina.com.cn/s/blog_698658df0102wh3f.html。

德军俘虏，关押在德国城市德累斯顿。1947 年，冯内古特从芝加哥搬到了纽约，在美国通用电气公司公关部任职。1952 年，冯内古特发表了他的第一部小说《自动钢琴》，这部小说描写了一名受雇于一家类似于通用电气的公司的工程师，饱受摧残后，这位工程师揭竿而起，带领同事们摧毁了所有的机器。这部小说发表后在当时并未受到好评，反倒因为冯内古特将科技题材引入小说创作还受到批评，同时冯内古特也因之被归入"科幻小说家"行列，以区别于当时受到更多重视的严肃作家。冯内古特也是用了十几年的时间去寻找文学创作道路的方向，在这十余年的时间里，他没有被创作中的低迷期和探索期所影响，最终取得了成功。可以说，叶舟和冯内古特二人相近的创作探索之路，让本来就对冯内古特有所倾心的弋舟，更加钟情于这位以黑色幽默为风格特点的美国作家。

二、弋舟和冯内古特文学创作之比较

（一）弋舟作品和冯内古特作品中的相似点

喜欢并了解冯内古特和弋舟两位作家的读者在阅读这两位作家的作品时，总会感受到这两位作家的文学作品在某些方面所体现的相似性或一致性。产生这种相似感的原因，不仅来自弋舟小说作品中的黑色幽默意味，还在于两位作家在创作上都采用了打破传统手法的现代主义创作风格，此外更重要的是，这两位作家在创作上还体现出文学主题的相似性。

冯内古特的文学作品是极具人道主义思想的，他认为书写人类生存状态、反映社会生活中的矛盾的作家是永远不会没有创作题材的。正如冯内古特在小说《冠军早餐》中提出的那样："我决定放弃故事讲述，我将写生活。"冯内古特喜欢以喜剧的形式表现悲剧内容，他将虚构与自传融合为一，关注的则是人类存在的基本问题。巧合的是甘肃作家张存学曾评论弋舟"将人的被忽视的，其实也是人最重要，最根本的生命底色呈现了出来"。[1]而我们再来看看弋舟接着张存学的话的回答：

> 沉默的尊严——我将此视为对于我小说创作的极大褒奖。如果说，我的小说中，具有这样的一种力量，那么这样的力量只能来自我们描述的对象本身——人。是"人"最重要、最根本的生命底色令我们战栗。这种底色被庸常的时光遮蔽，被"人"各自的命运剪裁，在绝大多数的时刻，以卑微与仓皇的面目呈现于尘世。那么，是什么令我们这些造物的恩宠如此蒙尘？是原罪？是性恶？还是"天地不仁，以万物为刍狗"？这个

---

1. 弋舟、张存学：《最好的艺术表现最多的生命真实》，《写作与评论》2013年第14期。

诘问的过程，就是"人"漂移、飞升、错落、破碎、归位的过程。我不过是在演算这样的过程，力图去还原"人"的底色，但答案永远未果。而探究一个未果的命题，极尽可能地去追究，恰是小说这门艺术恒久的题中应有之意。[1]

"力图还原'人'的底色"这是弋舟创作的初衷，也是他小说呈现给我们的样态。由此可见，虽然弋舟和冯内古特是属于不同国度、不同时代的作家，但是他们俩都把创作目光指向了对人以及人的生存的关注和描写。也因此，他俩的小说作品在书写主题上有一定的相似性。

第一，弋舟和冯内古特笔下的金钱主题书写。冯内古特的小说创作往往以荒诞的笔法表现对社会的思考和对现实生活的观察，充满了对人道主义的渴求。他格外地关注资本主义社会中金钱对人生活的影响，所以金钱主题是冯内古特非常重要的小说主题之一。冯内古特发表于1979年的《囚鸟》这部小说时间跨度从19世纪初到尼克松下台，穿插了众多的历史事件。小说的女主人公杰克·格拉汉姆夫人是一位可以操控金融界的大富豪，但是她为了防止自己被杀害，整日扮成乞丐，最后仍然惨死在昏暗的地

---

1. 弋舟、张存学：《最好的艺术表现最多的生命真实》，《写作与评论》2013年第14期。

下室中。冯内古特在书中评论道："在咱们这个地球上，金钱重于一切。"[1]1973年发表的小说《冠军早餐》中，默默无闻、贫困潦倒的科幻作家屈鲁特本来创作作品的目的是通过他的创作来表达自己对社会现实和人类生存困境的关注，然而，这样有社会责任感的作家在当时的社会环境中注定一直默默无闻。后来，出版商为了提高作品的销售量，在其小说作品中放置淫秽图片来获得更多的读者，文化和文学最终沦为低俗的商品，哪有崇高可言。冯内古特认识到美国经济制度的不公平和底层劳动者的生存状况，也曾试图开出社会药方，但在现实面前总是一败涂地。虽然说冯古内特渴求人道主义的回归，但是面对残酷的生活，他还是感到了深深的失望。《上帝保佑你，罗斯瓦特先生》小说一开头作者就这样写道："在这个关于人的故事里，主要情节是一笔钱；这和在关于蜜蜂的故事里，主要角色按理总是一摊蜂蜜是一样的。"这本小说暴露了资本主义社会的种种罪恶，尤其是人们对于金钱财富的追逐。人们为了发财可以不择手段，贿赂、欺诈，甚至同胞相残，表现了作者对金钱腐蚀人性的清醒认识，体现了作者深刻的批判和讽刺。

　　弋舟的创作中也不乏对金钱这个主题的书写。在弋舟

1.［美］库尔特·冯内古特:《囚鸟》，董乐山译，百花洲文艺出版社1988年版，第444页。

看来，伴随着时代的进步和社会的发展，城市生活吸引着许许多多的人们，与此同时，人类的欲望也越来越多，也由此产生了对金钱欲望的追求和执念。作品《蒂森克房伯之夜》中的青年包小强本来是一个生活在沽北镇上的青年，但因为"厌烦了躺在柿子树上迎风吃土的日子"，于是他和高丽一起来到了城市。他在夜总会从事少爷的工作，城市灯红酒绿的生活让他觉得生活充满了"意义"，但是正如高丽所说："你不要以为你是一个消费者，咱们都是被这个世界消费的。公主、少爷都是消费品，懂不？"[1]他为之服务的一名女客人将他深夜带走，在车行驶到乡村公路没有人烟的地方将他赶下车，然后女人大笑着从车窗扔出一大把钱，驱车离开。小说中这样写道：

> 四下里一片阒寂，就着星光，满地的钞票给人造成遍地开花的错觉。呆立良久，包小强嘴里胡乱骂着，还是去捡拾那些钞票了。雨后的乡村公路一片泥泞，那些钞票像是种在泥浆里了。他依然不是一个对金钱如何着迷的青年，但满地的钞票就是这么霸道，让人只有弯下腰来。[2]

1. 弋舟：《蒂森克房伯之夜》，《天涯》2012 年第 1 期。
2. 同上。

　　而正在包小强捡钱的时候，女客人开着车打开大灯、开足马力向包小强撞过来，反复几次，直到他的左脚被车轮碾压过去，女客人才大笑着开车扬长而去。这个时候包小强才真正领悟高丽所说的话，"自己不过是这个世界的消费品，只是今夜被消费的方式有些匪夷所思罢了"。[1]金钱主导的社会下，人或者成为消费者，或者成为被消费者，人与人之间没有了温情和爱，人就像物一样，成为可以用来交易的商品，哪有人的尊严可言！

　　在作品《天上的眼睛》中，主人公和其妻子金蔓原本都是兰城皮革厂的工人，后来双双下岗，原本正常的生活变得异常困难，为了赚钱，主人公去菜市场做了综治员，妻子在布料市场找到了一份工作。在他努力工作的时候，却发现了金蔓与她的老板黄老板的私情。他把事情告诉女儿青春的时候，15岁的女儿说："也怪你，你装作看不到，不就没事了吗？"[2]他去找原来在厂子里上班时的工会主席大桂，大桂告诉他："这种事情现在多得很，你睁一只眼，闭一只眼，也就过去了。"[3]他的母亲告诉他："你家床板下面藏的并不是个男人，是你的日子，你的日子不揭开还好，揭开就烂掉了，就像一道疤，你把它上面的痂揭开了，脓

1. 弋舟：《蒂森克虏伯之夜》，《天涯》2012年第1期。
2. 弋舟：《我们的底牌》，作家出版社2011年版，第168页。
3. 同上书，第169页。

血就流出来了。你不揭开它，你就看不到，可你为什么非要去看它呢。"[1]这时候主人公才明白，"现在的世道，谁有钱，谁就是城市的主人"。所以当一心想干好综治员这份工作的"我"想认真做好治理工作去抓市场的窃贼时，他的领导告诉他："老徐，以后你就由着他们去吧，他们愿意给咱们上供，这里面也有你的份。"于是，"我"最终选择睁一只眼闭一只眼，对市场里发生的一切低头走路，充耳不闻，但是市场里被偷了钱的女人发出歇斯底里的哭声。"她说：你知道吗？这些钱会要了我的命的，你们可能不觉得有啥了不起，但是这真的会要了我的命的！"[2]可是"我"依然选择了看不到。整部小说每一个人物的生活都被金钱这张网所牢牢网住，在这张网中，爱情、亲情、友情扭曲变形，每一个人的人生因之而上演着被金钱所导演的悲喜剧，读来令人唏嘘。

又如弋舟的作品《战事》中的丛好年轻时的男朋友张树多年后找到了丛好，当丛好想跟着他离开的时候，张树却去找丛好有钱的丈夫潘向宇：

> "你得给我点什么吧？"
> ⋯⋯

---

1. 弋舟：《我们的底牌》，作家出版社 2011 年版，第 182 页。
2. 同上书，第 192 页。

"你要什么？"

张树舒口气，说："钱。"

张树目光炯炯地和潘向宇对视住，摆出一副说一不二的样子，开出价钱：

"二十万。"[1]

这时的丛好还在宾馆等着张树，等着和张树一起回到当年的兰城去，而张树在她和金钱之间选择了后者。因为张树知道，有了钱他会有不一样的生活，也可以拥有更多的女人。作品《所有路的尽头》讲述的故事是探寻富人邢志平自杀的原因。正是弋舟把寻找这个人物的自杀作为整个故事的目的，从而引出了对财富、对精神等的讨论。

弋舟在其作品中将金钱作为非常重要的一个主题加以表现，来深入思考在现代社会中，金钱物欲所带来的人性的异化。现代社会的发展一方面带来了社会的飞速发展，但同时，人性也正在经历前所未有的拷问，弋舟抓住了时代变迁当中金钱对人性的冲击，从而思考人的生存。

第二，弋舟和冯内古特笔下的精神疾病主题的书写。冯内古特最经典的作品《第五号屠场》中就塑造了一个患有"间歇精神分裂症"的主人公毕利。毕利是一名理发师

---

1. 弋舟：《战事》，百花洲文艺出版社 2016 年版，第 206 页。

的独生子，不幸被德军俘虏，后来他到一个配镜专科学校学习，还成为配镜公司老董的女婿，在岳父的支持下开了一家自己的公司。但他总是会在脑海中穿梭于现在和战场之间，明明是一家人一起共进晚餐，一会在他的眼里全是屠场里惨不忍睹的生活，他总会忘记现在，回到过去那段俘虏营的生活。作者正是通过他的独特感受谴责了德国法西斯的残暴，抨击了盟国轰炸德累斯顿的野蛮行为，也通过他的精神病症让我们看到战争留给人类的精神创伤，从而表达了作者的反战思想。《冠军早餐》中主要有两个人物，一个是基尔戈·屈鲁特，他是科幻小说家，是个默默无闻的小人物，书一开始，他就已经疯了，他以为自己这一生已经完了。而另外一个人物名叫德威恩·胡佛，他是庞蒂亚克汽车代理商。他当时已经快要精神失常了。胡佛是密德兰市有名的富翁，然而，物质生活的富足并不能减轻或填补他心理和情感上的空虚与孤独，反而他拥有的财富越多，他就越来越觉得自己像是一个只会赚钱的机器，精神上的痛苦与危机便越来越强烈。从《冠军早餐》这部作品我们可以看出，精神疾病这一主题在冯尼古特笔下变得真实和清晰。精神疾病已经成为现代人生活很常见的疾病，而不公平和金钱至上的现实社会是导致精神疾病大幅度出现的主要原因。

弋舟是一个关注日常生活的作家，因此对人类精神隐疾的关注是其小说作品的一大特点。弋舟的小说作品中出现了很多他对这些现代病的关注，他在小说作品中"试图探讨我们这个时代的一些重要的精神命题"[1]，尽管是通过隐喻的方式表现的。如小说作品《而黑夜已至》中的刘晓东的抑郁症、《跛足之年》里马领的"抽屉过敏症"、《怀雨人》中潘侯的"无方向感"、《黄金》里毛萍对黄金的执着以及《战事》里丛好对"猥琐"极度敏感等描写，从侧面表现了弋舟在文学创作的时候抓住了日常生活中"人"的精神病态，进一步表明这种精神的疾病是普遍存在的。但是我们不容忽视的一点是，冯内古特和弋舟都通过带有精神疾病的人来观照社会、观照人性，所呈现出的社会和人性就会是另外一副面孔。所以，与其说冯内古特和弋舟是在写精神疾病的主题，毋宁说精神疾病是一种写作视角和写作方法，透过这种方法更好地体现出黑色幽默的特点，反讽揶揄更加自如。

（二）弋舟作品和冯内古特作品中的不同点

可以说，冯内古特最初是以"科幻小说家"的身份在文坛崭露头角的，他早期写过多部有关科技题材的作品，如早期的《自动钢琴》《泰坦族的海妖》《猫的摇篮》等，他也因此被评论家归为"科幻小说家"的行列，以此来把

---

1. 2012年《小说选刊》年度大奖授奖词。

他和严肃小说家区别开来。冯内古特写科技题材和他早年所受教育有一定关系，他在读大学时学的专业是生物化学，后来又曾到纽约的通用电气研究实验室任过职，这些经历为他写科幻题材奠定了基础。而且，他把对于科技的书写不仅仅写进了他的科幻小说，在非科幻小说当中，他也会写一定的科技题材，并融入一定的科学思维。更重要的是，曾经所经受的科学训练反过来让他对科技与人之间的关系有着更加深刻的认识。他曾声称自己是"勒德分子"，仇视一切科技发明和创造，因为他看到了科技的发展所带来的生态破坏和环境危机，也看到了科技的发展带来的人的异化。从1952年发表的第一部长篇作品《自动钢琴》到1997年出版的最后一部作品《时震》，科技这个主题始终都出现在冯内古特的作品之中。

小说《自动钢琴》中主人公普罗透斯行走在管理者和工人阶层之中，目睹了许多在管理者宣传下看不到的科技给人带来的危害，如人性的异化、情感的缺失等。在作品《猫的摇篮》中，作者仍然在思考科技与人性的关系问题。霍尼克尔博士被人称为"原子弹之父"，他的一生都是在为发展科技而服务，他的三个子女在他死后也相继继承了父亲的发展科技的事业，但是只关注科技而缺乏人性关爱的教育，最后让他的三个孩子变成了科学怪物，最终造成了对世界的毁灭。相同的思考在《泰坦的海妖》里也有表现：

一心想找寻生存意义的有钱人马拉吉·康斯坦特在科技的帮助下开始了在太空的游历，但其在火星上被外星人所俘虏，然后他受外星人的控制而杀死了自己好友，并引发了火星人对地球的侵略……由此我们可以看出，冯内古特对科技主题的书写，大多都将故事设置在一个虚构的世界中，目的就是表现科技主义发展的种种弊端。

而弋舟的文学作品中，很少出现以科技为题材或者是以科技为背景的文章，科技在弋舟的文学作品中，只是作为故事情节或工具而出现，他想借科技来表现现代社会中人的处境，比如科技发展造成人的孤独、科技对人们生活的改变等。科技只是弋舟作品中的一个很小的部分，他更喜欢书写"城市"，把故事的背景放在他熟悉的城市之中。可以这么说，对科技主题的书写反映了弋舟和冯内古特两种不同的认识态度和审美：弋舟作品中如果出现科技只是把它作为一个虚淡的背景，他往往更关注城市日常生活中的人，去挖掘日常生活中各种普通人的人性。而冯内古特去写科技题材更多是写科技与人的关系，深刻反映了科技发展与人性的冲突和矛盾，表现科技所造成的人的异化，这样，科技题材在冯尼古特就不仅仅是一个背景，而成为造成人的异化的直接力量。

冯内古特的艺术风格、艺术观点对弋舟的创作产生了一定的影响，但是弋舟在吸收他的写作手法的同时保有了自己独有的创作品格。弋舟的睿智、深刻，他的作品对普通人性的深入开掘，对普通人生活处境的独到表现，都使得他在"70后"作家中成为具有鲜明个人标识的一位。

第三节　弋舟创作与黑色幽默

　　弋舟对冯内古特的喜爱与阅读，也表现在他的创作中对黑色幽默的吸收和运用上。黑色幽默是 20 世纪 60、70 年代主要流行于美国的文学流派，《大英百科全书》对"黑色幽默"的解释是："一种绝望的幽默，力图引出人们的笑声，作为人类对生活中明显的无意义和荒谬的一种反响。"学术界一般认为，1965 年由美国作家布鲁斯·杰伊·弗里德曼编辑出版的一本小说选集《黑色幽默》是其作为文学史流派兴起的标志。这部小说选集里选编了自 1960 年以来发表在美国报刊上的具有黑色幽默风格的 12 名作家的作品，这些小说虽然讲述的故事不相同，但这些作品中在形式上都有"反情节""反先行（逻辑）结构""反英雄（主角）"等黑色幽默的典型特点。自此，黑色幽默小说在 20 世纪 60 年代的美国文坛上成为一股独特的文学潮流并日益壮大。在 20 世纪 70 年代末期，黑色幽默的小说作品被中国学界翻译和介绍。1976年初，美国报刊业人士来华访问，中国期刊《外国文学动态》在其第二期介绍美国报刊业的内容中，提及文学家库尔特·冯内古特，而对其的介绍为"黑色幽默"派作家。随后，便有大量的美国黑色幽默小说被翻译到中国。黑色幽默作品的译介，在中国学术界和创作界引起了强烈的反响，并掀起了模仿黑色幽默小说创作的新潮流。例如马原、王蒙、张洁、王朔等作家不是用文章书写表达自己对黑色幽默作家与文学作品的喜爱和景仰之情，就是表达黑色幽默这个流派对自己文学创作的影响。

"黑色幽默"派作家往往描写人物与所处环境的冲突和不协调，以此来表现社会和环境对个人的压迫。在个人与环境的冲突中，作家们往往凸显人物所处周围世界的荒谬性，他们以一种无可奈何的嘲讽态度表现这种荒诞感，并把这种荒诞和个人与社会环境的失谐加以放大、扭曲，一方面让人感觉荒诞不经、滑稽可笑，另一方面又令人感到沉重和苦闷。黑色幽默的"幽默"既是玩世不恭的，又是深沉和绝望的。弋舟文学作品中的黑色幽默，虽然有属于其独特的创作风格和特点，但依旧与黑色幽默这个流派有着共通之处，下文主要从滑稽幽默的喜剧风格、寓意性的故事情节、抽象扭曲的人物形象三个方面来分析弋舟小说中所具有的黑色幽默特征。

（一）滑稽幽默的喜剧风格

"美国作家尼克曾举了一个例子通俗地解释了这种幽默的性质。某个被判绞刑的人，在临上绞架前，指着绞刑架故作轻松地寻问刽子手：'你肯定这玩艺结实吗？'于是引起哄笑。因此黑色幽默又被称为'绞刑架下的幽默'。"[1]作家大多用玩世不恭、调侃、轻松的语调去表达沉郁又可怖的故事，展现让人惨不忍睹、惊心动魄的悲惨画面，本该沉重悲惨的景象因为调侃的语调而产生了滑稽可笑的喜剧效果。简而言之，黑色幽默是用喜剧的方式表现悲剧，是悲剧性的喜剧。这种滑稽幽默又充满悲剧感的表达方式，很好地表现了人们面对某种现实的无可奈何，揭示了现实的痛苦与灾难。

滑稽幽默的喜剧风格在弋舟文学作品有着很好的体现。例如，在长篇小说《跛足之年》中，弋舟这样写道：

> 看着厕所的窗子，马领想到小时候父亲单位里发生过的一件事：一个男青年精神错乱，单位派人将其送回老家，在列车上男青年击碎车窗玻璃，纵身跃向了死亡。父亲为此反复喟叹：人原来可以爆发这样大

---

1. 王琨：《美丑易位　喜中见悲——从〈第二十二条军规〉中解读黑色幽默》，《山东外语教学》2002年第4期。

的力量，要知道火车的玻璃有多厚，两层加起来又要多厚，可是再厚，就是一拳打碎了，就是一拳啊！[1]

　　面对同事的自杀，马领父亲的感叹却是力量有多大，玻璃有多厚。沉重的死亡在这儿似乎成为一件微不足道的事。正如作者自己在小说中所说："马领想，和一拳打碎这面玻璃的壮举相比，死都会成为一件微不足道的事。"[2] 这种没有悲剧感的悲剧，让人不禁去思考为什么会变得这样。又如，在他的小说《战事》中，丛好的父亲老丛目睹了妻子的出轨，在现场，老丛"那么安静，眼神里甚至有股自己做了错事的不知所措"。[3] 后来他"行动起来的第一个举措，是用手抹了一把脸上的雨水，又抹了一把，接着捡起雨伞（他居然还记得雨伞），扯住丛好的手回头便走"。[4]

　　　　回到家里，老丛抽了支烟，枯坐良久，酝酿了一阵，悍然扑向阳台上那只养了一年多的母鸡。老丛左手掐在鸡脖子上，右手抄起盛着鸡饲料的搪瓷碗，以雷霆万钧的凶猛态势砸向鸡脑袋。那只鸡遭到了史无前例的屠杀方式，凄厉的悲鸣戛然而止，尸体被重重

---

1. 弋舟：《跛足之年》，安徽文艺出版社 2015 年版，第 11 页。
2. 同上。
3. 弋舟：《战事》，百花洲文艺出版社 2016 年版，第 4 页。
4. 同上书，第 4—5 页。

地掷出去，兀自扑棱着翅膀跌跌撞撞地乱冲了一气。
然后，才死不瞑目地栽倒。

……

母亲一身泥水地回来，那只母鸡，被父亲加工成
了一盘香气四溢的鸡块。他们坐在饭桌上，相安无事
一盏20瓦的灯泡几乎吊在了人的鼻尖上，它悬在餐
桌的正中央，在桌面上摊下昏黄的光晕。只有那盘鸡
被照亮着，像是舞台上被追光灯刻意强调出的主角。
父亲加了鸡块在母亲碗里，说：

"吃，吃。"[1]

妻子的出轨被丈夫发现，对于丈夫来说明明是一件很
沉重的情感冲击，本来应该面对妻子爆发的丈夫选择了现
场的安静和回家后的拔刀向鸡，鸡被做成了香喷喷的鸡块，
被丈夫像无事人一样夹到了妻子的碗里。弋舟的这种写法
表面幽默，但是越是这种写法，我们越能感觉到那种令人
窒息的沉重，就像那盏20瓦的灯泡发出的光，压抑而绝
望。黑色幽默成为主人公掩饰失望的"假面具"和"逃避
绝望"的最好途径，就是这种让人哭笑不得的感受，让读
者在阅读作品的时候，一边发笑一边开始了对情感关系、

1. 弋舟：《战事》，百花洲文艺出版社2016年版，第5页。

婚姻关系的深刻反思。

在收录在《丙申故事集》中的短篇小说《随园》中，"得知我的姑姑死于一场沙尘暴时，我竟脱口说出了一句：'执黑五目半胜！'电话那头的母亲显然不能明白这句谶语，她打电话给我，除了报告一个死讯，更多地，还是为了我而担忧。校方已经对母亲发出了要'劝退'我的威胁。我觉得这个威胁孱弱无力，仅从音韵上听，'劝退'跟'执黑五目半胜'比，一个是咏叹调，一个顶多是句酸曲儿"。[1]"执黑五目半胜"是一句围棋术语，弋舟曾经这样解释这部短篇小说中的这句话："'执黑五目半胜'，对我而言，是铿锵而又令人难过的音韵，是不需要解释的胡言乱语和肺腑之言，是小说的本意与真谛。"[2]随时会被劝退的问题少女杨洁，一直都在寻找生命是为什么而活，她是矛盾的，是没有和自我和解的。在她看来，姑姑的意外去世，是"执黑五目半胜"，是赢得了一场"胜利"。亲人的死亡、劝退，通过这样的戏谑的语调便带有了游戏的味道，但是又分明能感觉到那种戏谑背后的深刻。

弋舟在文学创作的时候，紧紧地抓住了一些普通人难以察觉和把握的故事片段和细节，对人性、对生活和对精

---

1. 弋舟：《随园》，载《丙申故事集》，中信出版社 2017 年版，第 8 页。
2. 弋舟：《被称为"男作家里的女作家"，我不介意》，《南方都市报》2017 年5 月 14 日。

神中存在的荒诞丑陋的地方进行了深层次的剖析。他用貌似轻松幽默的方式将日常生活中的各种不幸和惨痛展现在读者面前，调侃与戏谑中却蕴含着深刻的人性内涵。

（二）寓意性的故事情节

黑色幽默小说还有一个明显的特征就是整部作品充满寓意性的故事情节。所谓寓意性的故事情节，指的是黑色幽默小说流派的作家们在进行文学创作的时候，使用无情节、无冲突的极端"反理性""反传统""反戏剧"的表现形式去表现生活和人生，追求一种整体上的寓意性和象征性。黑色幽默小说作家的创作不同于传统小说或戏剧那种依靠铺陈完整的故事情节、构建清晰的叙事来创建具有真实感的社会生活和人物形象，以此来达到用作品反映人物和生活、反映社会现实的目的，黑色幽默小说并不追求细致、曲折、跌宕起伏的故事情节，而是追求小说整体上的寓意性和象征性表现，往往通过表面的违逆真实生活来最大限度地揭示或逼近社会生活的本质，从而达到表现更高意义上的真实生活的目的。

弋舟自己说过："文学和艺术，在相当程度上就是一个依赖传统的行为，而且我们都可以说，不断求新，亦是我们的传统。对人性的恳切勘探，对世界的无尽打量，这些传统永远有效。那么好了，当我写作的时候，面对这样的传统，忠诚于它就够了。还要怎样呢？所谓的'扬弃'

吗？至少我不能，我没那么傲慢。……文学之事，批判现实主义这条路永远也不应该和没有可能被走完，它甚至就是文学本身的题中应有之义。"[1] 弋舟是一个对传统有着清醒认识的作家，而他的清醒不仅在于对文学传统的继承和求新之间关系的辩证认知，更重要的是他看到了无论文学如何创新，都脱离不了"现实"。文学作为人学，其存在就是为了揭示和探索人性，书写和思考与人有关的所有问题。只不过传统现实主义作家更多关注人与外在环境的冲突和矛盾，认为"典型环境中的典型人物"就是现实主义文学最需要关注的。而先锋作家和西方现代主义作家则对于"真实"的内涵和外延有了更进一步的扩充，他们看到了"真实"的呈现中主体的重要意义，他们强调了主体对于现实的建构性，从而将"心理真实"也纳入文学描写现实的疆域。随着"真实"内涵的扩大，文学表现的手法随之也发生了很大改变，对于文学作品中的时间和空间的处理也和传统文学体现出了极大的不同。

弋舟的小说作品并不追求故事情节的完整性和封闭性，也不追求故事叙事的线性发展，而是将现在、过去与未来的逻辑时间顺序打乱并重排，利用作品中人物的意识与精神历程，将打碎的时间和情景碎片连接在一起。以《所有

---

1. 卢欢：《访谈弋舟——"微妙"地捕捉城市经验》,《长江文艺》2016年第11期。

路的尽头》为例，书中开头就写到邢志平忽然跳楼这个事件，尽管"我"（刘晓东）对邢志平并不是特别了解，但是，在得知他跳楼后，"我"特别想知道他为什么要跳楼。也由这个事件开始，文中开始了两条线并行的叙述，一条线是刘晓东讲述所处时代的阴霾，一条线是由老褚、丁瞳、尹彧、尚可等人讲述 80 年代的故事。弋舟的这种对叙事的安排，打破了既定的空间和时间顺序，象征性地表现了社会上人们对于物质的过分追求和强调而忽视对精神的补给所带来的危害。

　　弋舟的作品不仅打破了时间和空间的逻辑顺序，还存在着对时间顺序的复杂重排。在弋舟的文学作品中常常表现为故事之间存在着的断层空缺。如小说《跛足之年》，小说的第一部分命名为"抽屉"，小说一开始作者这样写道："那一年，在火车有节奏的晃动中，马领终于昏昏睡去。"[1]由此我们知道主人公马领在火车上，但对于马领将去哪里这个问题作者在写作的时候直接省略，给读者呈现出了时空的变幻，但又让读者感受不到具体变化在哪里。到了第二部分"唯一能做的最好的事"，故事的内容变为马领的妹妹马袖来找马领，此时的马领有女朋友和工作，在城市中拥有属于自己的生活，但是这一部分作者并没有交代马领

---

1. 弋舟:《跛足之年》，安徽文艺出版社 2015 年版，第 1 页。

的具体工作，也没有交代马领如何谈的恋爱，然后就是一些生活琐事的场景。第三部分"湖边的光明时刻"，则讲述的是马领和同事在湖边聊天，目睹情侣吵架跳湖，然后马领帮忙的故事。弋舟依旧如同前两个部分，按下了许多的故事情节不写，却表现了很多生活中的琐碎事。由此可见，弋舟在叙事的时候，有意地将故事发展中的一部分按下不提，捣碎了小说故事的时间时序，造成故事情节的不完整，给读者呈现出一个颠三倒四、拼凑式的故事文本，使得读者在初次阅读作品的时候摸不清故事发展的方向。但正是这样的表达方式，让读者在阅读弋舟的小说作品时，减少了对故事情节发展线索的格外关注，而将关注点放在了碎片化的故事片段上，去深入思考每个片段拼凑起来的文本内在的深刻寓意。

《跛足之年》这部由不连贯的、碎片化的故事所组成的小说中，"抽屉"这个意象反复出现。小说一开始就写到火车上昏昏睡去的马领"疼痛地梦到了一只抽屉，这只抽屉在他愤怒的拉扯下，轰隆隆像一辆战车般地向他冲来"。[1]然后他回忆自己过去作为机关里的一位办事员后来辞职的原因：

　　　说来令人难以置信，似乎只有一个充分的理

---

1. 弋舟：《跛足之年》，安徽文艺出版社 2015 年版，第 1 页。

由——他的那张办公桌的抽屉实在糟糕透了，每次拉动时都会坚定地卡住，他必须将一只手探到下面托一下。即便这样，也不是每次都能奏效。这本来是件小事，换张桌子就可以解决，但就像在所有那种大楼里一样，这个要求遭遇了匪夷所思的拒绝。怎么说呢？最终他仍然需要面对那只邪恶的抽屉。他不能想象，自己一生都要和这只抽屉为伍——其实也没有这么绝望，但这的确成了他离开那栋大楼的理由……[1]

小说第二部分写到妹妹来找马领，他动手整理房间，"其实也没什么好整理的，那堆杂乱无章的物品也许塞进抽屉就会好些，但是这间屋子里所有的家具无一例外——都没有抽屉"。[2] 还是在这一部分马领和他女朋友的对话如下：

马领说："玩笑就玩笑吧，反正比跟一只抽屉经年累月的搏斗强。"

罗小鸽笑起来，说：

"你真是对那只抽屉念念不忘啊。抽屉那么令你厌恶吗？抽屉是什么？抽屉就是规律和秩序，能够让一切井然有序，而你，缺乏的是对于规律与秩序的

---

1. 弋舟：《跛足之年》，安徽文艺出版社 2015 年版，第 12 页。
2. 同上书，第 26 页。

服从。"[1]

　　甚至在第十一部分"一放血，就苏醒了"中，写到马领去李小林家，看到李小林在里屋抱出一堆东西，他又想起了辞职前塞满办公桌的文件等，"以至于使抽屉变了形，每次打开都要让费番力气"。[2]再到后来，马领的女朋友离开了他，一个叫做小招的姑娘搬进了马领的屋子，小招在整理自己东西的时候，"马领有一瞬间感觉是罗小鸽回来了，在这套房子里转来转去，抱怨着怎么连一只抽屉都没有，并声明：抽屉是什么？抽屉就是规律与秩序，能够让一切井然有序"。[3]我们可以看到，"抽屉"贯穿这部小说的始终，是对马领现有生活和所期望生活的一种隐喻和象征，如果说"抽屉"代表了一种秩序和规律，小说中的主人公马领则试图打破规律和秩序，他受不了作为机关办事员的办公室的抽屉，为了逃离秩序，他选择了辞职。在他住的屋子里所有家具都没有抽屉也代表了马领对规则与秩序的抗拒。但是这种抗拒和逃离会将他带上一种怎样的生活呢？作者弋舟事实上设置了一个开放式的结尾。小说的结尾与开头相呼应：

1. 弋舟：《跛足之年》，安徽文艺出版社2015年版，第38页。
2. 同上书，第205页。
3. 同上书，第264页。

　　那一年，在火车有节奏的晃动中，马领终于昏昏
睡去。

　　经历了一场搏斗的他睡得并不踏实。在火车运行
般的晃动的梦中，他一阵阵感到疼痛。他疼痛地梦到
了一只抽屉，这只抽屉在他愤怒地拉扯下，像一辆战
车般地轰隆隆向他冲来。[1]

打破"抽屉"所代表的规则与秩序，他试图重建一种
自己认为的和"抽屉"所代表的生活不一样的生活，但是
这种生活到底是什么，是火车上所代表的漫长的旅途还是
放逐？即使在逃离"抽屉"所代表的生活的火车上，马领
依然梦到了抽屉。在极端地去打破一种规则与秩序的时候，
我们是不是又陷入了另一种自己所设置的规则和秩序呢？
就像米兰·昆德拉的小说《不能承受的生命之轻》中的托
马斯，他在生活中一直在试图打破"非如此不可"，岂不知
执着于打破非如此不可本身就是一种非如此不可。弋舟的
《跛足之年》在看似零散的情节和故事中以一种开放的结构
和叙事赋予了文本深刻的寓意，值得读者去深入思考。正
如弋舟自己在原版后记当中所说："在某个以整数纪年的年

---

1. 弋舟：《跛足之年》，安徽文艺出版社 2015 年版，第 325 页。

份降临时都满怀动荡的祈盼，或者徒劳的悲观，或者徒劳的乐观，直到明白岁月本身几乎是毫无差别的，变来变去的，只是我们这些被造之物。"[1] 无论我们如何去逃离和抗拒规则和秩序，我们永远都在规则和秩序之中，因为时间永远都在，它是无限的，而作为个体的生命的存在则是有限的。这从另一方面也反映了个体面对生活本身的荒诞感。

（三）抽象扭曲的人物形象

在传统小说中，环境、人物、情节是我们所强调的小说三要素，而人物是小说最为核心的元素之一。所以我们在小说中追求典型人物的塑造，追求立体饱满的人物形象。但是黑色幽默派的小说家在塑造人物时却刻意塑造扭曲抽象的人物。相比于传统小说作品中的人物形象，特别是主角人物的形象或者是英雄人物的形象，黑色幽默小说作品中的人物不承担表现小说主旨或者作者价值观的功用。黑色幽默小说中的人物多是"反英雄"式的人物，他们大都焦虑不安、胆怯懦弱、圆滑狡黠，没有了传统小说中的主角光环，他们更像是为了更好地呈现小说世界而出现的某种特殊点缀物。

细读弋舟所创作的小说作品，会发现弋舟小说中的人物形象就极具黑色幽默的特征。首先，弋舟笔下人物的抽

---

1. 弋舟：《跛足之年·原版后记》，安徽文艺出版社 2015 年版，第 327—328 页。

象性。无论是早些年出版的文学作品，还是近几年的作品，弋舟很少像传统作家那样对人物的肖像做精确的描写，所以人物出场后我们不会产生像传统小说那样清晰的形象。比如我们读《红楼梦》，王熙凤一出场："这个人打扮与众姑娘不同，彩绣辉煌，恍若神妃仙子：头上戴着金丝八宝攒珠髻，绾着朝阳五凤挂珠钗；项上戴着赤金盘螭璎珞圈；裙边系着豆绿宫绦，双衡比目玫瑰佩；身上穿着缕金百蝶穿花大红洋缎窄褃袄，外罩五彩刻丝石青银鼠褂；下着翡翠撒花洋绉裙。一双丹凤三角眼，两弯柳叶吊梢眉，身量苗条，体格风骚，粉面含春威不露，丹唇未启笑先闻。"[1]人物形象跃然纸上。而在弋舟的文本中基本上很难找到对于人物的细致的外貌刻画，往往我们对人物形象的印象，是通过阅读的展开而产生对人物性格的一定认知后逐渐建立产生的，这样的形象是随着故事情节的发展而建立起来的模糊又抽象的形象。

在弋舟的文学作品中，他对人物的最具体外貌描写也只不过是像收录于《丙申故事集》中的短篇小说《巨型鱼缸》里这样的："她留着乱蓬蓬的短发，穿着松松垮垮的校服，眼窝里水汪汪的，像一个十足的可怜虫。"[2]或者如收录于《刘晓东》中的第一篇《等深》中所描述的："茉

---

1. （清）曹雪芹：《红楼梦脂评汇校本》，清华大学出版社 2019 年版，第 39 页。
2. 弋舟：《巨型鱼缸》，载《丙申故事集》，中信出版社 2017 年版，第 183 页。

莉穿着件窄肩的连衣裙，下摆很宽松，浅咖啡色，配合着她的肤色……那么在茉莉的眼里，我也只能是现在这样的我吧——双颊下陷，却小腹微凸。"[1]《战事》中丛好的形象、《随园》里的杨洁、《发声笛》里马政的形象、《但求杯水》的女主人公"小熊"、《刘晓东》里的刘晓东们……，我们很难给他笔下的人物一个明晰的、具象的形象，他们是模糊的、抽象的。弋舟笔下人物的抽象甚至让人物充满了寓意和隐喻性。例如在《等深》中，作者这样写刘晓东心目中的前女友茉莉："现在的茉莉，一定比从前更具魅力，应该像一把名贵的小提琴了吧。"[2]弋舟把茉莉比喻为小提琴，人物就具有了某种隐喻性，而且在这部作品中，就像《跛足之年》这部小说中反复出现的"抽屉"一样，也多次出现了"小提琴"这个词。比如："恋爱的时候，我觉得茉莉的身体之于我，就像一把没有完成的小提琴，怎么拉，都是艰涩的。"[3]又比如："茉莉这把小提琴，也许早已被周又坚和谐地拉响过了。"[4]"小提琴"正如作品的题目"等深"一样，具有某种隐喻性，因而，茉莉这个人物也就成为某种隐喻。由此可见，弋舟笔下的人物不单纯是一种形象，

---

1. 弋舟：《等深》，载《刘晓东》，作家出版社 2014 年版，第 22 页。
2. 同上书，第 6 页。
3. 同上书，第 19 页。
4. 同上。

更是体现作者思考的一种符号。正如韩伟在谈到《刘晓东》里面的刘晓东时这样说:"可以说,弋舟笔下的'刘晓东'既是一个很好的文学形象,也是一个思想意象,或者说是精神意象,其间隐含着作家的精神密码。"[1]弋舟作品中人物的抽象性以及由此而产生的隐喻性从另一个角度表达了作者对社会和人性的深度解析。

其次,弋舟小说中小人物的塑造。弋舟文学作品中的人物,往往不是英雄般的形象,他们有胆识和责任感,却时时表现出懦弱不堪和逃避退缩,他们甚至不仅是平凡的,更是平庸的。如《跛足之年》主人公马领就是这样一个人物。马领在辞职以前是在机关单位工作的,他工作的性质就是每天和各种各样的文件打交道,文件塞满了他的办公桌,以致他的抽屉都变了形。上班期间的马领每次为了打开那只抽屉都要费一番功夫,这种周而复始又倍感折磨的生活令他难以忍受,最后他选择了辞职。但即便选择了辞职,他依旧活在有那支"抽屉"的世界里。罗小鸽和他提出分手,离开他之后他做了一个梦。

> 他做梦了,梦到自己在和一只邪恶的抽屉斗争,
> 它卡住了,怎么也不肯被抽出来,好像被抽出来不是

---

1. 韩伟:《人生况味的表达与生命精神的书写——评弋舟的中篇小说集〈刘晓东〉》,《小说评论》2017 年第 4 期。

一只抽屉的本分，反而是一种耻辱一样。他用一只手探在下面使劲地托，用另一只手使劲地拽拉手。抽屉纹丝不动。当他无望地做最后一次努力时，坚若磐石的抽屉却像是打了香皂一样滑溜地冲出来，于是他被自己的力量狠狠地抛了出去，而那只落地的抽屉里蜷缩着罗小鸽，像一块整整齐齐的方肉……[1]

前文已经分析过"抽屉"象征了秩序与规则，"抽屉"总是成为马领的噩梦，他一直想摆脱和逃离秩序与规则，想成为一个不服从的"英雄"，但是事实是，在生活面前他一败涂地，他无法成为自己心目中不服从的"英雄"，弋舟把他打造成了黑色幽默式的"反英雄"。我们看一段马领与罗小鸽的对话：

　　"我总说我们会好起来，生活是充实的，前途是乐观的，这些都是谎言，其实我也不知道我们会不会好起来，能不能幸福，我只是过一天算一天。"
　　马领喃喃地说着，思绪悬在失去的梦境和将至的睡意之间。
　　"你不要避重就轻，我命令你实话告诉我！"

---

1. 弋舟：《跛足之年》，安徽文艺出版社 2015 年版，第 95 页。

> "不要下命令，这很可笑。你知道的，我在一
> 只抽屉面前望而却步，完全是因为我他妈的没有学
> 会服从！"
>
> "我不听这些，你实话告诉我！"
>
> "好吧，好吧，我虚荣，我懦弱，我想不劳而获，
> 想有人庇护……"[1]

马领焦虑、懦弱，但是他依然试图努力守住他做人的
底线，老康想让他妹妹马袖用色相去勾引莱昂纳多，以便
让其买下那块广告牌，马领极为恼怒地用砖拍了他的朋友
老康的头。

弋舟笔下的人物是平凡的，他们是生活中的普通人。
《战事》中的老丛、张树、潘向宇，《出警》里的老郭、老
奎，《巨型鱼缸》中的王桐、刘奋成，《缓刑》里的爸爸
妈妈……这些人物，在文本世界中演绎着各自的故事，他
们各自追寻着自己的生活理想，又都无可避免地落入生活
的庸常，他们是弋舟笔下的人物，也是黑色幽默作家笔下
"反英雄"式的人物，更是我们生活中随处可见的普通人。

弋舟文学创作中所体现出来的滑稽幽默的喜剧风格、
富有寓意性的故事情节、抽象扭曲的人物形象，让我们看

---

1. 弋舟：《跛足之年》，安徽文艺出版社 2015 年版，第 97 页。

到了弋舟小说所具有的黑色幽默的特点。弋舟吸收西方现代主义的这些写作手法，改变了传统小说的写法，表面看减弱了小说文本的故事性和情节的连贯性，打破了故事内容的完整性，而实则将人物的潜意识纳入文学关注的重要范畴，去着力书写人物的生命意识和心理历程，体现了更为深刻的现实观照和更为强烈的人文关怀。正如弋舟自己所说："我的书写将注定萦回在时光之中，我的目光将注定恒久地锁定在岁月所能附着于人的无尽悲欢之上。"[1]

---

1. 弋舟：《跛足之年·再版后记》，安徽文艺出版社 2015 年版，第 330 页。

第五章

叶舟小说中人与社会的关系
——中西比较研究

　　叶舟（1966—　　），本名叶洲，甘肃兰州人，毕业于西北师范大学中文系，中国作家协会第十届全委会委员，甘肃省作家协会主席，甘肃省文联副主席，《甘肃日报》主编。叶舟写诗、写小说、也写散文。他发表了大量的小说、诗歌和散文作品，作品曾多次入选各种年鉴、年度选本和中国小说排行榜，并被译为英、日、韩等国文字。迄今为止代表性的诗集有《大敦煌》《敦煌诗经》《丝绸之路》《边疆诗》《练习曲》《叶舟诗选》《世纪背影——20世纪的隐秘结构》《花儿——青铜枝下的歌谣》《引舟如叶》等；散文集《漫山遍野的今天》《西北纪》《漫唱》等；有短篇小说集《我的帐篷里有平安》《叶舟小说·上下卷》《叶舟的小说》《第八个是铜像》《伊帕尔汗》《秦尼巴克》等，长篇小说有《敦煌本纪》《案底刺绣》《昔日重来》等，2022年12月出版了长篇巨著《凉州十八拍》。2014年短篇小说《我的帐篷里有平安》获得第六届鲁迅文学奖；2019年长篇小说《敦煌本纪》入选第十届茅盾文学奖10部提名作品奖；

2020年10月，凭借长篇小说《敦煌本纪》获得第四届施耐庵文学奖；2023年7月23日，《凉州十八拍》获得第四届吴承恩长篇小说奖。此外叶舟连续三届入选"甘肃小说八骏"，还曾获得《人民文学》小说奖、《十月》诗歌奖等多项奖项。

作为西部的优秀作家之一，叶舟笔下的故事中总是带着西北独特的质感，他往往从人物的心理出发，去描写当代社会在面临巨大压力之下异化的人的心理，刻画出丰富而饱满的人物形象，表达了这位西部作家对当代社会独特的思考与情怀。《敦煌本纪》和《凉州十八拍》两部史诗性长篇小说采用宏大叙事聚焦敦煌和河西走廊的历史文化，看似在讲述"河西走廊"故事，其实也是在讲述"中国故事"，是叶舟通过书写河西走廊文化来追寻民族的文化源头和精神本色。

第一节　异化的城市人

叶舟出生于兰州的"一只船"街道，他在城市出生，在城市长大，在城市生活，所以和雪漠、马步升等甘肃作家不同的是，他熟悉的不是雪漠等人一生执念的乡土，而是他的生命融入其间的城市。"叶舟的小说立足于自己生长的城市，拨开城市面貌发展变化的表象，将笔触深入城市普通民众的情感生活，从'后窗'审视并勾勒出城市个体在各个独立空间相互间的欲望和情感纠缠，反映出城市人混乱的情感生态，并给予了无情的揭露。"[1]

我国在改革开放之后，科学和技术的发展取得了巨大进步，社会经济的发展也是一日千里，这种进步与变化改变了国人的生活方式，同时也冲击着人们的价值观念和思维观念。叶舟细腻地捕捉到了这种变化与冲击，他在小说中书写着当代社会中城市人的欲望以及由此造成的人的异化。在商品经济大潮的冲击下，人们的生活选择变得多元丰富，但同时人们的欲求也在不断增加，拜金主义、享乐主义甚嚣尘上。人的生活压力随之增大，人与人的关系变得虚伪、紧张和冷漠。叶舟沉潜于城市的内部，细致书写着城市生活中人们的行为和心理感受，为我们展现了突飞猛进的社会发展背景下人的无措与迷茫。

叶舟笔下城市中的人焦虑、无所适从，每个人的脸上都戴着虚伪的面具，生活凌乱不堪。小说《步行街》中的葛红艳在吃完晚饭散步的途中，相继遇见了自己的同学，每个人的脸上似乎都戴着面具，人与人之间缺少了真诚。表面看起来每个人都是洒脱幸福，实则内心都藏了一肚子

---

1. 尚敏帮：《城市欲望与历史虚构背后的诗性追求——叶舟小说简论》，《西安石油大学学报（社会科学版）》2018年第4期。

苦水。葛红艳作为以前的校花，每个人都夸赞她漂亮，但其实葛红艳却做着傅童可有可无的情妇。作者以葛红艳带给傅童的漏鱼为故事发展的线索，漏鱼的袋子最终破了，也预示了葛红艳和傅童之间脆弱的不正当关系的结局。女主角葛红艳作为别人的情妇并没有表现出丝毫的羞愧与忏悔，干妈去世，她却仍然惦记着与傅童的约会。相反小说中的警察孔大力却心怀正义与希望，希望自己能为这个社会做一些贡献，"与其在这里装蒜，当摆设，不如派我去保护一所校园，和歹徒们结结实实干上一架，擒获他"。[1] 此外小说中透露出葛红艳的同学们都信教了，希望能在教堂遇见上帝，李彩霞对葛红艳说："关键的是，你会碰见上帝。"[2] 他们想要通过将希望寄托于虚无的上帝来缓解现实中的苦闷。

《萨达姆之死》和《大象的墓地》讲述的都是年轻夫妇之间因为生活中的琐事而产生矛盾，最终又和好的故事。《两个人的车站》写的则是两个在火车站卖水并且同时和火车站站长有着暧昧不明关系的女性的一系列故事。身材肥胖的乔萃喜的丈夫全身肌肉萎缩，丧失了工作的能力；她的儿子则因为别人的陷害被抓进了监狱；家里还有一个年

---

1. 叶舟：《步行街》，载《我的帐篷里有平安》，上海文艺出版社 2015 年版，第 243 页。
2. 同上书，第 226 页。

迈的老母亲，全家的生活重担都压在了乔萃喜一个人的身上，但是乔萃喜依然坚强乐观。小说中的另一名女性石华的家庭经济条件要比乔萃喜好很多倍，她的丈夫端着铁饭碗，女儿陆心惠是那个大院里最漂亮的姑娘，但怀了陌生男子的孩子，石华为此愁烦不已，在经历了一番波折之后，陆心惠终于生下了孩子，石华却将其假装成无父无母的弃婴送给了乔萃喜，而乐观坚强的乔萃喜也欣然接受。小说中，乔萃喜和石华都与已有家室的火车站站长有说不清的关系，但是作者并没有浓墨重彩地去描写这件事情，反而是平平常常、不露声色地叙述出来，使我们不得不面对现实：城市中人的婚姻底线和道德底线面临崩溃，人的欲望像决堤的洪水，裹挟着在欲海中沉浮的每一个人。

在《姓黄的河流》这篇小说中，叶舟同时讲述了两个故事，分别是主人公艾吹明和朋友李敦白的父母的故事。艾吹明整天为自己的情感生活烦闷不已，偶然结识了黄河边扎船的李敦白，并听李敦白叙述了其父母的故事。艾吹明的妻子由于"我不甘心，我不想死水一潭地活完这一辈子，我还年轻，不想就这么驯服，这么平庸"[1]而背叛了艾吹明；而李敦白的父母面临残害，经受漫长时间的煎熬和等待，依然坚守爱情，彼此忠诚，选择为爱坚守一生。李

---

1. 叶舟:《姓黄的河流》，载《我的帐篷里有平安》，上海文艺出版社 2015 年版，第 130 页。

敦白的父母对自己的孩子充满耐心和包容，他们一生心中坚信爱，既包括爱情之爱也包含亲情之爱。李敦白的父母那一代人所拥有的感情和艾吹明这一代人的婚姻情感形成了鲜明的对比，作者将这两个故事放在一起，意在表现现代社会中浮躁的人心和城市中在婚姻感情中迷失自我的年轻人。

《抄家伙》《低温》《鲜花夜》《向世俗情爱道歉》《橘子不是唯一的水果》《〈告密史〉及其作者之死》等这些小说都是叙述城市中男女之间纠缠不清的情感，他们丧失婚姻的基本约束，每个人都极力地宣泄着自己的欲望。《橘子不是唯一的水果》中艾媛的丈夫在外不止有一个情人，而艾媛在自己的婚姻出现危机之时，雇用了同样婚姻不幸福的李佛来填补婚姻情感中的缺失，要求李佛和她发生性关系。《〈告密史〉及其作者之死》中已婚的秦枝山因对也已结婚的前女友林兰的纠缠不休导致最终丧命。《低温》中左小青的丈夫乔顿出轨左小青的闺蜜原媛，而乔顿从小一起玩大的兄弟对左小青又有着不轨的想法。在新凯悦珠宝店上班的肖依被来抢珠宝店的丈夫当作了人质，最后被丈夫的同伙枪杀。小说中这些人表面的狂欢和欲望的放纵之下难掩内心的空虚，就像左小青所经营的水晶工艺品店一样，都市人的生活表面看起来像水晶一样晶莹剔透、玲珑有致，实则一碰就碎，表面光鲜，实则脆弱不堪。表面的热闹非凡、众声喧哗、骚动不安恰恰揭示了欲望裹挟下都市人的空虚、孤独和无助。

在《目击》这篇小说中，一场贯穿故事始末的车祸揭示了几个表面上似乎没有任何联系的人物背后的隐秘关系。王力可和李小果同为一所中等职业学校的老师。王力可的丈夫在车祸中丧命，肇事者却一直未抓到，她便每天夜里都去事发地跪着等待目击者。李小果对王力可的遭遇非常同情，在帮助她的同时对王力可与丈夫的感情非常羡慕。这时的李小果是李佛这个有妇之夫的情人，而李佛的妻子肖依是一名医生。在帮助王力可的过程中，李小果就想结束与李佛的这种不正当关系，但是李佛不愿对李小果放手。肖依想修复与丈夫李佛之间的关系，几次示好反倒遭到了丈夫的厌恶。但是到了小说结尾我们才发现李小果一直羡慕的王力可与丈夫的感情是一场彻头彻尾的感情欺骗。李佛的妻子肖依其实是王力可丈夫的情人，他就是在和肖依幽会完过街为肖依买橘子的时候被车撞死的，而肖依也是这场车祸的唯一目击者。城市中人的欲望消解了传统的价值观，"婚外情"的普遍性抽调了传统婚姻的根基，现代都市男女在欲海中沉浮。他们情感饥渴，但是又对爱无能为力，他们表面在享乐欢愉，实则孤独无依，彷徨无措。含混凌乱的关系难掩生活的空洞与空虚。

在中篇小说《月亮血》中，叶舟描写了一对姐妹忆北和忆南，他将这姐妹俩塑造成了"欲望化"的符号。父母的去世让忆北和忆南成为一对相依为命的孤儿。长大后，姐妹俩虽然职业不同、身份不同、性格不同，在对欲望的追求这一点上却是如出一辙。忆北大学毕业后，辞去公职，下海经商做起了卫浴买卖。她整日周旋于权贵之间，以行贿方式来换取生意，官商勾结，为赚取利润用尽手段。除了对金钱的追逐，忆北还想办法满足自己的情欲。作为有夫之妇，她瞒着丈夫老田购买了一套新房作为"秘密爱巢"，每个礼拜四与开着奥迪车的情人在此幽会。妹妹忆南是作家，性格高冷、寡淡，表面看起来并不像姐姐忆北那样张扬，但是在对金钱和情欲的追求上她并不比姐姐好多少。忆南在与前男友分手半年后，又被一个萍水相逢、小她五岁、叫做小贾的"牙齿照亮了"。忆南和小贾鬼混，却告诉小贾"我怀孕了，但孩子不是你的"，于是小贾骂她："你这个婊子，文艺婊子，原来你这么烂啊"。她在与一个男人同居之时，却又怀上了另一个男人的孩子，这种对性爱的随意态度让我们看到了她膨胀的"欲望"。后来忆南逃离京城，跑到了姐姐所在的城市，在中秋之夜，她邀请姐夫老田到她家做客，两人对月交谈，忆南激动时搂住姐夫亲吻，完全没有道德和伦理的底线。在对金钱的追求上，表面高冷的忆南最终为了钱去为一夜爆红的丁先生写音乐剧，文学的精神价值的追求最终败给了金钱。

　　《风吹来的沙》中马达和蔡天新是一对好朋友，蔡天新和好朋友马达的妻子王红却保持着不正当的关系。马达知道了这事，他设计让蔡天新还有马达他自己的情人叶小琼都成为这场闹剧当中的棋子，蔡天新最后自以为逃脱了这个局去红梅宾馆和王红约会，当他敲开王红告诉他的宾馆的房间门的时候："是的，打死我也不会相信，我姐夫突然满脸堆笑的站在门口，他的身后是穿着一件粉红色睡衣的王红，一脸的无知和无所谓。"[1]故事到此戛然而止，让我们看到丧失了道德价值和精神信仰的人们凌乱不堪的生活。都市生活中到处充斥的是背叛与出卖，什么友谊、爱情、婚姻、亲情在情欲面前被碾成齑粉，人们忙于追逐欲望的满足，在欲海的沉浮中游荡的人们是丑陋的，但他们也是孤独轻飘的。正如小说中马达所说："背叛和出卖原来这么轻而易举，原来如此简单。"[2]这篇小说中的蔡天新、王红、蔡天新的姐夫、马达如此，其他小说中多次重名的李佛们、艾媛们、左小青们等也是如此。人性失落之后人到底会走向哪里？这是叶舟小说带给我们的深刻的反思。

　　此外，叶舟也着意刻画了城市中大人的生活乱象给孩子性格的成长带来的扭曲与异化。《丹顶鹤》这篇小说中，

---

1. 叶舟：《风吹来的沙》，载《叶舟小说·下》，敦煌文艺出版社 2010 年版，第 377 页。
2. 同上书，第 375 页。

王利是国有肉店的营业员，她经常要到存放猪肉的冷库值夜班，但是她对在冷库值夜班是非常恐惧的。而比这更恐惧的事情是她长期遭受继父的性侵以致怀孕，最终她杀死了自己的继父。小说中另一个人物王小列不能接受自己的父亲二婚，选择成为一个街头混混，却为了保护一个女孩儿开枪打伤了自己的腿。《1974年的婚礼》中，少年索钢的母亲是门市部的营业员，她谋杀了自己在运输公司当司机的丈夫，却告诉索钢说他的爸爸是在睡梦中一命归天的。索钢的爸爸去世八个月后，妈妈准备和蔬菜门市部的副主任老沈结婚。老沈有一个八岁的女儿，在索钢的妈妈和老沈婚礼的当天，单纯的小女孩因为有了索钢这个哥哥而兴高采烈，她一直跟着索钢，希望哥哥能够带她玩，并不断将婚礼上的糖果喂进哥哥的口中。但是，索钢却将小女孩带到了一片水塘跟前，最后杀害了仅有八岁的小女孩沈力。小说中这样写道：

> 索钢揪住了沈力的头，掐住了她手腕粗细的脖颈，毫不费力地塞进了水里。沈力的鬏鬏在水里散开了，如一团蓬乱的水草，随波逐流起来。那朵艳丽的蝴蝶结也掉落了，沉进了水底，和一堆肮脏的淤泥混为一摊。索钢感觉自己下手很轻，但水里的沈力跟一只气球样，泛了几个气泡，就停下了。

……

　　索钢掏出兜里的飞刀，割下了一束芦苇草，苫在了八岁的沈力身上。索钢觉得飞刀很趁手，刀口也利。而后，索钢扔下了飞刀，在水里净了手。[1]

　　作者用冷静客观的笔调描写了这个事件的发生，不动声色的叙事中让我们看到了索钢面对一个亲手完成的死亡事件，没有任何的惊恐、紧张或者害怕，发生的一切对他来说似乎平淡无奇，就像他生活的任何一个日常内容一样，而这恰恰反映出这个少年的麻木和扭曲。

　　在叶舟的这些小说中，主人公大多在童年或者少年时期遭遇家庭的变故，家庭的变故或者扭曲的家庭关系导致了主人公性格的异化。而家庭的变化实际上又与整个社会的变化密不可分。进入21世纪之后，婚姻自由越来越成为人们的共识，一部分人跟上了时代的潮流，选择离婚或者再次结婚；而另一部分人的思想依然停留在比较传统的婚姻观和价值观之中，而这两种观念的碰撞与拉扯会带给处于这两者之间的孩子的心理以巨大的阴影。父亲性侵女儿，妻子谋杀丈夫，按照伦理道德来说这些是不可能发生的，但它却真真实实地发生在我们的身边，发生在现实生

---

1. 叶舟:《1974年的婚礼》，载《叶舟小说·上》，敦煌文艺出版社2010年版，第307页。

活中。城市生活中人在物欲的控制之下、在"物"的挤压下扭曲变形。

叶舟以他细腻的笔触给我们展现了都市生活中被欲望操控的男男女女,在他笔下,欲望成为驱动人行为的主要动力,在欲望的裹挟下,人类社会上演着无数的悲喜剧。但是叶舟并未在写作中居高临下地表明自己的态度和看法,而是以客观冷静的笔触只做叙事,不做评论,客观呈现了都市日常生活的本质。

第二节　困顿生活中的底层人物

进入 21 世纪以来,将底层作为书写的对象逐渐成为一种潮流。什么是底层,学者王晓华这样界定:"我们如果将政治经济学观点与文化视野结合起来,就至少可以在三个层面界定底层概念:1. 政治学层面——处于权利阶梯的最下端,难以依靠尚不完善的体制性力量保护自己的利益,缺乏行使权利的自觉性和有效路径;2. 经济层面——生产资料和生活资料匮乏,没有在市场体系中进行博弈的资本,只能维系最低限度的生存;3. 文化层面——既无充分的话语权,又普遍不具备完整表达自身的能力,因而其欲求至少暂时需要他人代言。在这三个层面的规定性中,文学家

最关心的无疑是文化之维。"[1] 王晓华从三个层面对底层作
了界定，并认为作家更为关心第三个层面，即认为底层缺
乏话语权，但自身不具备完整表达自身的能力，因而需要
他人代言。作家们自觉地去关心处于社会底层的群体，试
图去为他们代言。但是值得注意的是，在这样一种书写语
境中，作家往往已经站在了道德的制高点，用一种俯视的
态度去揣摩底层生活。虽然凌驾于"底层"之上、跟随潮
流刻意地进行底层书写的情况仍然存在——作家们着重刻
画出底层因不幸的生活环境造就的麻木、愚昧、冷漠的人
物性格，却不妨碍有关底层书写的优秀作品的出现。叶舟
正是这样一位作家。

　　我们中国人具有浓厚的乡土情结，通过努力打拼进入
城市的人多半都会有所谓的"乡愁"。因此，乡村一直被
文人们视为纯净的精神高地。改革开放以来，尤其进入新
世纪之后，我国的乡村发生了翻天覆地的变化，乡村人也
不再仅仅满足于传统的日出而耕、日落而息，他们的生活
发生了巨大变化。一方面加快的城市化进程给乡村带来了
巨大的冲击，改变了乡村人的生活方式；另一方面乡村中
的人受到大城市生活的物质诱惑，思维方式也开始发生改
变，他们选择离开祖祖辈辈赖以生存的土地，来到城市打

---

1. 王晓华：《当代文学如何表述——从底层写作的立场之争说起》，《文艺争鸣》
　2006 年第 4 期。

拼，但是这一批人进入城市后大部分成为生活在城市中的底层人。叶舟的小说刻画了众多底层人物，他们有血有肉、形象丰满。这些人物生活在社会的底层，愚昧却努力地生活；他们在现实的摧残下麻木、冷漠，但他们心中的爱并未泯灭。叶舟以他诗人独有的气质赋予故事一种诗意的表达，将一地鸡毛的现实世界升华到富有诗意的精神层面。

《〈告密史〉及其作者之死》中，林兰曾经因为现实所迫欺骗了秦枝山，致使秦枝山丢掉了拥有着大好前途的工作，十几年后，二人再次相遇，林兰选择主动坦白了当年自己的错误，并且希望自己以后能过上平凡普通的生活。专职司机刘志超工作辛苦、工资微薄，现实将他打磨得近乎麻木、冷漠，他主动丢弃了自己的话语权，在不平面前宁愿丢掉自己的尊严也笑脸相迎，但即使这样，他心中依然还保存着几十年前学生时代纯洁的爱情，会因为以前喜欢过的女孩的一句话而忽略自己的工作和领导的吩咐。《三拳两胜》中的石瓜是一名农民工，他的妻子冶平平赶了大老远的路来工地看望他，生活拮据的小两口都想让对方多吃点好的。在大红袍餐馆，石瓜并没有多少钱，只能挑便宜的菜点，为了让妻子冶平平多吃几口菜，他自己要了一大碗免费的面汤，在面汤中泡上冶平平带来的饼将就。在艰难的生活中，他们依然保存着对对方最简单也最温暖的爱，似乎未经世俗污染。《缓期执行》中的三羊、跟兄和石头三兄弟失手打中了他们的老板苏四十三的弟弟苏五十一的死穴，致使苏五十一死亡，三兄弟自知理亏，便躲在塔吊上面，以为这样就可以躲过警察的抓捕。整篇小说中掺杂着农民工的欠薪现状、老板娘的反复无常、农民工的愚昧无知、农民工话语权的缺失，以及包工头和农民工之间的紧张关系等诸多问题。三羊曾经救过老板苏四十三的命，但由于阶层原因，三羊还是不能完全相信苏四十三，而苏四十三对三羊的态度也是模棱两可的。三羊兄弟愚昧、无知、缺乏判断力，这恰恰也反映了他们淳朴的性格特征，他们好斗，失手致使苏五十一死亡，他们的内心实则是善良的。

《羊群入城》《大地上的罪人》中的挡羊娃本来在荒滩上挡羊，过着一种地为床、天为被，每天和羊群为伴的日子，他整日以放羊为生，后来被城里的老板看中，他每天的任务是趁着夜色将一群又一群的羊送进城里的羊肉馆。挡羊娃给每只羊都起了名字，他也熟悉每只羊的脾性和特点，他把羊看作自己的伴当，将它们当作自己的朋友。挡羊娃怜悯羊群、同情羊群，把它们看作和自己一样有灵魂的同类。挡羊娃善良、坚强、有勇有谋，自知自己将无数的生命送走罪孽深重，他便时时刻刻都在忏悔和反省自己。

忏悔意识发源于西方基督教中的原罪意识，后来成为西方文学中一个非常重要的主题。如古罗马帝国时期天主教思想家圣·奥勒留·奥古斯丁的《忏悔录》，法国 18 世纪启蒙思想家让-雅克·卢梭的《忏悔录》，以及列夫·托尔斯泰表现忏悔主题的代表作《复活》等，都是表现这一主题的力作。而叶舟的《羊群入城》和《大地上的罪人》也是如此。人类残酷地将羊群端上餐桌来满足自身的口腹之欲，不自觉地扮演了欺凌弱小者的角色，这种行为是符合现代社会的法则的，同时也被认为是理所应当的。而小说中的挡羊娃每天和羊群为伴，日积月累中产生了对羊群的情感，自然地将羊群与人类看作平等的、具有同样地位的同类，他与羊群对话、交流、吵闹，于是在将羊群送上餐桌之时不自觉地产生了同情与怜悯，进而产生了忏悔意识。他认为自己是大地上的罪人，这是一种发自内心的自觉意识，这是以万物皆平等为基本前提，但是叶舟到此为止，并没有更进一步的灵魂拷问。

叶舟在《大地上的罪人》这部小说的一开始便写道：

哦，我这个罪人，活着，罪孽越来越重，雨已经下了三天三夜了，我亮堂着呢，雨在洗刷我，可我蹴在这个窑洞里，骨头酥了，发霉了，快成了一把折断的筷子，我惹下了老天爷的龙颜，麻眼都能嗅出来，是对我的报应……老天爷做给我看哩，不让我再伤天害命了，啊是，我的罪孽大了，可我的上百个儿女，饿得动弹不得了，围在我的膝盖下，咩咩地叫唤着，把我的心伤得碎咧，老天爷要惩罚，就降罪在我一人身上，我担着，舌头都不搅动一下，该杀该剐，说吧！[1]

叶舟的《羊群入城》和《大地上的罪人》这两部小说中一味地强调"谁都有谁的天命，命数是不能换改的"[2]，将对羊群残害的罪责推至"上天"、推至命运、推至这个社会中人人皆深以为然的"规则"，挡羊娃虽认为自己的这份工作罪孽深重，但是他并没有采取任何的行动，只是说"这条路也是我的命数"[3]，他将人类身上的罪责转嫁到了命运的身上，"人的命数就在地上"[4]，"人世上的命，说不准就在路上等着呢，一碰就碰上了，躲闪也躲闪不过，祸福里才能把人的福分看清"[5]，"我没个把握，一个人世的命，是没个像样的规矩呢"[6]，等等。这样的表述在文本中是挡羊娃思

1. 叶舟：《大地上的罪人》，载《叶舟小说·上》，敦煌文艺出版社 2010 年版，第 73 页。
2. 叶舟：《羊群入城》，载《叶舟小说·上》，敦煌文艺出版社 2010 年版，第 41 页。
3. 同上书，第 51 页。
4. 同上书，第 42 页。
5. 叶舟：《大地上的罪人》，载《叶舟小说·上》，敦煌文艺出版社 2010 年版，第 97 页。
6. 同上书，第 104 页。

想的体现，体现了一种宿命论的思想。由此可以看到，叶舟这两篇小说中虽然表现了忏悔意识，这种忏悔意识的表达也符合挡羊娃的人物身份，体现中国普通老百姓普遍的宿命论思想，因果轮回，因果报应，体现了佛教思想对中国人思想的影响。

"底层民众在面对生活时是乏力和艰难的，他们对命运和境遇的反抗，成就了卑微的理想。"[1] 在生活的重压下，底层民众用恰当或不甚恰当的方式来获取自己需要的东西，他们用自己独特的方式来对现实表示反抗，也许他们愚昧、甚至麻木，但他们的心中也存在着温暖与柔情。叶舟正是站在这样一个角度去叙写底层民众的故事，描写他们的心理，进而刻画出一个个困顿生活中的人物形象。

第 三 节　诗 意 回 归 下 的 人 文 关 怀

"诗意的产生，可以追溯至原始初民时期，维柯在《新科学》中提到了'诗性智慧'这一概念，指称的是原始先民凭借本能强大的生命力和想象力创造性地阐释世界的智慧。'诗性智慧'即是诗意萌生之初的人类共通的心理机

1. 王学胜：《底层文学批判》，吉林大学博士学位论文 2013 年。

制，淳朴的生命意识和茂盛的想象力也即是诗意的最初内涵。"[1] 随着先民们的巫术活动和有意识的艺术创造，这种诗意逐渐确定下来，越来越体现在艺术活动之中。而在中国，"诗意最初是作为一种文学话语和审美范畴，产生于古典诗歌的评价体制之中"[2]，而我国古代的文学创作以诗歌最为兴盛，最为讲究音节与韵律。五四新文化运动爆发之后，开始大力倡导白话文，古诗文的发展逐渐衰落，但诗意这一个标准依然保留了下来。随着社会的发展，教育的逐渐普及，微文学、网络文学等各种各样的创作方式开始出现，"诗意"也逐渐被淹没于大众文化的浪潮之中，看上去一片繁花似锦的文学园地里真正拥有诗意的作品却并不那么普遍。叶舟作为一位作家，他首先是以诗人的身份步入文坛的，也是诗歌首先为其赢得了声名。叶舟曾凭借诗歌多次获奖，作为诗人的这种诗性气质自然而然融入了他的小说创作，让他的小说理所当然地充满了诗意性。叶舟书写了一个个被现实打败的、沉溺于欲望或陷于困顿生活中的人，但他独特的诗意表达赋予了这一地鸡毛的俗世生活充满诗意的人文气质，表现了叶舟对人以及人的生活的人文情怀。

　　从原始的口头文学传承下来，文学发展至今，语言成

---

1. 夏斯翔：《文学诗意初探：从发生起源到要素解读》，华中师范大学硕士学位论文 2014 年。
2. 同上。

为其最为重要的要素，文学本身就是语言的艺术，而在所有文学体裁中，诗歌最能体现语言的艺术魅力。正如别林斯基所言："诗歌是最高的艺术体裁。一切其他艺术，在其创作活动中，或多或少总要被它赖以显现的素材所束缚，所局限。……诗歌用流畅的人类语言来表达，这语言既是音响，又是图画，又是明确地、清楚地说出的概念。因此，诗歌包含着其他艺术的一切因素，仿佛把其他艺术分别拥有的各种手段都必备于一身了。诗歌是艺术的整体，是艺术的全部机构，它网罗艺术的一切方面，把艺术的一切差别清楚而且明确地包含在自身之内。"[1]一个诗人必然是一个对语言特别敏感的人，叶舟就是如此。诗歌写作的训练让他的小说读来别具一番风味。

20 世纪初期在俄国兴起的俄国形式主义重视艺术语言形式的重要性，强调文学之所以为文学的文学性，认为文学性就存在于文学语言的联系和构造中，存在于语言形式之中。什克洛夫斯基在此基础上提出了"陌生化"理论。他认为文学创作的宗旨不在于审美目的，而在于审美过程。太过熟悉的事物往往不会引起人们的感受，所以要通过语言使事物变得陌生，从而引起人们新的审美感受，延长审美过程。文学创作离不开语言，因此首先要将语言陌生化，

---

1. ［俄］别林斯基：《别林斯基选集·第三卷》，满涛译，上海译文出版社 1980 年版，第 1—2 页。

即"对普通语言有组织地策反"。[1]叶舟以他诗人的敏感实现了小说语言的"陌生化",他小说中的语言处处透露着诗意的陌生化,作为诗人作家,其小说作品首先在语言上给人一种诗意的审美,打破了常规小说家写小说的语言规则。此外,他的小说往往以独具匠心的结构安排和出乎所料的结局实现了读者审美上的"陌生化"。

例如叶舟怀着悲天悯人的情感、以自我赎罪式的口吻写出的《羊群入城》和《大地上的罪人》这两篇小说中,成批成批的羊群被端上了人们的餐桌,却很少有人为其换位思考,这些因为人类的欲望而丧失了生命的动物又是怎样的一种心理,也很少有人会因此觉得自责和愧疚,大多数的人认为这是理所应当的,但真的是这样的吗?叶舟借这两篇小说表达了他独特的思考。小说中的挡羊娃是羊群的伙伴,同时也是羊儿们的送灵人。挡羊娃懂得如何跟羊交流,羊群和挡羊娃互为伙伴,羊儿们善解人意,全心全意为挡羊娃着想,而挡羊娃对于羊的命运也是持有一种悲悯和同情之情。作者用这样一种至善的笔触,借由挡羊人的身份表达出了他对于人和动物之间的关系的思考,同时也隐含了作者对当代社会中人的无穷欲望的批判。这样一种至善的诗性使小说的主题得到了升华,从描写普通挡羊

---

1. 夏斯翔:《文学诗意初探:从发生起源到要素解读》,华中师范大学硕士学位论文 2014 年。

娃的生活上升到了对于人与社会关系的思考，体现了作家的人文情怀。《两个人的车站》中石华的女儿陆心惠抱着孩子消失在了即将开动的载着心爱的人的火车的轰鸣之中，这样一种有着无限可能的诗意处理，带着无限的希望，驶进未来中。

值得一提的是《我的帐篷里有平安》这篇小说采用内视角的叙述方法，将叙述视角局限在仁青一个人的认知之中，这种有限的视角从侧面表现了人们对于尊者的崇敬和对信仰的渴求。如果说早些年的叶舟是在对于精神和信仰的苦苦追寻之中，那么这篇小说的问世让我们看到了叶舟寻找到的信仰。2018 年叶舟发表的鸿篇巨制《敦煌本纪》则更进一步表明了叶舟的信仰归宿。用叶舟自己的话说："我用最真实的材料搭建了一个虚构的世界，但超越虚构必然产生更高的真实，那就是故事的立场，它的道德伦理、美学气象、现实关怀，一切历史都是当代史，都指向现在，指向此时此刻。"他用小说之笔为敦煌立传，实则是找寻中国文化的原初力量，正如他自己所说："我想中国文化一定有它最原初的精神性的东西，那种韧性、少年时代的可爱，不在都市，一定在边疆，它是原生态的，是野蛮的，是赤裸裸放在天地之间的。我想我的使命就是重新发现边疆，那些美，那些少年的奔跑，少年的义无反顾。"由此我们看到了叶舟越来越成熟的创作姿态，如果说他之前写的一个个中短篇故事展现了当代社会中城市和底层人的生存境遇，揭示出了当代的社会现状，在一地鸡毛之中挑拣出人的性格中至善的因子，将作品对普通生活的叙写上升至诗意光辉的照耀的话，《敦煌本纪》和《凉州十八拍》则是为中华民族寻找精神之根，表现了作家更为博大的情怀。在这个异思想突进的时代，叶舟点亮了一盏明灯。

第六章

严英秀小说创作与外来影响

严英秀（1969—　　），甘肃省舟曲县人。严英秀是民盟甘肃省第十五届委员会常委，中国作家协会会员，中国现代文学学会会员，中国少数民族作家学会会员，甘肃省作家协会副主席，甘肃省当代文学研究学会理事。现为兰州文理学院文学院教授。2011年，严英秀入选"甘肃小说八骏"。曾获"第七届甘肃省敦煌文艺奖""第四届甘肃黄河文学奖"等奖项。

严英秀曾以"莤儿"为笔名发表诗歌、散文百余篇，近年来主要从事文学评论和小说创作。她在《文艺争鸣》《文学自由谈》等各大刊物上发表评论30多万字，在《中国作家》《青年文学》等刊物上发表多部中篇小说，出版中短篇小说集《纸飞机》《严英秀的小说》《芳菲歇》《一直很安静》、散文集《就连河流都不能带她回家》《走出巴颜喀拉》、文学评论集《照亮你的灵魂》等。作品曾被《小说选刊》等刊物多次转载。2022年，严英秀出版长篇小说《狂流》。

2018年5月，严英秀出版了一直秉承作者诗意与理性交织的创作风格的小说集《一直很安静》。作为一位藏族作家，人们似乎在她的作品中很少发现想象中的民族风情和地域特点，也就是说她是藏族作家中并不那么"藏族"的一位。作为大学文学院的教师，她熟悉古今中外的文学作品，通过大量的阅读，她将这些营养融入自己的思想与创作，形成了自己的创作风格和特点。

严英秀有很多自己喜欢的外国作家，其中法国女作家杜拉斯就是其中的一位：

> 我很喜欢杜拉斯，着迷于她的个人魅力。但我自己感觉不到对女性爱情的描写有受她的影响，这个差距太大了，生活环境，文化背景，一切都不同。您这一提醒，我才发现其实我从杜拉斯的笔下就没看到过什么具体完整的爱情描写，我从来都会忽略她的剧情，抢眼的，凌驾于故事之上的永远是她自己的声音，她独有的剖白，激情，绝望，魅惑，剽悍，决绝，什么样的形容词能形容她那些不讲理的造句？就是这样，杜拉斯最吸引我的是她的语感，她有无人可以媲美的语感，她是天才。杜拉斯对我来说，其实并不代表别的，她等于那些横空出世的句子，那些无与伦比的短句啊！[1]

---

1. 胡沛萍：《面对无穷的可能，和缺陷——作家严英秀访谈录》，《兰州文理学院学报（社会科学版）》2016 年第 5 期。

严英秀创作中受到的外来影响在她创作中体现最明显的是创作风格上与欧·亨利表现出的近似性和她的创作中体现出的女性主题。不论是她作品中所体现出来的与外来文化的碰撞与交融，还是对女性问题的关注与思考，都体现了严英秀对爱与美的坚守，对良善的道德向度的追寻。看起来并不那么"藏族"的严英秀，其文学创作的文化之根依然是她的母文化——藏族文化。

第一节　严英秀与欧·亨利小说

在《面对无穷的可能和缺陷——作家严英秀访谈录》中，胡沛萍提出严英秀的小说与欧·亨利的小说有一些相似之处：

> 我的第一感觉是，您是一个讲故事的高手。在这一点上，您的作品与欧·亨利的小说有一些相似之处，非常讲究构思与叙事的曲折变化。接下来的不少作品多是有着同样艺术效果的精细之作。我感觉您非常在意小说结构的营造和设计，喜欢制造悬念。[1]

----

1. 胡沛萍：《面对无穷的可能和缺陷——作家严英秀访谈录》，《兰州文理学院学报（社会科学版）》2016年第5期。

　　此外，暨南大学的教授姚新勇也这样评价严英秀小说："严英秀较为巧妙地采用了复调的叙事或嵌套式的结构，增加了小说层次的丰富与复杂，也使得一些故事的结局，具有了欧·亨利小说的结尾的魅力：出人意料、戛然而止，又意味深长。但从小说故事叙述的整体感觉来看，又不纯然是欧·亨利男性叙事式的紧凑、干练，而是不无机妙的谋篇布局，与张爱玲式的从容、怅然、隔世之感相契合。"[1] 严英秀自己则在访谈中这样说道："你们不约而同地提到欧·亨利，这在我也是一种突然的'发现'。我读过欧·亨利，零星半点，根本谈不上精心研读，而且是早时的事了。如若不是你们这样说，我还从来没有留意到自己的作品和这位优秀作家有相似之处。或许，大师对人的影响就是这样一刹生根，润物无声？"[2] 也许就像她说的，大师对人的影响就是一刹生根，润物无声。虽然严英秀本人对于欧·亨利对她的影响并没有明确的认可，但是我们在她的小说中还是捕捉到了她和欧·亨利在文学上相近的特点。

一、意料之外，情理之中的结局

　　欧·亨利被称为美国现代短篇小说的创始人，世界短

---

1. 胡沛萍：《面对无穷的可能，和缺陷——作家严英秀访谈录》，《兰州文理学院学报（社会科学版）》2016 年第 5 期。
2. 同上。

篇小说三大家之一。其名篇《麦琪的礼物》《警察与赞美诗》《最后一片叶子》《二十年后》等作品在中国也是为大众所熟知。作为世界级的短篇小说大师，欧·亨利的作品短小精悍、一针见血，结构精致紧凑却富有悬念，故事情节简约却富有深意，代入感极强，往往给读者留下深刻的印象与想象空间。欧·亨利的小说所涉及的题材纷繁复杂，很多小说都抨击了社会现实的黑暗，表现了贫苦大众在生活面前的无可奈何与爱的挣扎，小说具有极强的讽刺意味。

欧·亨利的小说往往以出其不意的结局而取胜。他的短篇小说《警察与赞美诗》《麦琪的礼物》《最后一片叶子》等作品，更是将这种反转性的结局运用得炉火纯青。《警察与赞美诗》中，主人公苏比为了度过寒冷的冬天，在穷困潦倒的情况下，将过冬的目标选在了监狱。于是他成天惹是生非以引起警察的注意，好让自己可以顺理成章地进监狱。苏比砸玻璃橱窗，去餐馆吃"霸王餐"，调戏年轻女郎，抢夺陌生人的伞等，这一系列荒唐可笑的行径却并没有引起警察的注意，好像警察懂得他的"阴谋"故意不如他意似的。最后当他听到教堂里传出来的悠扬的赞美圣歌时，他想起了他以前的朋友，想起了自己曾经的抱负，再反思当下自己卑鄙的愿望，自己曾经所度过的不光彩的岁月，他顿时幡然醒悟，也就是在这一刻他决定重新振作起来，与命运搏斗，从此之后堂堂正正做人。可就在这时，警察却以莫须有的罪名将苏比当成不法分子送进了监狱。出人意料的结局让读者唏嘘不已。当读者都以为苏比会痛改前非，从此以后会重新振作起来，暗暗为苏比即将过上好日子而欣慰的时候，警察的出现打破了苏比的梦，更使读者的阅读期待落空，不禁让读者为之惊愕叹息，而这种巨大的心理落差反而带给读者更多的回味和思考，同时也惊叹于作者欧·亨利构思的独具匠心与叙述的高超技艺。

《麦琪的礼物》是欧·亨利耳熟能详的一部短篇小说。这部小说描写了一对穷苦夫妻在圣诞节来临之际牺牲了自己最宝贵的东西只为给对方买"不再有用"的礼物。女主人公德拉只有一块七角八分钱，她只想送给丈夫一条足以配得上他那块金表的表链，万般无奈之下她剪去了自己那头能与希巴皇后的珠宝相媲美的金发，为丈夫换来了梦寐以求的表链。在她满怀欣喜地等待送给丈夫惊喜的时候，丈夫也为她准备了礼物——她向往已久的梳子，但代价是，丈夫卖掉了自己最心爱的那块金表。这种"意料之外"的结局让读者目瞪口呆，一种莫名的心酸涌上心头，小说深刻地展现了当时社会底层人物的悲惨境遇以及患难之中的真挚爱情。

这种反转性结局在严英秀的小说中也是俯拾皆是。小说《纸飞机》讲述的是校园爱情故事，三角恋爱的题材在琼瑶小说当中已经烂熟，在严英秀笔下却写出了新意，这与她小说的巧妙结构是分不开的。《纸飞机》中，大学生阳子爱上了年轻的老师剑宁，但是当她看到老师一家幸福美满的婚姻之后，阳子认真地将自己的爱埋在了心底，艰难地守护着自己的初吻，也守护着别人的幸福。可是12年之后，阳子得知老师剑宁背叛了妻子萧波，阳子在自己守护了十几年的初吻中杀死了剑宁。这是一个唯美又残忍的爱情故事，但是故事并没有落入"自古痴心女子负心汉"的俗套，故事在阳子的"复仇"这种反转性情节中戛然而止，读来让人唏嘘，又意味深长。故事结尾阳子杀了剑宁，乍一看给人一种突兀甚至不真实的感觉，但是认真审视阳子这个人物，就能理解作家的这个结局安排了，也就是说阳子的性格只能导向这样一个结局，所以这个结尾设计既在意料之外，又在情理之中。严英秀在访谈中谈到这部作品的时候这样说：

　　我自己觉得《纸飞机》是一个特别的作品，从根本上不能和我其他的小说相提并论，因为它不表现生活，甚至也并不是为了展示您所说的幽深驳杂的人性，《纸飞机》里的生活和人性，其实是经过高度过滤和提纯了的。如果说，我的小说有极致化的叙事倾向，那么，《纸飞机》应该是一个典型文本。事实上，它从精神特质上属于诗，而不是小说。阳子这个人物，根本上就是诗意的产物，她无比热烈，其实又简单至极，塑造这么一个女性形象，我想要表现的无非是曾蛊惑过我们感动过我们的"问世间情为何物，直教人生死相许"。身为女人，我看着自己笔下的阳子，就像是看着自己早已弃掷的诗章，看着渐行渐远的青春狂想。她理想到虚幻的地步，如果她真的存在于生活，也只有自取灭亡。可哪个女人，不希望在心中珍藏一段不蒙尘的爱情，在意念中为这样的爱情出生入死？[1]

细细品味就会发现，阳子身为一个女人，如何能做到十几年不让自己的初吻受到侵犯呢？别忘了，她已经结婚了。那么，结尾处她杀剑宁似乎也变得不那么难以理解了。也像作者自己在访谈中说的一样："可哪个女人，不希望在心中珍藏一段不蒙尘的爱情，在意念中为这种爱情出生入死呢？"极致的叙事、极致的人物，最终导向极致的结局。这个故事放在生活中也许不可能，但是在这部小说中，在阳子身上发生就变得合情合理。十几年对爱的坚守原来是一场骗局，这该是多么残酷的打击，在心理上是近乎毁灭性的灾难。而作者设计的这种反转性的结局让人在大跌眼镜之余，也体会到了阳子那种爱之深、恨之切的无限凄凉。

---

1. 胡沛萍：《面对无穷的可能，和缺陷——作家严英秀访谈录》，《兰州文理学院学报（社会科学版）》2016 年第 5 期。

《被风吹过的夏天》这篇小说以董一莲的一个梦开始，梦中董一莲与何染是宁死也不分开的一对爱人。现实中，董一莲已经结婚，何染是她有一次去南方开学术会议时相识的，这之后，董一莲与何染陷入了异地鸿雁传书式的难以自拔的爱情当中，甚至为此她向丈夫提出了离婚，自己也为情所困、日渐消瘦。当这种彼此不见面的爱情终于盼来了两人见面的美好时刻时，董一莲发现她根本无法和何染实现灵与肉的真正结合。小说结尾这样写道："还好，谢幕的时候，一些花儿还好好地挂在枝头，那最后的谜底里埋着的狰狞，那曲终人散时的真相来不及发生，使一切看上去像极了爱情。"[1] 严英秀就是这样敲碎了读者习惯性的大团圆思维，以自己独有的笔法实现了文本之中的情理之中和文本之外的意料之外。可以说，严英秀以这样的结构处理实现了她在爱情书写上的独特性，在此，严英秀更多了一份理智的思考和对人性复杂性的呈现。

二、圆圈式的叙述模式

严英秀的小说在叙述上也喜欢采用圆圈式的叙事模式，小说的整体结构曲线呈现出一种"圆圈状"。就像鲁迅的小说《在酒楼上》中的主人公吕纬甫的人生经历一样："飞

---

1. 严英秀：《纸飞机》，载《严英秀的小说》，甘肃文化出版社 2014 年版，第313 页。

了一个小圈子。"比如在《苦水玫瑰》这篇小说中，第一章开头就写到了周俪是夏京蕾在巴镇唯一的朋友。"我和夏京蕾是好朋友，我们永远是好朋友。没有什么会改变这个。"[1]这是夏京蕾第一次来到巴镇饱受欺侮时周俪对她的承诺。在后来十年的时间里，夏京蕾拼命想要离开那个可怕的深渊——巴镇。为了参加成人高考，她受到了非人的待遇，最终还是没能走出人生的那个圈圈，又回到了巴镇。"巴镇—枣沟—巴镇"，这十年的兜兜转转，这十年的心酸苦难，这十年的爱恨纠缠，最终还是回到了原点。作品的结尾她和周俪"以十年前的姿势再一次走过巴镇小小的街头。她们飞动飘逸的身影，勾出了小镇深处一串长长的目光"。[2]就像十年之前一样，周俪还是夏京蕾唯一的朋友。这种圆圈式的布局不仅使得故事情节更加完满，它背后更是揭示了平凡的人在社会的恶面前，就像是在一潭污水中丢入一颗石子一样，泛了几圈涟漪随即又恢复平静，给人一种无以复加的孤独感与深重的绝望感。幸而，作者手下留情，最后并没有让夏京蕾放弃参加成人高考的信念，这也给予了读者一种斗志，即使现实再不堪，梦想也还是要有的。

欧·亨利的短篇小说《命运之路》开头就引用了戴

---

1. 严英秀：《苦水玫瑰》，载《纸飞机》，作家出版社2011年版，第373页。
2. 同上书，第459页。

维·米尼的诗:

> 走上许多条路,
> 我寻找着命运。
> 忠诚的心,力量,再加上爱,
> 它们能不能使我
> 指挥,逃脱,摆布或者改变
> 我的命运?[1]

在小说中欧·亨利这样写道:"路在月光下半明不暗的平原上延伸开来,长九英里,直得像用犁耕出来的,镇上的人都说至少直通巴黎,诗人一路走一路默默念了又念这名字。戴维至今没出弗洛伊远行过巴黎。"[2] 小说中的戴维是喜欢写诗的放羊人,在与妻子伊凡娜发生争吵后,他便下定决心要离家出走,到外面的大世界去闯一闯,去实现自己的诗人梦。诗人一边走,一边嘴里还不时念着巴黎这个名字。作者戏剧性地给他安排了三条路:左岔道、右岔道、主干道。在左岔道和右岔道这两条路上,戴维分别遇到了两个女人,并且分别爱上了她们。而在走上这两条路的瞬

---

1. 〔美〕欧·亨利:《〈最后一片叶子〉:欧·亨利短篇小说选》,张经浩译,中央编译出版社 2015 年版,第 98 页。
2. 同上书,第 99 页。

间，作者都写道："他一定是个诗人没错，伊凡娜已被抛诸脑后。"最终，戴维在这两条路上都因为女人死于侯爵的枪下。

作者给戴维安排的第三条路是让他回归妻子伊凡娜的怀抱。刚开始日子过得不错，可是有一天，戴维从关了很久的抽屉里抽出纸来，又开始咬起铅笔头来了。他的诗写得越来越多，羊儿却越来越少。作者又一次写道："他一定是个诗人没错，伊凡娜已被抛诸脑后。"最终，这条路也没有完美地走下去，在戴维的诗遭人否定后，他回到了自己的房间，关上了窗，选择了开枪自杀。而结束他生命的那把枪，也是来自侯爵府。

欧·亨利给戴维一共安排了三条人生之路：往左的路——和博贝尔杜依侯爵决斗被枪杀；往右的路——中了博贝尔杜依侯爵的子弹身亡；中间的路——买了印有博贝尔杜依侯爵徽号的枪自杀。作品开头写道："弗洛伊不是他的久留之地，这儿没一个人与他志同道合。"最后诗人戴维就和严英秀笔下的夏京蕾一样，下定决心要离开，最后依然回到了原点。

《命运之路》这部小说非常值得品读和深思，无论走怎样的路，戴维最终都走向同一个结局，同一种命运，因为无论走哪条路，他一直都是戴维。每个人的人生中都面临很多选择，都有很多可能性，但是我们只能选择其中的一种，个体如果无法跳脱自我的牢笼，无法真正完成自我改造，无论走哪条路都会导向同一种命运。

由此观之，欧·亨利在这个圆圈式叙述模式的设置上带给我们更多的思考，他在对人物命运的圆圈式叙写上比严英秀更决绝。在他笔下，戴维就像古希腊神话中的俄狄浦斯王一样，无论怎样，最终都无法逃出命运之轮——死亡。但是，俄狄浦斯是试图改变自我，但难以逃脱超自然的命定之运。而他，无论给予多少条人生道路，最终都会走向同一种结局。这种"起点—原点"的圆圈式布局，不仅体现了作者的叙述技巧，更重要的是体现了作者对于人生的深刻思考和对人性的考量。

三、小人物的书写

严英秀和欧·亨利的小说除了在结构上的相似之外，在作品题材的选择上也体现出一定的相通性——他们都关注小人物的命运，喜欢书写小人物的故事。

欧·亨利的作品大多描写社会底层人物，无论是《麦琪的礼物》中买不起圣诞礼物的穷苦夫妻，还是《警察与赞美诗》中漂泊无依的流浪汉苏比，他们都忍受着饥饿、寒冷、疾病的折磨，这些小人物体现了美国贫富差距的鸿沟里穷人的生活状态。欧·亨利用小人物来彰显大社会，揭示了在美国社会的边缘挣扎生存的小人物的悲惨命运，讽刺了美国当时政治制度的黑暗。

严英秀的小说也多聚焦处于社会底层的女性命运，如《苦水玫瑰》《一直对美丽妥协》《玉碎》等作品皆是。《苦水玫瑰》中夏京蕾的悲剧并不仅仅是她个人的悲剧，她代表的是底层知识女性的悲剧，严英秀借这个故事表达了对男权的控诉，对社会不公的愤慨，更是为没有出路的底层知识女性申诉。

《玉碎》这篇小说则围绕在工厂改制中被迫下岗的普通职工郑洁的生活而展开。郑洁和丈夫极力想改变生活现状，为了生活他们勤劳而又努力，依然难敌生活猝不及防的打击与灾难。自己生日那天郑洁去商场想看看一直以来喜欢的一只玉镯，却不小心将那个价值不菲的玉镯摔碎了。"玉"哗然碎裂时，郑洁一直以来的美好的梦与残酷的物质现实之间的矛盾达到了高潮，玉碎的声音既是物质时代对郑洁当下贫困生活的嘲笑，也是残酷的命运对她惨淡人生的嘲弄，更是郑洁对于美的追寻的戏剧性的毁灭。小说以"玉"为核心意象，既写到了郑洁小时候看到的奶奶送给小姑的玉镯和玉镯最后的碎裂，又写到了当下郑洁对玉的执念和商场玉碎的境遇。对于郑洁来说，曾经的"玉"，是美丽善良的小姑的锦绣年华，也是郑洁自己的诗意旧梦。而现在的"玉"，则是展柜里遥不可及的昂贵饰品，是直击她生活现实的残酷利器。严英秀以自己作为女性作家特有的细腻让我们强烈地感受到现代物质社会中底层社会个体存在的卑微与渺小。

《一直对美丽妥协》主要讲述了一群在美容院打工的女性。无论是心高气傲的丽英，还是情路坎坷的若若，她们都在美容院里打拼着，做着出人头地的美梦。可她们的生活并没有越来越好，有钱的生活依然遥遥无期。最值得一提的是，作品中翠子的妹妹金子——一个保姆，惨死在青天白日之下，翠子为妹妹上北京申冤，杀人凶手却告诉她："你丫的一个乡下小妞，我捏死你比捏死一只臭虫还容易。你信不信？"[1]无权无势又无钱的翠子，拖着自己小小的身体在城市里爬行，"公、检、法、媒体，她所有以为可以信奉可以仰仗的力量，好像在这个世上都不存在了似的，她找不见一点小小的支撑"。[2]最后她终于坚持不下去了，准备寻死的时候被美容院的姐妹们所救。这么一群生活在社会底层的不起眼的打工妹，在自己生活拮据的情况下，大家凑钱救助翠子，有的人甚至将自己的结婚钻戒都拿出来了。就像《麦琪的礼物》中的贫困夫妻一样，她们互帮互助，把自己最珍贵的东西奉献给彼此。严英秀和欧·亨利两位作者借此在抨击黑暗现实的同时又彰显了普通人之间存在的温情，似乎有异曲同工之妙。

---

1. 严英秀：《一直对美丽妥协》，载《纸飞机》，作家出版社 2011 年版，第 185 页。
2. 同上书，第 186 页。

第二节　严英秀小说与女性主义

　　人类社会的发展经历了漫长的过程，在这个过程中，女性历来受到不公正的对待，她们除了遭受阶级压迫之外，还要遭受来自男性的压迫。为了摆脱这种边缘化的低下地位，女性经历了不断的挑战和斗争。19世纪末形成了女性主义运动的第一次浪潮，这次运动的目的主要是争取女性应该拥有的公民权、选举权等政治权利，强调两性的平等，因而这次运动被称为"女权运动"。20世纪六七十年代掀起了女性主义的第二次浪潮，这次运动一直持续到20世纪80年代，第二次女性主义运动强调两性间分工的自然性，反对男女同工不同酬的现象，这次运动也引发了女性主义学术研究的兴起。第三次女性主义运动始于20世纪90年代，一直延续至今，这次运动强调女性的自尊、自省、自爱、自觉、自理和自治，强调两性同格。在21世纪的今天，许多新的理论和流派仍在不断地探索创新，以更大规模的潜力渗透在社会生活的各个领域，女性主义的理论虽然千头万绪，有些激烈如火，有些平静如水，有些主张决死抗争，有些主张温和相处，但是所有的女性主义理论都是基于一个基本的事实，那就是女性在人类历史的发展长河中所处的不平等地位。所有的女性主义理论归根结底都致力于同一个目标，那就是在全人类实现真正的男女平等。

一、男性批判的主题

严英秀作为女性作家，曾多次借用戴锦华的话："我不是一个女性主义者，但由于我生而为女人，女性主义就不可能不是我内在的组成部分。"[1] 而在访谈中她也这样说："我得承认我的许多篇小说都有鲜明的女性主义的视角和立场，我是一个女性，我做不到超越性别，我必然地更为关注现实生活对女性的种种不公、挤压、盘剥、展示女性在社会、家庭生活中的弱势境况，揭示男权文化的无处不在。"[2] 由此可见，严英秀作为女性作家，是有着自觉的女性意识的。严英秀在作品中通过对女性主体意识的肯定，隐含了男性批判的主题，尤其是她早期的创作。

写于早期的《1999：无穷思爱》主要写了发生在校园里的爱情故事——师生恋。女学生栗恋上了男老师桑。整个故事是以第一人称"我"来讲述的，"我"作为栗的好友，见证了栗和老师桑的恋情，见证了栗义无反顾的付出，也见证了桑对栗的伤害与抛弃："我这才知道，关于栗的爱

---

1. 戴锦华：《个人经验与女性主义立场》，载《犹在镜中——戴锦华访谈录》，知识出版社 1999 年版，第 182 页。
2. 胡沛萍：《面对无穷的可能，和缺陷——作家严英秀访谈录》，《兰州文理学院学报（社会科学版）》2016 年第 5 期。

情，其实我比栗更深刻地压抑着，因为站在故事之外，对桑的光华，对桑的爱栗，我也许看得太清。因为爱栗，对她的所有，我感同身受。"[1] "我"以一个旁观者的身份讲述了栗的爱情，又将回忆拉回到现实中"我"的生活——糟糕又充满热情的三十岁。小说又在栗和桑的故事外穿插了漫漫岁月中"我"的女友在所谓的爱情面前——失败的故事。不管是栗还是作品中提到的其他女性，她们都有一个共同点——被男人所伤。于是"我"站在今天的时光中，回首过去的纯情年代不禁感叹："我们其实用不着说话，正如一首诗一种爱情，从不应该说明什么证明什么，只是为了存在。"[2] 在谈到这部作品时严英秀曾经这样说："《1999：无穷思爱》对我来说，更像是对青春年少的最后挥别。那种意味，至今缭绕不已。这篇作品，它不太像小说，但从某种意义上说，它几乎是我后来很多篇小说的母体，因为，关于女性的友情，爱情，事业，家庭，关于付出，伤害，关于挣扎，妥协，关于破碎，救赎，凡此种种，《1999：无穷思爱》都试图做出自己的思考和表达。"[3] 由此可见，这部作品在某种程度上代表了早期作者对于女性问题的思考，

---

1. 严英秀：《1999：无穷思爱》，载《纸飞机》，作家出版社 2011 年版，第 226 页。
2. 同上书，第 269 页。
3. 胡沛萍：《面对无穷的可能，和缺陷——作家严英秀访谈录》，《兰州文理学院学报（社会科学版）》2016 年第 5 期。

也确立了她早期创作中的女性主题。

《1999：无穷思爱》中这样写道："我们所找到的男人，也许往往只是我们身体的伙伴，生活的伙伴……他们要我们包揽家务，温柔贤惠，全然献身，无怨无悔。他们男人，永远不懂我们女人的心。我们寻找的同类，永远只在我们女人自己中间。"[1] 这段语言深刻揭示了男人在女人的生活中所扮演的角色，他们俨然一副主人的架势，起始"打理"女人，使之符合自己的要求，之后他们便站在高处享受生活。正如严英秀在小说中借人物之口说："女权运动的创始人之一西蒙娜·德·波伏娃在她的《第二性》中说过，如果没有男人，女人就是一团散乱的花。是男人将这些花插进花瓶，修剪枝叶，使之符合自己的审美，然后就再也不去理会，直至凋零枯萎，积落尘埃。"[2] 细读《1999：无穷思爱》整部作品，作者对男女地位的不平等、对男性的批判随处可见。

"我们想不到，独一无二的爱情最终使我们变成了千篇一律的人。女人，花一样的女人，谜一样的女人，经过婚姻的调教，个个像出自一个模子……我恍若没有了自我，没有了往事，甚至没有了独立的话语。"[3] 这段叙述将女性

---

1. 严英秀：《1999：无穷思爱》，载《纸飞机》，作家出版社2011年版，第215—216页。
2. 同上书，第216页。
3. 同上书，第229—230页。

"他者"的地位凸显得更加清楚，女性是从属于男性的，女性是必须经过男人调教的，调教过后的女人便完全失去了自我和自主的创造意识，成为完全的屈从者。就像英国伟大诗人拜伦曾经说的，爱情在男人的生活中只是一种消遣，而它却是女人的生活本身。穆勒在《妇女的屈从地位》中阐述了这样一个观点：女性的屈从地位是早期历史野蛮时代的产物，是一群人强迫另一群人的结果，并不是一种自然的秩序，只是因为对此已经习以为常而已。[1]

《1999：无穷思爱》中，不管是"我"还是栗，都深深地爱着某个男人，为了他们愿意把自己放在"他者"的位置上，变得温柔贤惠，甚至全然献身。正是女性如此卑微的存在，才"成就了"男人的主体性地位，他们把自己置于"主人"的地位，对女人颐指气使。严英秀由此指出了女性的一步步妥协所造成的结果，从"我恍若没有了自我，没有了往事，甚至没有了独立的话语"这句话可以看出，作者对这种表面看似和谐、波澜不惊的婚姻生活背后女性所遭受的压迫与所忍受的压抑的自觉认知，于是，她借助小说发出呐喊："我没有了独立的话语——我想要话语！"

严英秀写作《1999：无穷思爱》的 20 世纪末，第二次女性运动的高潮刚过去不久，这次运动的主要目标是批

---

1. 参见［英］约翰·斯图尔特·密尔：《妇女的屈从地位》，孙洪丽、杨丽译，外语教学与研究出版社 2016 年版。

判性别主义、性别歧视和男性权力，揭示表面上的男女平等背后所隐藏的不平等的社会真实状况。然而，要实现真正意义上的男女平等还需假以时日，因为男女的不平等除了社会政治、经济、文化等客观原因外，女性自身的觉醒是最根本的，就像作家笔下的栗和"我"，她们妥协之后的处境更加不堪，这其实也是作家的一种自省和对广大女性的呼唤。波伏娃曾经说过："只要社会上未能实现完全的经济平等，只要风俗允许女人作为妻子和情人利用某些男人掌握的特权，她就还会梦想到一种被动的成功阻碍她自身的完善。"[1] 而正是因为经济上的不平等，风俗规定让女人成为男人的妻子或情人，也是因为经济上的不平等，女性注定要依附男人而生活。但是这并不代表女人的能力不如男人，而是这个社会在各个层面并没有实现完全的男女平等，各方面的"设限"决定了女人对男人的从属地位。

法国女性主义理论家埃莱娜·西苏肯定女性写作，认为女性作家解构了固定的男性和女性本质上的二元对立关系，一方面以女性独特的感受书写女性经验，另一方面在创作中也可以进入男权文化内部进行沟通和对话性的写作。严英秀作为女性作家，不仅细腻地呈现了男权社会中女性的现实境遇，同时其笔触也深入男权文化的肌理，对男性的精神面孔予以了深刻的挖掘。正如《1999：无穷思爱》

1.〔法〕波伏娃：《第二性》，郑克鲁译，上海译文出版社 2011 年版，第 131 页。

中，"我"的丈夫对"我"和栗的评价："我的丈夫说真是幼稚可笑啊，你们这些人。他这样说时，脸上带着居高临下而又不无同情的神情。思想者特有的复杂面孔。他喜欢自己在我面前有这样的面孔。他是个虚荣心泛滥的男人。可笑啊，你们这些人。"[1] "我"的丈夫没有批判始乱终弃的男人，反而说两个女人可笑，在自己的女人面前以一个俯视者的态度看待女性种种被他认为"可笑"的行为，这不仅是他泛滥的虚荣心作祟之故，更深层次的原因则是他深入骨髓的男权思想。

19 世纪中叶英国作家狄更斯的创作在某种程度上代表了典型的男性立场，在他笔下，女性分为两种：要么是想象中的天使，要么就是悍妇。狄更斯抽掉了女性的自由意识和自我意识，使之成为完全符合男性审美的客体对象。据说狄更斯在年少时向自己的初恋玛丽亚表达爱慕之情时遭遇了对方的冷淡拒绝，这次经历在狄更斯的心灵上刻下了深刻的烙印，以至于后来的他轻蔑现实中的女子，而往往向往幻想中的理想女性，而这也导致了他婚姻的痛苦。狄更斯虽然和妻子一起生了十个孩子，但是妻子似乎和他对于女性天使般的想象有差距。可以说，狄更斯把这种对于女性的认知融进了他的创作，体现了典型的男权思想。

---

1. 严英秀：《1999：无穷思爱》，载《纸飞机》，作家出版社 2011 年版，第 253 页。

而严英秀作为女性作家，以女性独有的细腻和敏锐的感受力书写女性，同时站在女性视角审视了男性的自私与狂妄，她的小说中隐含了对男性的批判。严英秀指出，在当代社会进程中男性性属文化品格和男性意志力量的普遍衰减，同时也揭示了当代社会中男性精神世界的平庸和空洞。

二、平等和谐的两性关系

严英秀在女性问题的关注上是持续性的，在这个问题的认知上也是不断掘进的。如果说严英秀早期的创作由于受女性主义的影响，体现了比较单一的女性视角，表达了对男性的批判的话，伴随着她思想的不断成熟，她完成了由单一的女性视角到两性视角的转变，在她笔下不再单纯只是对男性的批判，还有对男性的期许和关怀，对美好两性关系的向往。严英秀曾说："我深信将女性写作的目光投注到男性关怀这一层面，是中国女性主义文学接受更新的女性观念的表现，是文化多元的标志。和解不是妥协，关怀不是无原则的让步，不是再去重复古老的历史，而是更高意义更深层面上的达成共识，平衡互补，共荣共存。"[1] 这也是严英秀与张爱玲最大的不同，张爱玲在作品中几乎将男性赶尽杀绝，在她笔下男性不是冷酷无情就是残疾变态，

---

1. 严英秀：《论女性主义文学的男性关怀》，《当代文坛》2007 年第 4 期。

男人与女人的存在似乎达到了水火不容、有你没我的境地，如《金锁记》中的丑恶遗少姜季泽与被压迫导致变态的曹七巧。

严英秀曾说：

> 如果说我也是一个女性主义者，那么我是温和派，因为我知道两性都不完美，各有优点和劣根性，都需要自省，生长。一种霸权文化的消除，需要全社会更积极持久地努力，若只是一味地鞭挞男性，其实也于事无补。两性只有互补互助，才能铲除疢疾，依存发展。我主张以建构为目标的解构，所以，我对在仇恨和破坏这条道上走到黑的女性主义是持怀疑和警惕态度的。[1]

在严英秀的作品中，两性关系更多表现为一种女性和男性的和解与平衡状态，不管是《玉碎》中的卖鱼女郑洁和下岗工人王志强，还是《沦为朋友》中的梅沁和于怀杨，他们都表现出一种平和的姿态，男人再没有了那种"主人"的姿态，甚至在《玉碎》中作者表现出了一种女性对男性的"拯救"情怀。小说中这样写道："她流着泪一遍遍回想

---

1. 胡沛萍：《面对无穷的可能，和缺陷——作家严英秀访谈录》，《兰州文理学院学报（社会科学版）》2016 年第 5 期。

起奶奶说过的话，靠山山倒，靠水水流，什么时候都只能靠自己。是的，她现在只能靠自己了。她从来不是弱人。只是因为体制的稳定和王志强的呵护，她才在衣食无忧的环境中，不思进取地滋润着。现在，既然不能躲在谁的背后享清闲了，那么她只能站起来，走出去。"[1] 郑洁和王志强夫妻双双下岗，王志强因之一蹶不振，整天愁眉苦脸，失去了对生活的信心和努力的方向。作为女人的郑洁反而成了家里的顶梁柱，起早贪黑地进货卖鱼，还要照顾丈夫与儿子。她身上的这种母性的光辉终于感染了王志强，他从一蹶不振中走了出来，夫妻两人一起开始承担生活的重担，虽然辛苦，但也幸福。小说中表达的这种对女性的自立自强的肯定，对脱离对男性的依附、走出家庭走向社会的独立女性的歌颂，体现了作家严英秀对女性独立意识的肯定。而后来王志强在郑洁的感召下重新振作起来，夫妻两人重新在并不富裕甚至充满困难的生活里"相敬如宾"的这种生活状态也恰好体现了作者所认为的"男女和解"的理想状态。

正如安少龙所说："在当代众多的女性小说家中，甘肃藏族作家严英秀无疑是属于有着独特的个性标记的那一类。在她相继出版的《纸飞机》《严英秀的小说》《芳菲歇》《一直很安静》等中短篇小说集中，我们看到近年来她在女性成长叙事主题上的某种渐变与掘进，那就是从单一的女性视角逐

1. 严英秀：《严英秀的小说》，甘肃文化出版社 2014 年版，第 254 页。

渐转向双性视角，从单一的性别对立、冲突的视角逐渐转向性别对话、融合的视角。这一内在变化，使她的小说在性别主题上更显示出一种浑厚的文化包容力，构成一个自足的叙事世界，更使她的小说文本带有某种文化建构性。"[1]

严英秀自己也说："没有人可以否认，男女和平共处、和谐共处的世界是人类共同的最终理想。"[2] 由此可见，严英秀既认识到了在当今社会中女性依旧的弱势地位，从而对男权社会予以一定的批判，但同时，严英秀又看到了激进女性主义者那样"剑拔弩张"式的铿锵昂扬的弊病，因而她的创作中没有激进主义者那样的愤慨嫉世，没有"张爱玲式"的对男性的"赶尽杀绝"，也没有"费尔斯通式"的将男人直接推到女性对立面，她只是温和地、细腻地将女性的艰难处境以冷静的笔触剖析开来，她的作品中更多彰显的是两性机会的均等，以及两性在理性上和道德上的相似性。"在一个满目疮痍的世界里，谁能够独善其身？中国男权制度不仅仅是女性所要致力于批判和消解的目标，它在严重压抑和窒息女性的生存和发展的同时，也压抑和'窒息'着男性的生存和发展。"[3]

---

1. 安少龙：《严英秀作品：用爱撑起两性共同的天空》，《文艺报》2019 年 11 月 4 日。
2. 严英秀：《论女性主义文学的男性关怀》，《当代文坛》2007 年第 4 期。
3. 程金城、叶淑媛编著：《地域中文学的自信与自省：新时期甘肃作家访谈与文学研究》，兰州大学出版社 2016 年版，第 570 页。

由此可见，严英秀作为一位女性作家，很明显受到了女性主义的影响，但是她又不拘泥于女性主义的拘囿，而是有自己独特的认识和思考。

> 想要一种纯净的和谐的关系，没有创痛不受伤害不疑不弃的关系，难道没有可能吗？到底是谁置男女于"爱又如何"的困境？当然，女性是无辜的，女性在当今的社会变革中并未改变其特有的弱势身份，而是陷入了另一种尴尬的性别境遇。但如果，女性主义者看不到这一切背后的东西，看不到这个物化的社会最需疗治的顽疾最应铲除的黑暗，不从根本上完成"人"的解放，而总是停留在形而上的两性战场上，那就无异于大战风车的堂·吉诃德了。[1]

叶淑媛在《爱与美的探寻：论严英秀小说的现代女性书写》一文中也这样写道："严英秀的小说有真正的女人味，有鲜明的女性主义特色和立场。但她的女性主义是温和的，是对女性气质和独特的女性经验的表达，她对男性的失望是对男人本身的失望，而不是从女权主义的角度表达对男权社会的愤慨，或者对男权文化的挑战和鞭挞。严

---

1. 严英秀：《论女性主义文学的男性关怀》，《当代文坛》2007年第4期。

英秀的小说不以如椽之笔塑造女性的史诗，也不会以愤激之语塑造对男权具有杀伤力的女性。小说的女主人公往往对男性充满了失望，同时又充满了向往。所以，严英秀的小说是女性生存和生命的真实境遇，是女性那纯情唯美的浪漫之花盛开和衰落的声音。"[1]

无论是《纸飞机》中阳子对剑宁的精神之恋或剑宁对萧波的肉体背叛，还是《1999：无穷思爱》中栗对桑的纯情执着或桑对栗的无情抛弃，严英秀同时看到了两性的不完美，也就是说，要实现男女两性的真正和谐共处，两性都是需要自我反省和自我成长的，只有个体真正完成了"人"的解放，才能真正意义上实现男女的和谐共处，平衡互补，美好的两性关系才能实现。

第三节　严英秀的文学之根

表面来看，严英秀虽为藏族作家，几乎很少触及藏族文化，而且她的大多数作品都是都市文学或者校园题材的文学，作家自己也曾在访谈中谈到她在这个圈子里的尴尬地位：一个藏族作家，却几乎没怎么触及藏族文化。她在

---

1. 叶淑媛：《爱与美的探寻：论严英秀小说的现代女性书写》，《民族文学研究》2012 年第 4 期。

一次访谈中如此回答这个问题：

　　虽然我有鲜活的母族文化的浸染、深厚的母族情怀和永恒的故乡记忆，但仅凭这些无法让今天生活在城市的我，从根本的深刻的理性的完整的意义上去把握藏族的过往、现在和未来。所以，只靠那些虽丰富直观但零散表面的也就是肤浅的感受和认知，就去写藏族题材的作品，仅仅给自己的人物贴上扎西、卓玛的标签，仅仅给作品置入草原、牧场或半农半牧的背景，这样的写作，肯定无法达到从经验的分散性上升到理论的统一性、思想的高度性，只能是浮光掠影，得其貌而失其神，如镜中花瓶中水，总是隔着一层。我不会因为自己天然的民族身份，不会因为一种外在的期待视野，而去写这种只有外在的文化符号而缺乏内在的文化生命的所谓藏族题材。我知道，在眼下，有关藏族，有关青藏，有关少数民族，题材本身就是一种资源，有许多人在进行着这样取巧的写作。而对于我，写，是一种迎合；不写，才是坚持。

　　这就是我为什么到现在不敢贸然去碰去写母族题材，非不为也，是力不殆也。毋庸置疑，写母族题材是我的一个心结，是义不容辞的，我肯定会在对的时间与此邂逅。福克纳的故乡，是一枚邮票大小的地方，因为他了然于胸，所以开掘出了一个深远广大的世界。我深信我的故乡，那些亘古的蓝天白云，蓝天白云下那些宽阔的草原，那些有多么悠扬就有多么忧伤的牧歌，那些正在天灾人祸中痛失往日面貌的山川河流，有一天一定会从我的梦中走到我的心中，流到我的笔尖，结晶成一颗疼痛炫目的珍珠。

还有，目前我虽然没有涉及藏族题材，但我自认为我的创作是有根的，这个根就是我所有的作品所反映的基本价值观，就是母族文化给予我的慈悲善良、纯净美好，就是用手中之笔表达心中的爱和信仰，追求一种有清洁精神的美好人生。[1]

细读严英秀的小说，无论是对外来文化的融合，还是对女性主题的书写，尤其是她对于男女美好关系的认识归根结底其实都源于藏文化这个母文化给予她的"慈悲善良、纯净美好"之心。作为藏族作家，严英秀从小在舟曲长大，但是她几乎回避了故乡的题材，在她的所有作品中，真正意义上写藏族本土文化的小说也就《雨一直下》和《雪候鸟》这两部作品。这两部作品中对汉藏通婚、藏族山寨的封闭以及生死轮回的信仰都作了相关介绍，在作为干部子

1.《藏族传统文化感召下的洁净创作——藏族女作家严英秀访谈》，http://blog. tibetcul.com/home.php?mod=space&uid=13806&do=blog&id=126329。

弟的旺姆龙珠和作为牧民儿女的索南次任的分手中将两人的理想差距与面对现实的无可奈何表达得深刻感人，甚至承认了"门当户对"这种世俗观念一定的合理性。

评论界首先看到的往往是严英秀的文化身份：藏族作家，藏族女作家。而她在创作的题材选择上却很少标识出自己的民族身份，细细想来，这恰恰是严英秀值得我们尊重的地方。借用昆德拉常常讨论的一个词"媚俗"来说，严英秀恰恰是不媚俗的，她没有利用自己的民族身份，也没有刻意只是用外在描写的异域风情来强化自己的民族身份来迎合，而是写着自己熟悉的题材，自己感同身受的女性主题。用她自己的话来说："我不会因为自己天然的民族身份，不会因为一种外在的期待视野，而去写这种只有外在的文化符号而缺乏内在的文化生命的所谓藏族题材。"而这恰恰是她的母文化给予她的一种美好品质。"母族文化给予我的慈悲善良、纯净美好，就是用手中之笔表达心中的爱和信仰，追求一种有清洁精神的美好人生。"

一个人在母族文化的哺育和滋养中一点点成长，这样的浸染肯定会潜移默化地塑造、成就他的个性特质，这种影响或许是无形的，却是巨大的。总之，我认为藏族文化中的许多共性，与我个人的性格、气质和精神追求非常契合。这种东西，用不着外在符号去标示，它在日常的生活中，是自觉的行为规范，在写作中，是天然的血脉渗透，是一种底色，这跟写什么故事什么题材无关。藏族传统文化的精神，支撑着我为人为文始终如一的精神和追求，那就是对生命、生活的热爱和疼惜，对道德良善永远的信仰和追寻。爱美、信美、求美，是我作品中不变的主题。这是我的出发点，也是我致力要完成的抵达。作为一个写作者，我觉得个体能为人类文化的建构所做的也就这点了。[1]

在笔者看来，评论界看到的严英秀创作中极致化的叙事倾向、纯粹干净的语言表现、宽容的态度、理想主义的表达等，这些恰恰体现了藏文化赋予严英秀的内在本质。藏文化中的纯净，对美和善的追求，对信仰的坚守，这些既是严英秀的特质，也是她的文学底色。她自己也如此说道："其实我在《走出巴颜喀拉》这篇散文中也曾说：'没有什么关于我的种种，比我是个藏人更抵达我的本质、我的内里。'我认为不管我写什么，从民族文化内涵的角度探析，我的文学都是藏族文学的血脉分支，是藏族文学的有机构成。"[2] 可以说藏文化的特质融入了严英秀的血脉，以一

---

1. 胡沛萍：《面对无穷的可能，和缺陷——作家严英秀访谈录》，《兰州文理学院学报（社会科学版）》2016 年第 5 期。
2. 同上。

种内在的精神气质影响着她的文学创作，反过来也决定了她的文学气质。从这个意义上说，严英秀的文学之根依然是自己的母文化。"严英秀的小说不依靠地域和民族题材来支撑和取胜，而是将藏族洁净文化的精神血统赋予她的对爱与美的探寻，融入世间生活常态，从普通的现象和日常中发现爱与美，将它抽绎、凝练、提升并加以艺术升华和审美转化，在当代平常生活中感悟不平常，这是一种创作的功力，也是对于地域和民族的超越。"[1]

正如她说自己"想要从这样的生活中提炼出意义，追问出价值，想要找寻出之所以一步步走下去的坚实理由"，[2]这何尝不是一种信仰，一种属于严英秀的文学信仰！

严英秀作为出身藏族却生活在现代都市的女作家，在创作上体现了自己独有的特点。不论是她作品中所体现出来的文化的碰撞与交融，还是对女性问题的关注与思考，都体现了她对爱与美的一种坚守，对良善的道德向度的追寻。她的创作构思精巧，语言纯净，极富艺术魅力。作为西北女性作家，她的身上既有西北人敢爱敢恨的豪放与大气，又有着南方姑娘温婉灵动的秀美之气；作为女性主义

---

1. 叶淑媛：《爱与美的探寻：论严英秀小说的现代女性书写》，《民族文学研究（社会科学版）》2012年第4期。
2. 胡沛萍：《面对无穷的可能，和缺陷——作家严英秀访谈录》，《兰州文理学院学报（社会科学版）》2016年第5期。

作家，她没有单纯地只是将男性放在女性的对立面而加以批判，而是在反思男女平等问题的同时对男性投注了更多的关爱和关怀。在严英秀身上，更鲜明地彰显着一种温和向上的魅力。

第七章

王新军小说创作——比较文学的视角

　　王新军（1970—　），生于甘肃玉门黄闸湾乡。国家一级作家，连续三届入选"甘肃小说八骏"。1988年，王新军开始发表文学作品，先后在《绿洲》《飞天》《小说界》《时代文学》《上海文学》《人民文学》等国内多家文学刊物发表作品。王新军的创作以中短篇小说为主，目前发表有中篇小说20余部，短篇小说60余篇，长篇小说1部，此外，他还写有诗歌与散文百余万字。代表性的小说有《大草滩》《好人王大业》《坏爸爸》《八个家》《最后一个穷人》等。王新军获得多个政府奖和刊物奖，连续五届荣获甘肃省敦煌文艺奖，六次荣获黄河文学奖，四次荣获飞天文艺奖，上海第六届中长篇小说优秀作品大奖中篇小说奖，现为甘肃省文学院专业作家。王新军的中短篇小说《文化专干》《农民》《大草滩》《民教小香》《一头花奶牛》《乡长故事》《好人王大业》《远去的麦香》《俗世》《两个男人和两头毛驴》等先后被《小说选刊》《中篇小说选刊》《作品与争鸣》《小说月报》《读者》《领导科学》《散文选刊》《新华文摘》《小说精选》等杂志转载评介，小说曾入选年度中、短篇小说选本。2004年，王新军被《读者》杂志和甘肃省文学院联合授予"甘肃省文学院荣誉作家"称号。

王新军以其扎根西北偏远地区朴实而温情的写作风格，被评论界誉为"第三代西北小说家"群体当中的代表作家之一。王新军的创作关注自己脚下的土地，关注自己身边的人群，他通过对日常生活的描写来展现人性之美。他的小说鞭笞丑、弘扬美，他用朴素而又纯真的语言构建着充满诗意的桃花源。曾祥书曾这样评价王新军的小说：

> 王新军的小说有乔治·桑的温暖的爱意，有汪曾祺小说中的浓厚的人情味，朴实中富含着诗意，平静中包蕴着热烈，将爱情及其它形式的伦理亲情，表现得感人至深，别有一种打动人心的伦理内容和道德力量。他的小说中的人物，都是普普通通的底层人。他们的幸福和充实，来自他的精神，来自他在日常生活中对美好的情感生活的深刻体验。王新军像19世纪的俄罗斯诗人柯尔卓夫一样，出身于农民家庭，他的小说也像别林斯基评价柯尔卓夫的诗歌时所说的那样，"充满着朴素而又纯真的辞句，流露着真挚的情感，这种情感并非经常深刻，但却经常是正确的，并非经常热烈，但却经常是温暖而生动的"。阅读王

新军的小说，体验到的是一种持久而深刻的满足和
快乐。[1]

第一节　《坏爸爸》与《贫民窟的百万富翁》
的一种平行研究

王新军的中篇小说《坏爸爸》发表于 2006 年，最早
载于 2006 年第 2 期的《中国作家》，这是王新军一部催人
泪下又震撼人心的作品，曾在《人民文学》杂志社和中国
残联联合举办的"爱与和平"征文大赛中荣获二等奖。《坏
爸爸》主要讲述了"我"——一个孤儿沦落为乞讨儿的悲
惨经历和其他两个命运相似的流浪儿的凄惨命运。"我"、
果果、小香豆被人当作赚钱牟利的工具，果果本来天性活
泼，为了牟利，三旺爸爸举起水壶把果果烫得遍体鳞伤，
然后，让她示众街头为自己讨得更多的钱。果果最后惨死，
小香豆从街对面喊着"果果——果果"奔跑过来，被疾驰
而来的汽车夺走了幼小的生命。

王新军在这部小说中，一字一句之间将人性的恶与残
忍直呈给世人，引发了读者深切的同情与悲悯。同时小说

---

1. 曾祥书：《用细小的声音同平凡的生活对话——访甘肃"小说八骏"最年轻
的作家王新军》，《文艺报》2007 年 11 月 24 日。

以果果惨死后人群的围观和相继冷漠散去表现大众的冷漠与自私，借此，作者发出了"救救孩子"的呼吁与呐喊，警醒世人不要再继续沿袭鲁迅百年之前提出的"看客"精神，因为实实在在的事情还存在于我们的生活之中，买卖儿童事件在中国社会时有发生，虐待儿童更是屡见不鲜。

　　《贫民窟的百万富翁》原名 *Q&A*，是印度作家维卡斯·斯瓦鲁普的长篇小说。这部小说一出版就大受好评，荣获法国书展读者票选大奖、南非年度最佳平装书波克奖、富兰克林卓越奖，入围不列颠国协最佳处女作奖等，根据这部小说改编的电影也广受好评。小说的主人公罗摩是一位 18 岁的酒吧服务员，他从小生活在孟买的贫民窟里，是个穷困的孤儿。他参加了一个名叫"谁将赢得十个亿"的电视知识问答竞赛，竟然奇迹般地连续答对了 12 个问题，一举赢得十亿卢比的最高累积奖金。罗摩从未上过学，甚至从不读报，而他回答的那 12 个题目涉及天文、宗教、历史、体育、音乐、文学等多方面，所以警察就以涉嫌作弊为由拘捕了他，并对他严刑逼供。一位女律师解救了他，随着女律师调查的展开，罗摩充满悬念、挑战与苦难的人生旅程一一上演。通过主人公罗摩讲述的自己充满血泪和恐惧的人生轨迹，小说展示了对人性恶的批判和对社会罪恶的揭露——折磨虐待孤儿并将其沦为牟取利益的工具。

笔者将两部小说放置在一起进行平行比较，在异同的比较中予以发现文化的差异。

一、细节描写

同样是呈现社会的黑暗面，《坏爸爸》较之《贫民窟的百万富翁》而言，细节描写更加细腻与突出。如文中描写人贩子折磨果果的情景：

> 果果的身体急速缩在了一起，马上又因为疼痛伸开了。然而三旺爸爸手里的动作并没有停下来，他又上前一步，一脚踩住果果的肚子，把壶里剩下的开水全部浇在了果果曲起来的双腿上。果果哇哇地张大嘴，深深地吸了几口气，整个面孔向上一提，眼睛睁得圆圆的了。他的那几口气憋在了肚子里，好长时间都没有吐出来。果果的身子蠕动了一下，两片嘴唇向里一收，绷紧了。眼睑闭上又睁开的同时，两串惊恐的眼泪大颗大颗地翻过面颊，翻过鼻梁，扑索索落在水泥地上。接着嘴里唑——地泻出一口气。三旺爸爸马上意识到果果可能要再次尖叫起来，便重新抬脚，用鞋底盖住了果果的嘴巴。[1]

---

1. 王新军：《坏爸爸》，《中国作家》2006 年第 2 期。

这些不忍直视的暴虐场景将一个流浪儿的痛苦和可怜与一个人贩子的残忍和恶毒刻画得入木三分。作家通过"缩""伸""张""吸""睁""憋""吐""蠕动""收""绷紧""泻出"这些动词，细腻地将一个人的痛苦状态描绘到了极致。而"一步""一踩""一浇""抬脚""盖住"将人贩子的残忍暴虐刻画得淋漓尽致。流浪儿遭受迫害的可怜无助和人贩子惨无人道的卑劣行径形成鲜明对比，看得读者咬牙切齿却又无可奈何，给人留下了难以磨灭的印象。

而《贫民窟的百万富翁》完全省略了对这种残忍手段的描写：

> 孩子们一个一个慢慢地移了进来，立刻让我们感觉如身处地狱。我看见没有双眼的男孩，靠着手杖摸索前进；四肢弯曲畸形的男孩，一点儿一点儿将自己拖向餐桌；残肢像树瘤般粗糙的男孩，靠拐杖支撑着行走；嘴巴怪异手指扭曲的男孩，用肘弯夹着面包进食。这些孩子像马戏团的小丑，只是他们的样子引人悲泣而非欢笑。[1]

当然这样写的原因并不是维卡斯·斯瓦鲁普缺乏经验

---

1. ［印度］维卡斯·斯瓦鲁普：《贫民窟的百万富翁》，楼焉、寄北译，作家出版社 2009 年版，第 94 页。

想象不到人贩子的残忍与血腥，这完全是由叙述视角决定的。两部作品都采用第一人称叙述，《坏爸爸》中的"我"看到的果果受虐的场景时，"我"已经和果果处于同一境地。三旺爸爸为什么当着"我"的面，对果果做出如此令人发指的暴行呢，一是因为果果每天的"收效甚微"，每天讨要的钱都比"我"和香豆要少，人贩子要通过果果赚取更多的钱。这次暴虐之后，果果坐在那里要的钱果真比他到处跑多了很多。二当然是为了"杀鸡儆猴"，面对如此残忍的酷刑，香豆猝然跪倒在"妈妈"的脚下，苦苦哀求。而在《贫民窟的百万富翁》中"我"还没有完全遭受到迫害，面对那些畸形的男孩，"我"意识到自己走进了地狱，却还不知道自己也即将成为他们中的一分子，这也为后来他无意中听到马曼和潘鲁斯的谈话——"就这么定了，下星期送他们上火车。今天晚上，一吃完晚饭，就把他们做了"[1]埋下伏笔。这时候"我"才恍然大悟，拉着萨利姆逃了出来，否则后果可想而知，令人后怕。两位作家都使用第一人称限制视角，一个目睹了过程，一个看到了结果，只有把两部作品合起来读，我们才能更加全面细致地了解这些残忍的事件，更加严肃深刻地反思社会问题。

---

1. ［印度］维卡斯·斯瓦鲁普：《贫民窟的百万富翁》，楼焉、寄北译，作家出版社 2009 年版，第 103 页。

二、叙事方法和叙事线索

王新军的《坏爸爸》并不是采用单一倒叙的叙事方法，而是在总体倒叙的故事里又嵌入了插叙，由一明一暗两条线索串联着整部小说。明线是"小汽车"。故事的开头第一章就说："这一次，最先下了班车的是果果。班车拐了一个弯，刚刚进了站，果果就迫不及待地把那个少了两只轮子的电动小汽车塞进了妈妈的大提包里。"[1] 作者由"少了两只轮子的电动小汽车"引起全篇。作者先以平白直叙的方式讲述了"我"、果果和小香豆现在的生活境况——被逼乞讨赚钱。接着就在第二章的开头说："果果那个缺了两只轮子的小汽车，本来是有三只轮子的，但是那天被妈妈又摔掉了一只后，它就成了只有两只轮子的小汽车了。"[2] 又由"三只轮子的小汽车"引出人贩子对果果做出的令人发指的行为，此时小说达到了高潮，人贩子为了赚钱将乞讨儿童致残的画面作者写得触目惊心。最后在小说的结尾，"果果已经完全躺在那里了，他的头耷拉在一个台阶上。他的一只手里握着那只缺了三只轮子的红色小汽车，紧紧贴在自己胸口上"。[3] 小说中果果死去了，小香豆跑向果果时发生

---

1. 王新军：《坏爸爸》，《中国作家》2006 年第 2 期。
2. 同上。
3. 同上。

车祸，生死未卜。但是故事并没有这样结束，最后当警察
大声问："这是谁家的孩子"时，围观的人群一下子就散
开了，生怕被警察抓住一样。警察换了一种问法："谁是
这个孩子的父亲？你们谁认识这个孩子的父母？"人们散
得更快了；他再问："有谁知道这个孩子的有关情况？"几
乎已经没有人再前来围观了。鲁迅百年前所批判的冷漠无
情、麻木不仁的"看客"精神一直延续到了今天，杀死果
果的不仅是那些丧尽天良的人贩子，还有这些毫无人性的
看客！

　　另一条暗线是以"我"的几任爸爸为线索。小说前两
章都是在叙述"我们"现在的生活状态——白天跪地求人
乞讨赚钱，晚上被人贩子折磨致残。小说从第三章开始，
就以"我"的几任爸爸开始慢慢地展开倒叙，以现在的三
旺爸爸为起点→五贵爸爸→自己的爷爷→第一个爸爸（王
田野）→桑富贵→五贵爸爸。这条线索看似杂乱，其实梳
理下来逻辑也是非常清晰的：第三章中讲道："走在前面不
远处身材高大的三旺爸爸，我已经不知道他是我的第几任
爸爸了。"由此引出五贵爸爸以及"我"给五贵爸爸挣得
二层小楼是如何吸引来三旺爸爸用五千块钱买走"我"的
故事→"我"到三旺爸爸的家里见到了他的女人和儿子国
庆→"我"、果果和小香豆白天乞讨，晚上挨打的情景，由
此"我"想到了爷爷（现实）→"我"和"我"爷爷的故

事以及爷爷的去世→爷爷去世后，第一个爸爸王田野的出现→回到现实，讲述了果果被虐的场景（现实）→第一个爸爸是如何死去的，由此出现了第二个爸爸桑富贵→桑富贵带着"我"如何发家致富的→又回到现实，果果再次被折磨的场景（现实）→"我们仨"继续乞讨（现实）→回忆了桑富贵赚了钱回到了老家→五贵爸爸出现，用自己的女儿换走了"我"→果果临死前的最后一次受虐，故事达到高潮（现实）→果果死去，警察的质问无人回应和小香豆的车祸（现实），故事就此结束。这条暗线记录了"我"是如何由一个孤儿慢慢地沦落为乞讨儿的人生轨迹，与现实中的"我"的生活状态相辅相成，共同构成了一副丧心病狂的社会面貌。

《贫民窟的百万富翁》的叙事线索则更为复杂，它是由三条线索逐层展开的：第一条是主人公罗摩被捕入狱，遭到警察的严刑拷打；第二条是他参加了一个《谁想成为百万富翁》的知识竞赛节目，现场答题；第三条是他根据竞赛题目而回忆起自己18岁以前的经历。作者这种将顺序、倒叙和插叙融为一体的设计使得整部作品极具感染力。作品开头就写道："我被捕了。因为我赢了一档知识竞赛的大奖。"接下来就讲到了他遭到警察的毒打，又被丝蜜塔所救，丝蜜塔为了还他清白，让他从第一个问题说起，还原真相。为了能够洗脱罪名证明自己的清白无辜，他只能从第一个问题开始回忆，讲述那些自己凄惨的生活经历。他讲到了自己和萨利姆的友谊；他为了承诺，将谷迪雅的爸爸推下楼梯后离开孟买逃向德里；他在德里少年之家认识了萨利姆并一起逃走；他成为泰勒上校家的仆人；他在酒吧打工；搭乘火车去孟买找萨利姆，却在火车上遭遇强盗并且他射杀了强盗；战争打响后，他们在防空洞里生活，博旺·辛格给他们讲述了1971年那场真正的大战；他回到孟买与萨利姆猝然相遇，知道了萨利姆的故事；又讲到他和萨利姆刚逃出来时，去悲情女王家里当佣人发生的一系列故事；一直到最后，那位善良的女律师为他而战，与警察交涉，与电视传媒公司交涉，终于在六个月之后，"电视公司只能承认失败——他们没有任何理由拒绝向我支付那笔巨额奖金"。[1]故事就是这样发生的，三条线索互相交织，齐头并进。故事的最后他与律师结婚，因为她就是自己寻找的恋人谷迪雅。

　　在这两部作品中，作者都采用了复杂的叙事方法和叙事线索，一条顺序的明线和一条倒叙的暗线，顺序主要指现在事情发展的状况，倒叙则是之前血与泪的过往的回忆，一顺一倒的两种叙事方式和一明一暗两条故事线索相互结合相互缠绕，使得故事时间和叙述时间发生倒错。两位作

---

1. ［印度］维卡斯·斯瓦鲁普：《贫民窟的百万富翁》，楼焉、寄北译，作家出版社2009年版，第319页。

者都利用现在发生的事件这条明线来结构全篇，又由现在的境况慢慢引出之前的生命轨迹这条暗线作为辅助，逻辑清晰而又不流于平板呆滞，这是这两部作品在谋篇布局上突出的相似特色。同样是写社会底层人物的悲惨境遇，一详一略，一个叙述过程，一个直揭结果，相辅相成，共同构建了一出触目惊心的社会悲剧。这两部作品除相似的主题与结构外，它们所包含的内在的文化因素更加值得我们关注。

三、民族文化因素

印度和中国同为"金砖四国"，两国在致力于经济快速发展的同时，也经历着传统文化与道德精神衰落的阵痛，在经济大潮的冲击下，在金钱的欲海中沉浮的男男女女，人性也经历着前所未有的考验。《坏爸爸》和《贫民窟的百万富翁》两部作品共同给我们展示了在这样的社会背景之下社会弱势群体生活的无助和命运的悲惨。透过这两部作品，我们也看到中国和印度在社会历史化进程中存在的一些问题。

《贫民窟的百万富翁》中展现了贫富悬殊、社会黑暗、宗教矛盾、黑帮横行等一系列社会弊病。作家试图通过一场知识竞赛使得穷人获得精神上的一种满足感，想通过一场"狂欢化的盛宴"来抚平穷人受伤的心灵，以"一夜暴富"的神话来蛊惑贫民的灵魂，用一种宗教信仰式的虔诚去信奉美好的明天真的会来临。就像糜文开说的："印度文化以宗教为中心。我曾说过：'印度民族是一个宗教的民族，一切政治法律，学术思想，生活习惯，道德观念，都包容在宗教的范畴中。'——其实印度只有宗教，没有民族。在印度，不同的种族，只要信奉同一的宗教，就会形成一个民族；而同一种族的人，信奉了不同宗教，便会变成不同的民族。"[1]也就是说，印度传统文化实质上是宗教性的，在印度，宗教信仰的力量超过了一切，所以印度人民即使处在水深火热当中，他们也可以凭借着自己的宗教信仰对明天充满期待。《耶柔吠陀》著名的"巴梵摩那歌"中就这样祈祷："从虚幻迷惘中，引我至真境；从茫茫黑暗中，引我至光明；从死亡毁灭中，引我至永生。"[2]

　　但是在王新军的《坏爸爸》中，作家本着写实的原则向我们揭示了社会真正惨不忍睹的黑暗面，并且将这种社会的"恶行"一泻千里，在小说临近结束时作者并没有让读者松一口气，而是让悲剧的强度更进一步加强，故事结尾面对警察的询问，"看客"的"四处逃离"让我们更加真切地感受到中国在现代化进程中某些群体的异化与畸变。在作家笔下，无论是农民还是社会底层的小人物，他们不

1. 糜文开：《印度文化十八篇》，台湾东大图书股份有限公司1977年版，第1—2页。
2. 转引自姜玉洪、李晓航：《印度文化的哲学关照——以文化哲学研究范式为基点》，《北方论丛》2007年第2期。

再是忠厚老实、自然淳朴的美好形象,而是自私、冷漠,甚至恶毒残忍的施虐者。小说在围观群众的冷漠散去和从街对面向果果奔跑而来却遭遇了车祸的小香豆的对比中结束。在悲剧性的结尾中,引起读者内心更大的震撼。

两部小说的不同结局在某种程度了体现了中国和印度的文化差异对于作家的影响,但是两部作品引发的思考却是相通的。现在社会经济、科技的发展一日千里,面对加速发展的社会,我们必须正视社会中依然存在的种种问题:贫富差距的日益加剧、儿童遭遇的虐待、人性的扭曲和道德的沦丧,等等。我们既为罗摩和果果这样的儿童所遭遇的一切而悲愤,也为小香豆的真情、罗摩对于良善的坚守而感动,无论世事如何变迁,尝尽人间冷暖的世世代代的人们依然都渴望着人世美好、人间至善。

第二节 生态批评视域下的王新军小说

王新军是当代甘肃小说作家中非常具有代表性的一位。他的小说创作诗意地呈现了城乡与农牧相交叉的河西走廊文明,通过对大西北极具地域色彩的民俗、民风、民情的剖析与颂扬,揭示了当代大西北存在的生态问题及其根源,并向我们展示了西北地区淳朴自然的人性美与神秘和谐的自然美，表达了作者人与自然和谐共生的生态整体观。

　　生态批评兴起于 20 世纪 90 年代。但生态批评概念的提出则可以追溯到 20 世纪 70 年代。1972 年，约瑟夫·密克尔的《生存的喜剧：文学的生态学研究》(*The Comedy of Survival: Studies in Literary Ecology*) 尝试研究文学艺术与生态科学的关系，对人类行为和自然环境之间的关系作了深刻审视和挖掘，并提出了"文学生态学"的概念。威廉·鲁科特则在其 1978 年发表的论文《文学与生态学：一次生态批评实验》("Literature and Ecology: An Experiment in Ecocriticism") 中提出了"生态批评"这一术语。之后，随着生态环境的日益破坏和全球性的生态危机的加剧，人们开始关注生态问题，生态批评也逐渐由学界的边缘逐渐走向了中心。

　　"生态批评研究'人与自然环境的关系'，力图揭示环境危机背后的社会背景与心理机制，以生态理念指导文本解读，通过梳理生态美好的情景与生态破坏的危害，追本溯源地探究人类思维如何影响地球生态系统，构建生态文明，最终促进人与自然的和谐互动。"[1] 王新军的小说通过对城乡文明的书写，展示了在现代工业文明的进程中人类道德的沦丧、信仰的缺失，在对钱权的追求中人类精神家园

---

1. 周红菊：《生态批评的目标：从作品分析到知识生产——以当代科幻文学为例》，《当代文坛》2023 年第 4 期。

的失落。同时，王新军通过对农牧文明的书写展示了面对工业化进程对自然生态的破坏所表现出的忧患意识。

一、对自然生态危机的忧患意识

由最初的崇尚自然、敬畏自然到"人定胜天"，再到"人类中心主义"，人类经历了从与自然的融合到对自然的征服和剥夺的过程。如今，科技高速发展，我们正在享受着科技发展所带来的快捷与便利，同时，人类也正在经受着"大刀阔斧"改造自然所带来的危机与挑战：土地沙化、全球变暖、能源危机、大气污染，等等。作家们在自己的创作中表达着对生态问题的深入思考。伟大的生态主义作家亨利·大卫·梭罗在《瓦尔登湖》中通过记录自己在瓦尔登湖畔独居两年多的所见、所闻和所思，表达了人与自然融合的理念；加拿大生态作家法利·莫厄特的《鹿之民》讲述了为了重建与驯鹿之间的平衡关系，世世代代生活在加拿大北部的伊哈尔缪特人主动献身的故事；法国作家罗曼·加里的《天根》则讲述了莫雷尔拼死保护大象而不被当地的民众理解的故事。这些具有世界影响力的生态文学作品笔墨触及平静优美的湖畔、物竞天择的草原、贫困落后的非洲，每一部作品都是一种现象级的揭示。而甘肃作家王新军笔下美丽的西部草原、独特的西部荒滩、淳朴美好的人性也无一不彰显着独一无二的河西走廊文明。

1．大自然的警示

"生态理论的发端与全球化的两个重大危机相关，其一是当今世界日益恶化的自然生态危机，其二是人类精神痼疾在现代消费社会中的人文精神生态危机。"[1]自然生态危机与人文精神生态危机引起了具有忧患意识的作家的注意。王新军是一直生活在大西北的作家，他见证了落后闭塞的西北农村如何一步步以破坏环境为代价走向现代化的进程，面对日益暴露的生态问题，他以执着冷静的笔触向我们揭示了人与社会、人与自然、人与自身的关系。他在小说中这样写道："西草滩被垦了，就像女人身上的衣服被坏人给剥掉了，光溜溜的皮肉就露出来了。今天黄沙漫漫的西草滩，远不如昔日黄草绿草散漫着长能让人产生一些平凡的遐想。"[2]大型机械开垦了美丽的大草滩，土地裸露，秋天一过，安西的风便一路过关斩将，裹挟着茅草、沙土、树枝，直扑一马平川的华北平原。这就是工业化进程中自然遭到破坏的直接后果。放眼整个村庄与西草滩，满目荒凉，王新军以生动的比喻描绘了自然生态惨遭破坏的现实，并且极具讽刺意味的将沙尘暴作为小说的主要描写对

---

1. 王岳川：《生态文学与生态批评的当代价值》，《北京大学学报（哲学社会科学版）》2009年第2期。
2. 王新军：《吹过村庄的风》，载《王新军的小说》，甘肃文化出版社2014年版，第19页。

象，以"一路跟头绊子""跑也跑不顺溜""来势汹汹""饿狼一样""直戳戳地来""过关斩将，有恃无恐""低吼浅啸"等拟人化的手法，将沙尘暴的疯狂肆掠展露无遗。小说中沙尘暴的种种"行径"就是大自然向人类的无限索取发出的警告，但是村庄里的人乃至北京人即使被吹得"满大街乱跑"也没有意识到问题的严重性，竟乐呵呵在屋里等待风停后继续"开疆拓土"，搞所谓的工业化建设。小说末尾，老刘家的二儿子来信说等他挣到钱后要回来承包西草滩，建一个绿色生态园。父亲老刘却让儿子好好挣钱娶媳妇。"那西草滩么，荒就荒尿去。那个风么，刮就让它刮尿去。"[1]

由此可见，破坏自然、导致生态危机的深层次原因不是机械或技术，而是人类根深蒂固的思想与认知。在小说中作家不仅批判了农村的封闭落后、村民的鼠目寸光和麻木苟安，更是将保护自然的重任交到了下一代的手中。老刘家二儿子作为年轻的知识分子一代，他的计划和想法也表达了作家的美好希望。最后"我"苦苦等了一年，"我想他要是回来侍弄西草滩，我就一辈子为他当牛做马"。[2]这里通过叙述者"我"的期盼与等待表达了作者那种急迫的

---

1. 王新军：《吹过村庄的风》，载《王新军的小说》，甘肃文化出版社 2014 年版，第 23 页。
2. 同上。

忧患意识和对农民保护生态的急切呼唤。

2．大自然的报复

恩格斯在《自然辩证法》中指出："我们不要过分陶醉于我们人类对自然界的胜利。对于每一次这样的胜利，自然界都报复了我们。每一次胜利，在第一步确实取得了我们预期的成果，但是在第二步和第三步却有了完全不同的、出乎意料的影响，常常把第一个结果又消除了。"[1]如果说，在《风吹过的村庄》中自然对于人类的报复仅停留在警示层面的话，那么在《干草滩》和《麻黄滩》两篇小说中作者则直接展示了自然对人类的报复。由于干草滩人永不满足地想要发家致富，在不断地挖掘、收购、买卖甘草的过程中，昔日绿油油的干草滩面目全非，满目疮痍。最终，一场洪水过后，美丽的干草滩变成了不毛之地。当洪水袭来的时候，红玉的丈夫春平为了抢救贩卖甘草的积蓄，在洪水中丧生。人类在追求物质时表现出的"不怕死的勇气"与他们为了追求利益而破坏自然时的"不怕累的精神"相映衬。《麻黄滩》中林平之为了挖掘更多的麻黄，让13岁的儿子辍学，执意带着他到远离人烟的砂砾之地，将这些可以充当药材、赚取小利的植物连根掘起。最终，麻黄滩黄风袭来，沙尘蔽日，他们父子也在这场风暴中丧命。落

---

1. ［德］马克思、恩格斯：《马克思恩格斯全集·第26卷》，中共中央马克思恩格斯列宁斯大林著作编译局译，人民出版社2014年版，第559页。

后的观念和短浅的目光让人们看不到人与自然平衡之后的长远利益，麻木苟安和贪得无厌使他们无法理解沙暴、黄风、洪水与他们无休无止地向大自然索取相关。王新军通过这些作品表达了对于人与自然关系的深刻反思，人作为大自然的一部分，只能通过改变自身去适应自然的变迁，若妄图去征服和完全占有自然，只能落得家破人亡的结局。

正如鲁枢元所说："当一个社会普遍失去了对于生命的同情、失去了对于自然的敬畏、失去了对于生态环境的责任、失去了对于进步与发展的反思、失去了对于现实的超越与憧憬时，那还不是一场真正的文化灾难吗？"[1] 面对人类日益强烈的征服欲与占有欲，面对人类对诗意的自然之境的无情破坏，王新军在《八个家》的题记写道："我无法控制我柔弱的忧伤。草原在消失，我的八个家也将在这场不知不觉的灾难中一去不返。伟大的牧神啊，你怅然地看着这片土地，你不知道你广大的子民将去何方。"[2] "我不知道你广大的子民将去往何方"，这不仅是作家面对工业文明对草原文明的侵蚀向人类发出的警告，更是对人类无知的一种控诉——这片土地终将在人类无休无止的欲望面前消失殆尽。在这巨大的冲击下，"我"的忧伤显得这般柔弱。

---

1. 鲁枢元：《生态批评的空间》，华东师范大学出版社 2006 年版，第 151 页。
2. 王新军：《八个家》，载《王新军的小说》，甘肃文化出版社 2014 年版，第 107 页。

在王新军笔下，昔日美丽迷人的草原一去不返，愚昧无知的人类最终受到了大自然的惩罚。但是，这并不是王新军希望看到的结果，他通过对人与自然失谐的描写，表达自己对自然生态遭到破坏的忧患意识，试图去唤醒利益驱动之下丧失了对自然敬畏之心的麻木不仁的人类。

二、呼唤人性的复归

现代化进程的加速及长期以来对环境问题的忽视，势必会导致严重的生态问题，水资源极度匮乏、环境污染严重、不可再生资源的枯竭、土地的严重荒漠化等自然生态不断恶化，与此同时，人类的精神生态也遭遇了空前的危机。正如著名生态思想研究者唐纳德·沃斯特所指出的："我们今天所面临的全球性生态危机，起因不在于生态系统自身，而在于我们的文化系统。"[1]

王新军的城乡小说表现了现代化进程中人性的异化以及作家对人类精神世界扭曲的批判。农民进城为牟取暴利不择手段，女性靠出卖肉体获得生存，除了谴责与同情，我们更应该追根溯源——工业化进程中人性的异化问题，而这种异化正好体现了人类的"精神生态危机"。正如老舍先生笔下的祥子一样，认为城里的残羹剩饭也比乡下的饭

---

1. 转引自王诺：《生态批评：发展与渊源》，《文艺研究》2002 年第 3 期。

菜油水大，西北农村贫瘠落后，很多初心本着补贴家用的农民一头栽进城市这个灯红酒绿的泥淖里无法自拔。

《坏爸爸》中，农民"桑富贵""五贵爸爸""三旺爸爸"一改我们印象当中淳朴、善良的农民形象，他们贪婪恶毒、自私残忍，为了赚钱干着虐待儿童、贩卖人口的勾当。《摸吧》中张春艳和伍秋玲在酒吧这个特殊的城市空间里为了赚钱不惜出卖肉体。这些都是现代化进程中人性异化的一些具体表现，就像王新军所说："作为一部现实题材的中篇，它无疑触动了这个社会的一些病象。对弱者仅仅表示一些廉价的同情是不够的，对于一些事情我们应该追溯它的源头。"[1]

《两个男人和两头毛驴》这篇小说写了两个男人为了争夺一个女人而闹的笑话，但是他们闹笑话的后果导致了毛驴甲的死亡，作者巧妙地将两个男人的猥琐心理嫁接在两头毛驴身上。看着毛驴甲和毛驴乙配种，娄大明就好像自己睡了仇红旗的女人一样暗自窃喜。《两条狗》中描写的故事更加荒谬，两只名叫四眼和花狗的狗在一个风平浪静的晚上孕育了爱情，但是当老方发现自家的花狗生出的八只狗都是老吕家的狗四眼的翻版时，一气之下将这些新生命弃置河坝冻死，还残忍地杀害了自己养了多年的花狗，人

---

1. 王新军：《坏爸爸：王新军中篇小说选》，上海文艺出版社 2010 年版，第 363 页。

与人之间的仇恨转嫁到了动物身上。狗是无辜的，但是狗活在了人的世界里，它们承载了人的爱恨情仇。这看似是狗的悲剧，其实是人的悲剧。作家通过狗的眼睛看这个世界，将人看不到听不到甚至感觉不到的自身的丑恶与阴暗刻画得淋漓尽致。作家以这种写作手法不仅批判了人类的愚昧无知和暴虐残忍，更是从生命平等的立场出发，对自然界中万物给予了肯定的评价，表现了作家先进的自然生态整体观。

面对社会生态危机与人类精神危机，王新军将目光投向了神秘美丽的大草原，以获得心灵片刻的慰藉。但是，要想真正实现全面健康的生态，我们不仅仅要保护自然生态，更重要的是完善人的精神生态。"保护和修复人类的精神生态，是保护物质生态环境的重要前提条件。回归自然，始于人的内部自然的回归。不能实现这一首要任务，全面健康的环境生态将永远无法实现。"[1]

三、人与自然的和谐共生

王新军在他的草原牧歌类小说中歌颂了自然生态与精神生态和谐共存的美好世界，并且警示人类必须与自然建立一种"新型的伦理关系"，从生态整体观出发，重新认识

---

1. 刘蓓：《生态批评：寻求人类"内部自然"的"回归"》，《成都大学学报（社会科学版）》2003年第2期。

自然与人之间的关系，摒弃"控制自然""征服自然""人类中心主义"等荒谬观念，重建在工业文明中丢失的人与自然和谐共生的诗意家园。

1. 自然中的万物

在小说《吉祥的白云》一开始王新军写道："坡上的青草一直向下铺……羊群如同漂浮在绿色草面上吉祥的云朵……挂在了殿堂里巨大而平整的墙壁上。"[1] 非常有画面质感的描写。王新军对于自然的描写并不仅仅把大自然看作他所叙写故事发生的背景，或仅仅将大自然当作人类的手段、工具或符号，而是将大自然作为主体。在王新军笔下，"青草""树木""羊群""山峦""屋檐""经幡""经纶""唐卡"甚至"墙壁"都是一种生命的象征，一种灵性的存在。作家用"铺""挂""卷"这样一些具有生活气息的拟人化动词为这些客观存在的实体赋予了主观性，赋予它们生命与活力。著名生态批评家布伊尔就认为我们不能功利的、工具化地对待自然，而是要从美学的层面审美地看待自然万物，这也是生态审美的自然性原则。王新军虔诚地将世间万物看作与人类等同的主体，并在此基础上深入地思考人与自然的关系，力图重建人与自然的和谐共生。

小说《海子湖》一开始的描写就表达了作者对于自然

---

1. 王新军:《吉祥的白云》，载《王新军的小说》，甘肃文化出版社 2014 年版，第 81 页。

的倾心与热爱：夏天的草原就像一只大鸟在飞翔，而它身下的海子湖就像大地的眼睛一样，海子湖边，牛羊遍地。在王新军笔下这些动植物，甚至湖水都有了灵性，有了智慧，而这是在现代化的工业城市里无法企及的美好。这里没有钢筋水泥混凝土，没有冷冰冰的摩天大楼，没有天昏地暗的雾霾天气，更没有尔虞我诈的市井阴谋。在这里，一切都是如此透彻、明静。作家孩童般地用纯真的眼光去看这片湖，用纯净的心灵去感受生命的悸动。"雪山""松林""山和石头""青草绿树""海子湖""绵羊""牦牛"等如同画中仙境一般，美不胜收，让人流连忘返，充分表达了作者对大自然的热爱、赞美与敬畏之情。

2. 自然中的人性

如果说《吉祥的白云》和《海子湖》中作家给我们展现了自然生态的神秘美好的话，那么《八个家》和《醉汉包布克》则向我们讲述了自然生态与人和谐共存的美好乌托邦世界。

《八个家》可以说是王新军将原始宁静的自然美和善良淳厚的人性美相结合的典范之作。作家感恩草原、白云、羊群、小鸟，也感恩帐篷上的缕缕青烟，家里的牧羊狗，甚至是深山里的狼群。小说讲述了一段狼和狗的故事：牧羊犬黑山曾经放过了一只被它咬断后腿的偷袭羊群的大公狼，后来这只大公狼成了深山中狼群的头狼，它发誓只要黑山活着，就不会下山来觅食。后来黑山死了，狼群又时常下山来糟蹋羊群，所以有了阿爸组织大家进行撵狼的活动。其实黑山的死是因为它为了救狼群，每次把自己吃进去的食物在主人离开之后全部吐出来。在一个最寒冷的雪夜，黑山选择放弃自己的生命，就是为了让狼群下山觅食。因为"他们说，谁都要给谁留条生路呵"。[1]这部小说通过发生在狗与狼之间的故事告诉我们，在原始文明的集聚地草原上一切的生灵都是平等的，为了生存可以优胜劣汰，但是也可以为了和谐共生而牺牲自我，这不仅是狗和狼的生存法则，也是作家向自私的人类发出的呼唤。这个故事借助发生在动物狼与狗的故事批判了"人类中心主义"的荒谬。人类的家园尚且还要靠动物的保护得以延续，那么人与自然的和谐共生就是人类文明得以延续的唯一途径。

同时小说《八个家》集中表现了人性美。小说中的"我"（旦旦格）的姐姐安吉娜、姐夫巴图鲁，以及另一个喜欢安吉娜的男人乌鲁克、阿爸阿妈身上都闪现着人性美的光辉。阿妈因病去世，阿爸一蹶不振，"我"把全部的希望寄托在姐姐安吉娜的身上，但是巴图鲁准备娶走安吉娜，让"我"内心的全部悲伤变成了恐惧。于是当"我"又一次看见巴图鲁的白马拴在那个山坡上时，便毫不犹豫地用

---

1. 王新军：《八个家》，载《王新军的小说》，甘肃文化出版社 2014 年版，第 147 页。

刀子割断了马肚带，然后巴图鲁就再也没能站起来……后来，"我"渐渐长大，终于要离开安吉娜去上学了，这时"我"陷入悔恨的泥淖无法自拔，扑倒在巴图鲁的怀里哀声恸哭，并告诉他们真相。但是巴图鲁没有愤怒与仇恨，而是平静地劝慰我，姐姐安吉娜也小声说："旦旦格，其实我们早就知道这件事了，你虽然做了，但是那并不是你心里想要做的，是吧？"[1] 这种真挚的亲情，人与人之间的信任与救赎，正是这里美到极致的自然孕育出的美到极致的民风民情。小说中不管是人物的内在品质，还是人物的外在形态，都负载着作家的审美体验和审美感知。小说的结尾，阿爸为了给女婿巴图鲁治病，决定卖掉家里所有的牛羊，就在阿爸出山寻找大买主的时候，巴图鲁指明要安吉娜的倾慕者乌鲁克把他背到一个向阳的山坡上。之后，巴图鲁骗乌鲁克离开，将自己的刀插在了解开袍子的胸膛上……巴图鲁最后选择了自杀。在小说中，巴图鲁的死极具崇高的悲壮感，他是为了安吉娜的幸福，为了不拖累家人，才选择结束自己的生命。王新军将这些美好的人物置于温暖的阳光之下、自然的包围之中，他充满感情地书写着这些渺小而又伟大，平凡而又崇高的普通人，挖掘这些人物纯洁美好、勇敢坚强的美好品质，歌颂了他们为爱献身、无

---

1. 王新军：《八个家》，载《王新军的小说》，甘肃文化出版社2014年版，第172页。

私无畏的灵魂，并将这一切升华到诗意的境界。

在小说《醉汉包布克》中，一匹马，一壶酒，一把刀。长风，落日，青草，湖水。蓝天，白云，牛羊，歌声。"他们一路烈酒，一路高歌，把忧伤散落在风中让风远远地吹走。"[1]将作者对自由的向往充分地表达了出来。这种朴素自然的人生态度所折射出的也是一种尊重自然的哲学思考。这种充满诗情画意的景致，在王新军的作品中俯拾皆是。王新军非常擅长将人物的情感融合在整体和谐的诗的意境中，从而将整部作品熔铸在所创造的诗情里，其目的就是要为他所发现的这种"极致的美"寻找一种和谐的表现方式，草原恰好就是一个自由且包容万物的地方。而一生放荡不羁、热爱自由的醉汉包布克就是自然美与人性美完美结合的产物。文中阿妈对阿爸的等待、"我们"的搬家和"我"对包布克的盼望就像沈从文的《边城》中所展现的那样，人与自然、人与人之间的和谐与亲密共同构建了自然美与人性美共存的理想乌托邦世界。这种"以人为本的天人合一的思想，同时也包含对自然界规律的探究，尊重和遵循"。[2]这也是王新军最终想探寻的人与自然和解的一种

---

1. 王新军：《醉汉包布克》，载《王新军的小说》，甘肃文化出版社 2014 年版，第 175 页。
2. 刘蓓：《生态批评：寻求人类"内部自然"的"回归"》，《成都大学学报（社会科学版）》2003 年第 2 期。

平衡状态。

通过上述分析我们可以看到，王新军并未一味停留在对现代工业文明的批判，他用自己纯净朴素的语言描写着人与自然的和谐共生。人类投进草原的怀抱，融入自然的山水之中，尽情享受那种原始文明庇佑下的愉悦与放松，这时自然万物与美好人性是融合为一的。草原上的蓝天白云、青草羊群等这些美好大自然景象与寺庙佛经等古老的文化信仰才是王新军给予人类美好人性复归的地方。"在游牧生活的坚守者眼中，草原象征着自由、宽容、神性、执着与永恒，包括天地、山川、河流、草原、牲畜和人在内的一切生命平等相处、和谐共生。这种万物有灵、物我齐一的朴素意识，使万物闪烁着人性的光芒：羊群是迈着款款步子的绅士，敲打出四季；草原和河流是养育万物的漂亮女人，孕育出牧人的天堂；生命的逝去是神灵的召唤，长眠的身体如山脉般寂静；所有的生命在草原上经历着无可预料的险途，共同度过最难熬的枯草季节……"[1]

从早期的《八墩湖》到后来的《八个家》，王新军的小说贯穿始终的是他对自由的向往和对诗意田园般生活的追求。王新军将他2014年出版的《王新军的小说》分为"大地上的村庄""草原和群山""村庄的秘密"三卷，由此我

---

1. 权绘锦、李骁晋:《西部文明多维书写中的人性探寻——评王新军的小说》，《丝绸之路》2014 年第 18 期。

们可以看到作家对大地、草原、群山和村庄的热爱。他熟
悉草原、热爱草原，因而草原也成为他笔下迸发着诗意的
浪漫。"王新军以其浪漫的审美观照，满怀深情地体验着自
然和生命的审美意蕴，以质朴而灵动、潇洒而密致的笔触，
酣畅淋漓地描绘出了草原游牧精魂的神采，力图将西部草
原上游牧生活的最后余韵，诗意勃发地呈现在世人面前。"[1]

王新军正是通过对城市、农村和草原的书写，表达了
自己对城市的冷漠和农村生活的阴暗面的批判，同时也表
达着他对草原神性的信仰和对美好人性的追求。在批判与
追求之间也体现了作家面对现代文明对传统文明的冲击时
所进行的深刻思考：那就是我们在享受工业文明所带来的
进步的同时，也要看到工业文明的发展对传统文明中美好
东西的侵蚀和碾压。如何在这种境况下继承与发扬农牧文
明中的优良传统？这是作家提出的问题，也是需要我们每
一个人思考的问题。

第三节　写好属于自己的"小地方"

王新军在《写好属于自己的"小地方"》一文中这样说：

---

1. 权绘锦：《草原牧歌、乡村悲歌与城市挽歌的交响——王新军小说论》，《北
　方论丛》2011 年第 3 期，第 38 页。

一个作家，应该用最真诚的心灵去完成对自己故乡的书写。这是我的一个长久以来的梦想。我在一篇小文里曾经说过这样的话：小说看似叙述着别人的生活，实则省察着作者自己的内心。人的一生需要不断的自省，一个写作者更是如此。不经省察的人生是没有什么价值的，一个不经省察的人的写作，也很没有意义。

好的文学作品，应该带有生活的底气。作品的底气来自语言，它就在那些最不经意的地方闪烁着灼人的灵光。只有那些内心真正拥有自由原野的写作者，才能让语言飞翔起来。这个原野，在写作者内心是不变的，但又是不断延伸的。

近几年，我更多地对自己的创作进行着一些文学以外的思考。有时候，小说的社会学意义事实上是大于文学意义的。我是一个"小地方"的写作者，我只在乎精细地构筑我文学意义上的这个"小地方"。[1]

王新军说的这个"小地方"就是自己的故乡河西走廊。这片神秘而又传奇的土地孕育了多彩的生活、丰厚的文化，在这里，有草原、有戈壁、有乡村，也有城市。王新军的

---

1. 王新军：《写好属于自己的"小地方"》，《甘肃日报》2014年2月27日。

创作附着于这片土地，所以草原、乡村、城市成为他写作的主要阵地。

围绕他所生活的"小地方"，王新军的小说主要涉及大的三方面的内容：一是对城市底层小人物生活的书写，包括流浪儿的悲惨遭遇和底层人物的艰难生活。同时也表现了城市生活中，对于金钱的追求所导致的人性的异化与缺失。作家通过对人物生活状态的细节描写和对人物心理的细腻揣摩，使得人物形象跃然纸上，给读者留下了深刻的印象（如《坏爸爸》《警察与美女》等）。

第二个方面是对乡村的书写。对于乡村生活，作家怀着比较复杂的情感，乡村既是诗人诗意生活的寄托，如著名评论家雷达先生所说，王新军的小说"热衷于在乡土中发掘诗性，平实的叙述中饱含着诗意"[1]。然而作家在表达对乡土生活的热爱的同时，也表现出一种淡淡的忧伤，现代工业化进程对传统农牧文明的入侵和破坏，这片土地也终将在人类无休无止的欲望面前消失殆尽。作家表达了对乡土世界逐渐逝去的诗意的忧伤以及对于乡村遭受现代文明冲击之后带来的人性异变和扭曲的痛苦。作家通过对于闭塞农村中人们精神的匮乏与扭曲的描写，也表现了作家对现代化进程对于农村的冲击的反思以及作家对农村痼疾

---

1. 雷达、张继红：《近三十年甘肃乡土小说的繁荣与缺失——雷达访谈录》，《文艺争鸣》2013 年第 3 期。

阻碍现代化进程的进一步思考。不管是《两个男人和两头毛驴》还是《两条狗》，看似是在写动物之间的爱恨情仇，实则是在写人事，写了两个家庭里的两个男人之间的明争暗斗。《两个男人和两头毛驴》其实是为了争夺一个女人而引起的两个男人之间的较量。作家将人的复杂心理嫁接在单纯的驴身上，最后驴死得不明不白，人与人之间的嫌隙还是未能解开。《两条狗》则更加荒唐，老吕家的四眼和老方家的花狗遭遇了爱情并有了爱的结晶，最后却因为两家人的仇恨导致"家破狗亡"。虽然狗是无辜的，但是狗活在了人的世界里，它们承载了人的爱恨情仇。这看似是狗的悲剧，其实是人的悲剧。作家通过狗的眼睛看这个世界，将人看不到听不到甚至感觉不到的自身的丑恶与阴暗刻画得淋漓尽致，这就是王新军对于人物心理描写的独特之处。

第三，作家对草原游牧生活的向往与歌颂。王建利在《审美的和谐与冲突——对王新军乡土抒情小说的审美分析》一文中说："王新军的乡土小说由于其独异的地域色彩而显示出一种独有的充满西部风韵的抒情性，真正传达出陇上千里河西走廊的土地神韵，极大地丰富了当代中国乡土文学的审美边界和文化色谱。虽然在他的小说中也可体味出'天人合一'的和谐境界，但不同的是，他给单调沉重的农业文明涂抹上了一层饱含游牧诗意和沙尘味儿的粗犷厚重的色彩。"[1]薛舒在谈到对于王新军的印象时这样说："他坐在他的羊群中聆听自己的文字，他的羊便如同他的骄傲的乡亲，端然站立在绿油油的大草滩上，与他一起，把故乡的蓝天绿草，山峦戈壁，有滋有味地反刍、咀嚼。它们用日渐肥硕的身躯和洁白如云的毛色，给予日后将成为一名著名作家的牧羊人长久的记忆……"[2]王新军中学毕业后回到家曾经放过一段时间的羊，虽然当时对于一个少年来说这可能并不是自己想要的生活，像他自己所说："说起那段经历，其实是我最为苦闷的日子，一个乡村少年，中学毕业了，前面无路只好回家放羊。"[3]但是也正是在这段时间王新军读了一些书，"也在孤独中领悟了很多东西，我的第一篇小说就是那时候变成铅字的。现在想来，那段时期应该是我确立梦想和追梦的开始"。[4]

王新军正是通过对城市、农村和草原的书写，表达了自己对城市的冷漠和农村生活的阴暗面的批判，对草原灵性的信仰和对美好人性的追求。王新军虽然写的是他所说的"小地方"，但其实透视的却是社会大问题。正如他自己

1. 王建利：《审美的和谐与冲突——对王新军乡土抒情小说的审美分析》，《当代文坛》2006年第6期。
2. 王新军：《王新军的小说》，甘肃文化出版社2014年版，第3页。
3. 王新军：《文学是有操守才能成就的事业——访青年作家王新军》，《酒泉日报·飞天周刊》2015年8月17日。
4. 同上。

所说："我的写作从一开始关注的就是自己脚下的土地，自己身边的人群，我是用我的方式将这些保存在我的作品当中，这就是地域与文化的关系，也是一个写作者存在的意义。我曾在一篇文章中说过：在一些地方，小说的社会学意义是大于文学意义的。"[1]

作为一位西北作家，王新军是有广阔视野的，大到写人与自然的和谐共生，小到写底层人物的生活艰难，不管是城市生活、乡土生活，还是农牧文明，作家都是用一种写实的态度去发现问题、分析问题，在社会快速发展转型的今天，他呼唤着健康美好人性的回归。王新军小说独特的地域特色为外界更加深入地了解西北文化、西北风土人情打开了一扇明亮之窗，也为西北文学的发展注入了新鲜的血液与活力。

1. 王新军:《文学是有操守才能成就的事业——访青年作家王新军》,《酒泉日报·飞天周刊》2015 年 8 月 17 日。

第八章

甘肃当代文学走出“西部”之思

　　毋庸置疑，当代甘肃作家的创作取得了引人注目的成就。作家们的相继获奖就非常具有说服力。甘肃当代作家的创作能立足于本土，重视地域文化和根性写作，大力挖掘民俗和地方性，书写西部精神。在传统型书写的同时能够进行现代性的尝试，以普遍人性超越地方性，努力让小说之根汲取地方的灵气，抵达灵魂的深度。但是就像一说到西部人们就会想到沙漠、骆驼、雪山一样，提及甘肃文学，人们也总会联想到粗粝质朴的文风、旷达的精神、神秘的文化属性。这一方面是甘肃作家创作实际特点的客观呈现，但是另一方面，在某种程度上也体现了国人对于西部以及西部文学的想象的局限。甘肃文学要走出这种既是体现其独特性，同时又是其发展的局限性的文化怪圈，应该成为当下我们需要认真思考和解决的问题。

第一节 文学表现题材走出"西部"

西部独特的历史和地域风貌培育了具有鲜明创作特点的西部作家。西部厚重的历史和文化积淀在西部作家笔下更多呈现出一种受难意识,其色调往往是压抑的。而在地域风貌上,河西走廊、陇东的黄土高原、宁夏的河套平原……戈壁、荒漠、雪山、草原等构成了西部文学的主要意象。

历来比较严酷的生活环境成就了西部作家严肃的创作精神,他们的创作多植根于西部的底层生活,与西部的土地密切相关。产生全国性影响的当代西部作家如陈忠实、路遥、贾平凹、雪漠等都是对生活有着深厚积累的,他们天生与土地就有着一种深刻的融合关系。陈忠实笔下的白鹿原,雪漠笔下的西部大漠,路遥笔下的陕北农村,叶舟笔下的河西走廊,王新军笔下的草滩荒原……生活在这些土地上的人们的命运打动了无数的读者和观众,这些文学作品也因之产生了持久的艺术魅力。

可以说,甘肃作家在对本土生活的写作上,是有着先天优势的,在他们的创作中大地的气息非常浓厚,地域特点也格外鲜明突出。与之相关,小说中呈现出来的人文景观也具有典型的西部符号特点。但是，这一独特性也造成了他们创作的局限性，他们的眼光和精神资源需要一种更广阔的东西。就像现在人们一提到西部，就会出现沙漠、骆驼等物象，就会闪现荒凉、落后、保守等印象。而实际上，当代的甘肃人已经不是传统"西部符号"所代表的那样。

据此，甘肃作家要走出"西部"，首先就必须在写作题材上呈现多元化特点，不仅要写西部乡土、西部传统、西部的过去，也要将笔墨更多地伸向西部人的当代生活。西部虽然相对东部地区发展滞后，它依然在现代化的路上，生活在西部的人也正在经历这种现代化进程带来的阵痛，在这种阵痛中西部人人性的矛盾、冲突、扭曲等也呈现出复杂的状态。西部城市以及西部城市人作为西部文学中被遮蔽的重要层面也应该成为西部作家关注的重要层面。甘肃作家应该关注到当代西部人生活的多元性和西部人的复杂性，展现多层面、多维度的西部人和西部生态。

第二节　文学影响走出"西部"

这儿谈到的文学影响走出"西部"包括两层含义：一是地理位置上走出西部，也就是说西部作家的创作应该产

生全国甚至世界影响，而不应局限于西部。二是指即使产
生全国影响或者世界影响的作家，他所影响国人、影响世
界的因素不能仅仅局限在西部特色上，而应该有更为广阔
的内涵和意蕴。

近年来，伴随着国家战略方针的改变，西部文学也逐
渐在当代文坛开始引起关注，除了更多的学者参与西部文
学的评论当中，西部作家研讨会的举行也是一个例证。如
2016年4月23日由人民文学出版社和北京大学中国诗歌
研究院共同举办的"雪漠'故乡三部曲'与西部写作"研
讨会在北京大学朗润园紫薇阁举行。2014年10月19日，
由中国作协创研部、人民文学出版社、东莞市文联共同主
办，东莞文学艺术院、东莞市樟木头镇"中国作家第一村"
协办的"雪漠长篇小说《野狐岭》研讨会"在中国作协举
行。2011年4月22日中国作家协会重点作品扶持办公室、
作家出版社、广州市香巴文化研究院联合召开雪漠长篇小
说《西夏咒》《白虎关》研讨会。2018年7月6日，徐兆
寿的《荒原问道》作品研讨会在北京大学召开。2018年1
月6日，北京大学中文系"当代文学：区域与传统"工作
坊在采薇阁举办"西部文化的传统与当代书写：徐兆寿长
篇小说《鸠摩罗什》研讨会"。2019年12月4日上午，叶
舟长篇小说《敦煌本纪》研讨会在中国作家协会举行，等
等。雪漠的作品可以算是在外研讨最多的，而这在某种程

度上也得力于雪漠现居广东东莞，与东莞市文联、广州市香巴文化研究院等机构对雪漠的重视与推介有很大关系。但是在对他作品的讨论上，几次研讨会更多还是集中在他作品的"西部"特色上。2016年3月27日，贾平凹长篇小说《极花》首场研讨会在西北师大举行。2016年5月10日，纪念陈忠实及《白鹿原》专题研讨会在四川省社会科学院文学研究所举行。陈忠实、贾平凹、雪漠、叶舟、弋舟等作家都是在国内产生了重要影响的西部作家，人们在研讨中首先会给作家及其作品贴上"西部"的标签。西部文学的探讨貌似在地域上走出了"西部地界"，但是，它的文学影响依然没有脱离西部的标签，即使产生全国影响的作家也依然没有走出"西部阴影"。所以甘肃文学要真正走出西部，在文学影响上走出"西部"也是应有之义。

第三节　文学传承走出"西部"

西部文化基因很好地滋养了甘肃作家的创作，他们的创作多着重于传统的挖掘和民俗风情的描写，粗粝质朴的文风，旷达的精神，这些共性造就了甘肃文学一直以"神秘"为其文化属性以及美学特征，而往往产生全国性影响的西部小说作家，如陈忠实、贾平凹、雪漠等往往是很好地体现了西部文学这一独特的美学特征的。西部文学建构了独特的西部传统与西部美学，并在西部作家本身的代际传统中得到了很好的传承。但是，这种传承也形成了西部文学发展上的一个误区。

> 西部文学陷入的另一个写作误区是先入为主地将西部置放于一个固定的框架之中。地域的边疆或边远意识直接置换了文学的审美意识，地域符号取代了艺术编码，成为一种概念性的东西，越来越抽空对西部的真实感受，创作过程成为"空心化"的过程，对西部空间、时间的表现走向狭隘、保守、僵化。[1]

这种传承上的保守也决定了甘肃作家对世界文学的态度。弋舟的小说最具现代性，叶舟、王新军、雪漠、马步升、冯玉雷等也都有积极的文体实验，但是他们的创作方法大多还是偏于传统。此外在文体上来看，近年来取得重要突破的创作主要在中短篇小说，长篇小说的写作还有待进一步突破。近几年叶舟的《敦煌本纪》与《凉州十八拍》可以说弥补了当代甘肃小说创作中长篇小说成就较弱的情况，2019 年 109 万字的鸿篇巨制《敦煌本纪》获得茅盾

---

1. 汪娟、吴明敏：《西部文学中被遮蔽的西部城市》，《内蒙古大学学报（哲学社会科学版）》2012 年第 5 期。

文学奖提名，2023 年，被称为"诗史融通"的百科全书的《凉州十八拍》获得第四届吴承恩长篇小说奖，这些奖项的获得在某种程度上代表了文学界对作家以及对整个甘肃文学的成就的肯定与认可。

冯玉雷历时 12 年完成的百万字的《野马，尘埃》也是一部极具特色的长篇巨制。作品围绕着安史之乱前后唐朝、吐蕃和周边众多民族家国的互动展开描写，小说在艺术形式上所做的探索以及在结构上的精心打磨都体现出非常明显的复调特色。结构安排上打破了传统叙事的线性结构，作者用中国传统文化元素中的金、木、水、火、土作为最主要的五个部分，而每部分又分别以中国的八卦、十天干、十二地支、四灵，佛教的色、香、味、触，西方占星学上的十二星座为各章节命名。这种复调结构本身体现了中西文化与东西方文化的融合，体现了一种文化融合与互通的理念。

《野马，尘埃》中的小说人物也体现了一种复调式的建构性，既有历史上实有的，也有虚构的，但主要人物面孔不是单调的，而是多元的、立体的。比如阿嗜尼、尚修罗、阎朝等人物，在不同叙述中具有不同的面孔，这些声音貌似各自独立，却一起构建了多元的人物面孔和多声部的人物关系，虚虚实实，实实虚虚，读者需要用心去揭开人物的面纱，但是真实的面孔却求而不得，我们只能接近人物，但是永远无法抵达人物的本质。

此外,《野马,尘埃》在文体上也进行了大胆的革新与实验,整个小说在叙事中融入了奏表、批注、盟誓文、纪事、问答、赦令等,让历史的写实与文学的虚构完美融合,体现了作者的匠心独用,体现了文体的复调性。另外,小说中将古代汉语、现代汉语、现代网络流行用语,甚至地方方言熔于一炉,也实现了语言的复调特色。

复调本身是为了通过多元的、互动的、开放的交流来实现共存,因而,对话也就成为复调的核心。《野马,尘埃》这部小说以其明显的复调特色表达了作者对于敦煌文化的深刻理解,在复调的构建中充满了生命的狂欢。作者将小说内容和形式有机融合,多重喻指,体现了小说的开放性和丰富的意蕴,以独有的文本张力彰显了大盛融通、多元融合的敦煌精神,以宏阔的视野和精微的叙事构建了一部书写敦煌文化的复调史诗。这也可以看作是甘肃长篇小说创作上的一个重大突破。

但是,甘肃作家的整体创作还是呈现出较弱的创新性。正如曾祥书所说:

> 相对封闭的环境,对艰难人生的切肤体验,在某种程度上成全了甘肃作家,使之更加接近文学和生命的本源。但在更长远而广大的意义上,甘肃作家无疑

更需要开放、宏大、交流、现代。[1]

综观当代甘肃小说作家的创作，在对世界文学的接受上有他们的侧重点。他们受欧美现实主义文学影响最大，尤为亲近俄苏文学。除了特定的时代原因，即我国在文艺政策上有一个特定时期唯苏联文学马首是瞻外，这其中还有更为复杂的原因。许文郁曾经指出："读多数甘肃小说家的作品，时时体味到一种压抑，进一步研究这些作家的创作心态，便会发现那种由历史和地域造成的潜在的自卑情结，它束缚着作家的思维，制约着他们的创作。"[2]这种沉重感也许是甘肃作家和西部作家天然亲近俄苏文学的深层原因，他们极易在俄苏文学中找到共鸣。以作家雪漠为例来说，雪漠的小说（尤其是他的"大漠三部曲"）有一种很强烈的受难意识，同时又有一种贯穿始终的爱的情怀。

与对西方现实主义文学的认同相反，更多的甘肃作家对西方现代主义和后现代文学持一种保留态度。如雪漠就对现代派持一种谨慎甚至否定的态度。他曾说："更糟糕的是，我被伪现代派玷污了，染上了浮夸的文风，失去了一

---

1. 曾祥书：《用细小的声音同平凡的生活对话——访甘肃"小说八骏"最年轻的作家王新军》，《文艺报》2007年11月24日。
2. 许文郁：《黄土魂魄与天马精神——甘肃小说家文化心理剖析》，《文学评论》1997年第1期。

个优秀作家应有的质朴。"[1] 张弛在《心属山河》中说:"我的作品的缺陷远远不止缺少女人和爱情一桩,有不止一个的评论家就曾指出过我更致命的一个弱点:张弛太偏重于传统文化而缺乏现代意识。对此,我诚心接受;但也有茫然感,茫然的就是这个'现代意识',我实在弄不清它的内涵,我以后慢慢学习。至于传统文化,我则老实承认,我的确是'重'的,这是那块土地赋予我的血统,我无法脱胎换骨;倘若我这个血统中断,我们的长城也早像马亚神庙那样灰飞烟灭了……"[2]

由此可见,甘肃作家对于所谓的现代主义以及现代意识还是持一种比较保守的态度。虽然弋舟、徐兆寿、严英秀、叶舟等人的创作都在自觉或者不自觉地吸收着现代主义的元素,尤其弋舟,可以算是甘肃作家中在创作上最具现代意识的一位。但是整体来看,正是甘肃作家对西方现代主义和后现代文学这一保留态度造成了他们创作上比较单一的美学风格:质朴、旷达但也保守单一;特色明显但也缺少变化,久而久之,势必形成读者阅读的审美疲劳。

甘肃作家的这种对传统的固守一方面形成了甘肃文学典型的特点,但同时也形成了甘肃文学发展的局限。把甘肃文学放在中国当代文学或者世界文学的整体格局当中,

---

1. 雪漠:《我的文学之"悟"(代后记)·猎原》,敦煌文艺出版社 2009 年版,第 399 页。
2. 张弛:《心属山河》,《飞天》1991 年第 5 期。

我们可以看到它依然处于一种较小的格局当中。甘肃作家在保有质朴风格的同时却也拒绝了西方现代文学和后现代文学不断尝试创造性和突破性的精神，像卡尔维诺、博尔赫斯、昆德拉、卡夫卡等一批世界级作家带给我们的不仅仅是文学形式上的大胆尝试，更是一种世界视野。所以甘肃作家真正要走出既是独特性又是局限性的文化怪圈，除了本土特色的发扬、老祖宗传统文化的继承和吸收之外，还应该学习和接受多元的世界文学，真正实现既是民族的也是世界的这样一种大格局。

第四节　读者走出"西部想象"

除了作家本身的努力，作为读者的国人在对甘肃及整个西部作家的认知上走出定见也是一个很重要的问题。西部作家在西部传统的继承、西部特点的呈现、西部美学的构建等方面作出了卓越的贡献。尤其随着影视文化的发展，影视作为一个有效的介质，伴随着《白鹿原》《平凡的世界》《人生》等作品被翻拍成影视作品，西部作家的创作也走入了千家万户，产生了广泛的影响。受其影响，西部文化也成为人们热议的话题。但是，深入人心也会形成定见，形成国人既定的西部想象。"一提到西部文学，我们首先想起的就是草原、戈壁、大漠、牧场、黄沙等自然风光，其次才是流动不居的牧民和他们身上的抗争精神。"[1]由此可见，西部文学的固有定见由此可见一斑。"西部，是一个宽泛的地域概念，大陆境内，约定俗成'西部'一词的神秘，更在于它内蕴的远离现代文明的一面的意味。"[2]西部既是一个地理学概念，更是一个文化概念，在国人的认知中，西部代表的就是相对发达的中东部地区而言的落后、保守、苦难、荒凉，所以作为生活在西部之外的人更愿意看到这样的西部风情的描写和西部精神的塑造，唯独如此，才能显现西部的不同与独特。而正是这种由于政治和地理缘由形成的认识在文学中得到了有力的证明，形成了国人对于西部的想象以及西部文学的想象。这一方面推动了西部文学特色的构建，但另一方面也桎梏了西部文学的多元发展和认同。所以，甘肃文学的长远发展，需要人们以更加广阔的胸怀去了解西部，认知西部作家，走出对西部的固有想象，以更加客观、多元的眼光去看待西部，看待西部文学的发展，唯独如此，甘肃作家才能在继承传统文化，凸显民族文化和地域文化的同时广泛吸收世界文学的滋养，真正做到立足本土，放眼世界，创作出深入人心，探讨人性，具有人类情怀的作品。

---

1. 刘忠：《知识分子影像与文学话语场·西部文学与外省批评家》，上海文化出版社 2010 年版，第 207—208 页。
2. 范培松：《重塑自我"灵魂"的狂欢——范培松散文论集·西部散文：20 世纪末最后一个文学流派》，江苏人民出版社 2005 年版，第 46 页。

结　语

　　甘肃当代文学的发展取得了引人注目的成就，不仅突破了在现代文学发展史上基本缺席的状态，而且还在全国产生了重要影响。在近几年甘肃作家的创作中，作家们开始更多聚焦丝绸之路，书写河西走廊文明，回归到对中国传统文化的追寻。比如叶舟、冯玉雷、邵振国、王家达、陈勤、黄英等作家就都执着于对敦煌的书写。叶舟曾说："敦煌是我诗歌的版图，是我文字安身立命的疆土，也是我个人一命所悬的天空。"可以说，叶舟从文学之旅起步伊始，就一直持续地书写着敦煌。从他早期的一系列诗集《大敦煌》《敦煌诗经》到出版不久的鸿篇巨制之作《敦煌本纪》，敦煌既是他写作的"疆土"，也是他的文思驰骋的"天空"，敦煌不仅给他提供了创作的题材来源，也成为他的文学创作的精神资源。

　　除叶舟之外，冯玉雷也是一位执着于敦煌书写的甘肃作家，他从1998年发表纪实性小说《敦煌百年祭》，到《敦煌——六千大地或者更远》《敦煌遗书》，再到刊发在

2020 年第 1 期《大家》上的长篇小说《敦煌之围：虚幻与非虚幻》，二十多年来，冯玉雷持续着对敦煌文化的眷恋和书写。出版于 2006 年的《敦煌——六千大地或者更远》以悠远漫长的沧桑岁月为时代背景，以敦煌本土生活的人物为叙事主角，再现了敦煌的百年沧桑。2009 年出版的《敦煌遗书》，赵毅衡先生评价为："确实是敦煌自己的书，冯玉雷用他奇特的小说创作方法延续两千年来绵延不绝的敦煌书写。"冯玉雷偏重于历史的宏大视野来书写敦煌故事，揭开历史的面纱，他的书写既是对敦煌的复活，更是对敦煌文化的一种重构。

除了叶舟和冯玉雷，还有邵振国的《月牙泉》、陈勤的《双飞天》、黄英的长篇小说《梦醒敦煌》、王家达的报告文学《敦煌之恋》，等等。敦煌以及敦煌文化为甘肃作家的创作提供了取之不竭的创作灵感和创作题材。可以说，敦煌文化滋养了当代甘肃作家的精神世界，培养了甘肃作家的写作气质，同时也奠定了甘肃文学的气质。

崇德向善、大盛融通、多元融合是敦煌文化的精神核心。甘肃作家生活于这个以敦煌为核心构建的巨大文化场域中，敦煌精神已经通过千年的承接渗透于作家的血脉之中，他们或自觉或无意都在靠近这样一种文化场域，敦煌是他们心中的圣地，也是他们人格与文学的"精神高地"。

甘肃当代文学的发展既能吸收外国文化的营养，同时又能够立足甘肃本土，更重要的是作家的创作还能抵达中国传统文化的血脉根本，而正是这种融合与融通让甘肃文学在整个中国当代文学的版图中独树一帜，构建了自己独有的精神风骨。

图书在版编目(CIP)数据

文学丝路 : 当代西部小说作家与世界文学关系研究 /
马粉英著. -- 上海 : 上海人民出版社, 2024. -- ISBN
978-7-208-19031-3

Ⅰ. I207.42

中国国家版本馆 CIP 数据核字第 2024ND9288 号

责任编辑　陈佳妮
封面设计　零创意文化

文学丝路
——当代西部小说作家与世界文学关系研究

马粉英　著

出　　版	上海人み大版社	
	（201101　上海市闵行区号景路 159 弄 C 座）	
发　　行	上海人民出版社发行中心	
印　　刷	上海商务联西印刷有限公司	
开　　本	890×1240　1/32	
印　　张	9.75	
插　　页	3	
字　　数	169,000	
版　　次	2024 年 8 月第 1 版	
印　　次	2024 年 8 月第 1 次印刷	

ISBN 978 - 7 - 208 - 19031 - 3/I・2163

定　　价　50.00 元